Autor: Leroy Berg

999 - Genesis Ant

Teil I - Neuauflage

Zu diesem Buch

Sei vorsichtig mit dem, was Du begehrst.

Lass Dich nie mit Typen ein, die Dir versprechen, Deine Wünsche wahr werden zu lassen. Du weißt nie, was es Dich kosten wird und wohin es Dich führt.

So erging es auf jeden Fall Jo Ant. Als er völlig unvorbereitet auf ein scheinbar allmächtiges Wesen trifft, ändert sich sein beschauliches Normaloleben auf drastische Weise. Er verliert fast alles, bis er endlich anfängt, sich zu wehren.

Am Ende liegt es in seinen Händen, ob die Menschheit weiterhin existiert oder zugrunde geht.

Diese Geschichte erzählt vom Leben eines nicht alltäglichen, jungen Mannes. Von Freude, Leid, Liebe, Hass, Verbrechen, einem ungewöhnlichen Leben und dem Tod.

Ein bemerkenswerter und bewegender Mystery-Thriller in mehreren Teilen ...

Leroy Berg, geboren 1960 in München, aufgewachsen im Glasscherbenviertel Giesing, beendete nach seiner Schulzeit eine Ausbildung zum Versicherungskaufmann. 1989 zog es ihn ins nördliche Bayern, wo er bis 2017 als Schadengutachter für eine Versicherung arbeitete. Während der 28 Jahre seiner Gutachterzeit hatte er vornehmlich mit großen Sachschäden, Ermittlungsbehörden, Detektiven, vereidigten Sachverständigen, manchmal ebenso mit Anwälten und Gerichten zutun. Vor allem aber mit der Psyche der Kunden. Seit er sich im Ruhestand befindet, konzentriert er sich auf die Autorentätigkeit.

Leroy Berg

999 - Genesis Ant

Teil I

Neuauflage

Teil II. Wald und

Teil III. Eine andere Welt

ebenfalls erhältlich

Biografische Information der Deutschen Nationalbibliothek:

Die Deutsche Nationalbibliothek verzeichnet diese Publikation in der Deutschen Nationalbibliografie, detaillierte bibliografische Daten sind im Internet über dnb.dnb.de abrufbar.

TWENTYSIX - Der Self-Publishing-Verlag

Eine Kooperation zwischen der Verlagsgruppe Random House und BoD - Books on Demand

Copyright: 2018 Leroy Berg

Herstellung und Verlag:

BoD - Books on Demand. Norderstedt

ISBN: 9783740746841

Mein Dank gilt allen, die es mir ermöglichten, diese Geschichte zu Papier zu bringen.

An alle die mich unterstützten, die Probeleser und Korrigierer, die ihre Zeit opferten, um mir bei der Verwirklichung meines Traums zu helfen. Sogar an diejenigen, die es versuchten, aber nie „genügend Zeit" zur Verfügung hatten. Es lag leider außerhalb meines finanziellen Budgets, mir einen professionellen Lektor zu leisten.

Die Übertragungsfehler, welche ich erst nachträglich feststellte, versuchte ich mit dieser Neuauflage zu korrigieren. Ich hoffe, es ist zumindest zum größten Teil gelungen.

Vielen Dank an alle.

Leroy Berg

Inhalt

Das Erwachen I.   8

Aurora Boreales.

1. Port Ryan, Massachusetts   14

2. Dowannee, Florida   22

3. Erinnerungen an Gainsville, Florida   32

4. Dowannee, Florida II   35

5. Port Ryan, Massachusetts II   37

6. Dowannee, Florida III   42

7. Port Ryan, Massachusetts III   44

8. The Four Roses Tavern   49

9. Epode auf Dowannee   63

Artefakt.   67

Geheimnisse.   70

Sectio ceasarea.   89

Salve Josef Gaius Antonin.   100

Der junge Ant.

1. Kindergarten   105

2. Grundschule   108

3. Junior High-School   117

4. Senior High-School   125

5. Chester Li   139

6. Der Test   143

Die erste Begegnung.   145

Nach-Tod-Erlebnisse.

1. Krankenhaus   157

2. Die Polizei   160

3. Isolierraum   163

4. Stones Verhör   166

5. Psychiatrie   175

6. Höllenfahrten und die Familie Li   182

7. Zur gleichen Zeit auf dem Revier   201

8. Die Triaden   204

9. Chong Xu   210

10. Das FBI   215

11. Die Beerdigung   221

12. Endspiel   230

Ende Teil I.   248

Kapitel 1: Das Erwachen I.

Ein kurzer, warmer Impuls.... Ein winziges Flackern.... Wie ein Neuron eines Gehirns, das über ein Axon die Synapsen befeuert, mit kleinsten elektrischen Ladungen.... Da, ein weiteres Flackern, immer mehr, erst einer einzelnen Leuchtkugel gleich, dann sich aufspaltend, wie die Leuchtkugelexplosion einer Feuerwerksrakete, ein effektvolles Feuerwerk, es wird zu einem warmen Gefühl, dass sich seinen Weg bahnt.

Wo bin ich? Was ist passiert? Mir ist kalt, wieso ist mir so fürchterlich kalt? Mach irgendwas, beweg dich! Es funktioniert nicht, ich, ich schaffe es nicht, fühle weder Arme noch Beine! Und mir ist kalt, eisig kalt. Öffne deine Augen, komm, das kann doch nicht so schwer sein, komm, bitte! Ich bringe es einfach nicht. Alle Lebensenergie ist fast vollständig entwichen, vermutlich in diese eisige, starre Kälte, die mich durchdringt. Keine Panik, konzentriere dich, komm, beweg dich doch endlich! Bin ich fixiert? Ich fühle es aber nicht, spüre nichts davon, keinen Riemen, kein Klebeband, kein Seil, nichts davon ist da. Kein Gefühl oder körperliche Empfindung. Mir ist etwas schwindlig im Kopf, alles dreht sich, oder nur ich drehe mich, ein Feeling als läge ich volltrunken in einem völlig dunklen Raum, in einem Bett aus Eis, mit einer Zudecke aus flüssigem Stickstoff. Durch den Schwindel entsteht ein Unwohlsein, ein Gefühl als müsste ich kotzen, schaff es aber nicht. Nichts ist da, um es herauszuwürgen. Was ist nur los? Was passiert mit mir? Bin ich tot? Quatsch, ich kann mir nicht vorstellen, dass Tote solche Gedanken haben, überhaupt irgendwelche Gedanken haben.

Bin ich ein Zombie, eingebuddelt im Dreck? Wieso schaffe ich es dann nicht einmal, eine Zehe oder einen Finger zu bewegen, oder die Augen zu öffnen? Ich habe Angst, weiß nicht, wie es weitergeht, was ich zu unternehmen vermag. Welche Optionen habe ich? Nichts, rein gar nichts, Resignation gemischt mit Panik kommen auf, ein verwirrender Zustand. Beruhige Dich, Du hast doch schon so einiges überstanden! Immer wieder, Du bist doch kein Jammerlappen, ergo reg Dich ab, denk nach! Was ist das?!

Etwas, winzig klein, fängt an in meinem Kopf zu pulsieren, es breitet sich aus, Wärme dehnt sich, weitet sich, ich vermag nicht zu sagen woher, aber langsam kommen einige wenige Gedanken zurück, Erinnerungen, Bilder, nur bruchstückhaft.... Verdammter Poison, Dreckskerl!.... Es fühlt sich an, als ob mein Gehirn in Brand gerät, der Unterschied zwischen der Eisstarre und der sich mittlerweile rasant ausbreitenden, wenn auch nur spärlichen Energie ist extrem, heiß immer heißer, wie ein Höllenfeuer, aber es fühlt sich so lebendig an, so angenehm.... Mir fällt alles wieder ein!

Ich weiß noch immer nicht wo ich bin, vermag mir aber vorzustellen, weshalb ich es nicht schaffe, mich zu bewegen, nicht einmal die Augen zu öffnen. Ja, ich erinnere mich jetzt. Mein Boss hatte mich beauftragt, seine Biographie zu verfassen und sie nach seinem Ableben zu veröffentlichen. Eine Lebensgeschichte, als Warnung, für so viele Menschen wie möglich. Eine Mahnung für all diejenigen, die vorhatten denselben Weg einzuschlagen wie er. Niemals sollte mehr jemand das Gleiche durchmachen, niemand sollte mehr gezwungen sein, das zu erleiden, was ihm widerfuhr. Im Laufe der Zeit waren wir so etwas wie beste Freunde geworden. Vielleicht deshalb, weil ich seiner Meinung nach als einziger der wenigen Freunde in der Lage war, ihn zu überleben. Jetzt war es wohl soweit. Das mit dem Tod. Keiner überlebt so etwas, nicht einmal er. Nein, mein Boss war tot, so sicher wie das Amen in der Kirche. Seine Zeit war einfach abgelaufen, keine Chance. Eine Verlängerung oder eine Nachspielzeit hatte der große Schiedsrichter nicht zugelassen. Punkt, Ende, aus. Ich weiß, das hört sich nicht unbedingt optimistisch an.

Das stimmt, ich bin kein Optimist, aber ebenso kein Pessimist, beides wird schnöde der Wahrheit nicht gerecht, ist meiner Meinung nach kompletter Blödsinn.

Nein, ich bin Realist, und ich habe zumindest meinen Geist zurück. Mein Körper steht mir im Moment nicht zur Verfügung, zumindest fühle ich nichts, bin bewegungsunfähig.

Ich habe wohl im Moment nichts anderes vor, als mich ausschließlich auf meine Gedanken zu konzentrieren, hab sie wieder...., zum Glück...., deshalb kann ich mich genauso gut an die „Arbeit" machen, geradewegs anfangen, versuchen meine Gedanken zu sortieren und zu strukturieren. Ich denke, es wird eine dieser langen Geschichten werden, lang aber sicher nicht langweilig. Dazu hatte mein Freund zuviel durchgemacht, während seines, tja, nennen wir es einmal, erweiterten Lebens. Wir alle waren Reisende auf unserem Mutterschiff Erde, von der Geburt bis zum Tod. Wir reisten, so lange es ging, zwischen den Ewigkeiten. Für manchen dauerte diese Reise eben etwas länger. So in etwa erging es auf alle Fälle meinem Freund.

Die Daten habe ich alle schon eingesehen, diverse Tagebücher gelesen - natürlicherweise im Auftrag -, persönliche Gespräche geführt...., ja, massenweise Gelaber, wir verbrachten Unmengen von Zeit miteinander...., außerdem habe ich Recherchen in Bibliotheken, im Internet, später im Worldstream geführt. Fast alles ist wieder zurück, vorhanden und verfügbar in meinem Kopf. Einige fehlende Dialoge werde ich, mangels Verifizierungsmöglichkeit, gezwungenermaßen sinngemäß ergänzen. Wie gesagt, ich kannte meinen Freund in- und auswendig und weiß, wie er reagierte, was er in den einzelnen Situationen von sich gegeben hätte. Ich hatte ihn erlebt, in verschiedensten Lebenslagen. Meistens war er fokussiert und konzentriert, bei der Arbeit, beim Versuch Lösungen zu finden, wo es eigentlich gar keine gab. Von allen Menschen, die ich je kennenlernte, war er der beste Problemlöser.

Mit seiner Erfahrung und zweifelsohne vorhandenen Intelligenz, war es ihm fast immer gelungen, Aufträge erfolgreich abzuschließen und dabei vielen Menschen zu helfen. Manchmal war der Umgang mit ihm schwierig, hauptsächlich wenn er sich wieder unleidlich benahm und in eine seiner depressiven Stimmungen verfiel....

Ich checkte das aber. Für mich waren die Stimmungsschwankungen nachvollziehbar und verständlich.

Das Leben hatte ihm bei vielen Gelegenheiten übel mitgespielt, oder war es Mr. Poison, der alles verkomplizierte, ihm den Alltag versaute? Eher Letzteres. Die Biographie, oder jetzt ja, der Nachruf, handelt von dem intelligentesten Erdenbürger aller Zeiten. Er blieb gleichwohl immer bescheiden. Am liebsten hatte er es, wenn man ihn in Ruhe ließ, ihm Raum gab, um sich um seine eigenen Angelegenheiten zu kümmern. Hätte er nicht zurückgezogen gelebt, wäre er sicher einer dieser Promis geworden, der ständig mit Selfiewünschen, Berührungen, Annäherungen oder schwachsinnigen Gesprächen belästigt wird. Für diese Art von Rummel hatte er nie etwas übrig. Große Partys, Preisverleihungen und öffentliche Auftritte grausten ihn ebenfalls. Trotzdem denke ich, ist sein Name so gut wie jedem geläufig. Jedem, der zugegebener Maßen jetzt eher mickrigen Weltbevölkerung. Die Menschheit und die Erde hatten sich innerhalb kürzester Zeit verändert, an Überbevölkerung litt die Erde zumindest nicht mehr. Die Phasen der unkontrollierten, menschlichen Ausbreitung, hatten sich seit einiger Zeit erledigt.

Sein Name war Josef G. Antonin. Antonin, ungewöhnlich für einen Nachnamen. Seine Großeltern stammten aus Deutschland, genauer gesagt aus Bayern. Das G. stand für den Vornamen Gaius, ein römischer Feldherr oder so, was ich aber nie nachrecherchierte.

Von Beginn seiner Schulzeit an, nannten ihn die anderen Schüler Ant, vermutlich weil er nicht der Größte war, damals weder körperlich, noch geistig. Ihn störte das nicht sonderlich.

Im Gegenteil, bekanntlicher Maßen gelten Ameisen als extrem robust, sind in der Lage das Vielfache ihres eigenen Körpergewichtes zu tragen und sind ausgezeichnet organisiert. Außerdem war er damals nicht unbedingt stolz darauf, dass seine Großeltern aus Deutschland in die USA immigrierten. Immerhin galt Deutschland damals als so etwas, wie der einzige Schurkenstaat Europas.

Ja, deshalb erschien ihm die Kurzform seines Namens angebrachter, sie ersparte ihm langwierige Erklärungen oder immer gleiche Gespräche über seine Herkunft. Kurz und einprägsam, das gefiel ihm besser. Er nannte sich selbst „Jo Ant".

Von Vorteil war, dass die anderen Schüler nicht wussten, was das G. bedeutete, sonst wäre es vermutlich auf „gay Ant" hinausgelaufen. Das war wohl der Grund, weshalb er den zweiten Namen nie ausgeschrieben hatte. Jo Ant, lautete seine Lieblingsvariante. Wie gesagt, anfangs glänzte er nicht unbedingt als Intelligenzbestie, später wurde er, aufgrund mysteriöser Umstände, oder weil er vielleicht ein Spätzünder war, als Forscher und Denker anerkannt. Für mich war er zusätzlich immer ein Held gewesen. Einer, der durch Arbeit und Taten viele Menschenleben gerettet hatte. Einer, der ständig versuchte, seine Fähigkeiten für das Gute einzusetzen. Die Bezeichnung „Held" hätte ihm sicher nicht zugesagt, aber letztendlich bin ich für die Verfassung der Biographie zuständig, und er besitzt keinerlei Möglichkeit mehr, sich dagegen zu verwahren.

Erwähnte ich schon, dass Ant immer wieder an Depressionen litt? Die stockfinstere Nacht, die sein Gemüt mitnahm auf eine Bootsfahrt über einen Ozean aus Tränen, bis hin zum schwarzen Malstrom, der die Seele immer weiter nach unten zog, ohne Aussicht auf ein Entrinnen? Ja, ich glaube, das habe ich schon. Diese Zustände dauerten an, bis die nächste Katastrophe oder ein neues Projekt ihn aus seiner Schwarzsucht befreiten.

Er erlitt ehrlich gesagt zu viele Traumata, und seit der verfluchte Mr. Poison in sein Leben trat, seit dieser Zeit umgab ein umso dunklerer Schleier seine Psyche. Das Leid, ebenso jenes, welches Jo Ant durchlitt, dieses Leid bringt die stärksten Seelen hervor. Die allerbesten Charaktere sind mit Narben übersäht. Im Fall Ant waren mentale und körperliche Narben unübersehbar gewesen. Dazu berichte ich besser später mehr. Es liegt mir fern, in der Mitte der Geschichte einzusteigen.

Mit dem Urknall anzufangen ist wohl ebenfalls nicht das Gelbe vom Ei. Milliarden von Jahren, als sich aus Energie Materie bildete und wieder zerfiel, wieder bildete…., nein.

Ant ist nicht mehr, und er wird sich nicht mehr auf wundersame Weise neu bilden. Er lehrte mich einmal, der Mensch bestünde aus circa 10 hoch 28 Atomen. Das entspricht einer 10 mit exorbitanten 28 Nullen dahinter, und diese Teilchen existierten sogar nach dem Tod des Menschen bis in alle Ewigkeit weiter. Selbst wenn seine Atome jetzt, wer weiß wo herumschwirren, glaube ich nicht, dass er etwas davon haben wird. Meiner Meinung nach leben wir nicht in einem Universum oder in einem Teil eines Multiversums, nein, ich denke, wir existieren in einem Perversum. Zumindest nachdem was ich vor Kurzem erst erfuhr. Wo beginne ich also? Üblicherweise fängt eine Biographie mit der Geburt an. Das würde aber nicht der gesamten Geschichte gerecht werden. Es fing alles wesentlich früher an. …

Kapitel 2: Aurora Boreales.

1. Port Ryan, Massachusetts I

Mitte Oktober hatte ein eiskalter Hauch von Seeluft Einzug gehalten, aber der Herbst schien sich nochmal voll ins Zeug zu legen, sich aufzubäumen, um sich ein letztes Mal von seiner besten Seite zu zeigen. Wenn die Sonne scheinte, sah alles auf irgendeine Weise besser, vielleicht sogar romantischer aus, in der kleinen Fischerstadt Port Ryan. Die klare Luft ließ den sogenannten ‘Indian Summer‘ umso intensiver leuchten als an den vorherigen Herbsttagen. Port Ryan hatte im Gegensatz zu anderen Ostküstenstädten seine besten Zeiten längst weit hinter sich gelassen. Man sollte meinen, dass es allein durch die Lage am Atlantik, zwischen Boston und Portland, eine gewisse Attraktivität, eine höhere Lebensqualität, ein reizvolles Umfeld für Touristen oder Wochenendausflügler gäbe. Weit gefehlt.

Als Badeort konnte Port Ryan aufgrund seiner Lage an einem schroffen Teil der Küste, trotz des natürlichen Hafenbeckens, nie angesehen werden. Früher herrschte große Enge im Hafenbecken, für die vielen Trawler, welche die ortsansässige Fischfabrik belieferten, und die kleineren Fischerboote, die den Fischmarkt und die damals vorhandenen Restaurants versorgten. Heutzutage waren nur einige wenige Boote übrig. Die Fischer hielten sich gerade mal so über Wasser, indem sie weite Lieferanfahrten an Touristenorte in Kauf nahmen, die es in einiger Entfernung durchaus noch gab.

Die Fischfabrik war schon vor längerer Zeit geschlossen worden und fiel seither der Verwitterung anheim. Unübersehbar hauste der Verfall in Port Ryan, aber nicht nur im Hafengelände. Die vielen, mangels Verdienstmöglichkeiten verlassenen Häuschen früherer Arbeiter, zeugten ebenfalls davon und standen größtenteils leer. Mit den Arbeitern und deren Familien, den Konsumenten, verschwanden nach und nach ebenso die Gewerbetreibenden, die auf Kundenverkehr und Dienstleistungen abzielten.

Ihre Geschäfte, mangels Kundschaft schlicht und einfach unrentabel, verschwanden genauso, wie immer mehr potentielle Arbeitgeber. Der Rattenschwanz nahm kein Ende.

Trotzdem gelang es der Stadt auf wundersame Weise, sich ein eigenes Krankenhaus, das Port Ryan Medical Center und ein Hallenbad zu leisten. Vermutlich war das nur mit Hilfe von staatlichen Subventionen möglich.

Davon abgesehen gab es nur noch wenige Arbeitsplätze, na gut, ein Fischrestaurant am Hafen, zwei Fastfood-Restaurants an der Main-Street, einen Toyota-Händler mit Autowerkstatt, drei Tankstellen, ein paar Lebensmittelhändler, Supermärkte, Banken, Apotheken und so weiter, Kleinzeug eben, nichts, was einer Stadt zum Aufschwung verhalf.

Die Stadtverwaltung hatte es verpennt, rechtzeitig auf den Ausbau eines stabilen Tourismuszweiges zu setzen, statt dessen hielt man ewig an der sterbenden Fischindustrie fest. Sie dachten vermutlich, dass ohnehin kein Tourist gewillt war, seinen Urlaub in einer nach Fisch stinkenden Kleinstadt ohne Badestrand zu verbringen.

Das mit dem Fischgestank hatte sich wenigstens jetzt erledigt, Touristen stellten aber immer noch Mangelware dar. Und heutzutage schien es zu spät, es war kein Geld mehr da, um eine erfolgversprechende Infrastruktur zu schaffen, die alte Fischfabrik endlich abzureißen, bevor es ein Wintersturm schaffte, den Hafen für Segelyachten auszubauen oder Investoren für den Bau von Hotels mit Seeblick zu finden.

Die Politiker, die das zu verantworten hatten, waren trivialerweise ebenfalls verschwunden. Die kommen und gehen, hinterlassen Chaos und Schulden. Persönliche Verantwortung übernehmen sie nicht, schon gar nicht mit dem in ihrem Amt angehäuften Privatvermögen. Nein, damit kaufen sie sich dann übertreuerte Villen in bekannteren Badeorten, weit weg von ihrem Ort der Schande. Die nachfolgenden Politiker trifft dann keine Schuld, sie sind ja nicht für den vorherrschenden Zustand verantwortlich und gezwungen, mit den unliebsamen Altlasten zu leben. Die Absicht, das zu ändern haben aber auch sie nicht.

Ändern wird sich höchstens deren Kontostand, während sie ihr hochgelobtes Amt ausüben. Der Job von Politikern ist es, Leute anzulügen und abzuzocken. Selbst wenn der ganze verdammte Planet aus Scheiße bestünde, würden Politiker sich darum streiten, wer den größten Scheißhaufen besitzt.

Alle diese Gedanken pilgerten durch Maureens Kopf, als sie kniend im Dreck, im Gemüsegarten hinter dem Haus, die Beete winterfertig herrichtete. Sorgfältig entfernte sie alles Alte, Verdorrte und Unerwünschte.

Die Gartenarbeit liebte sie, aber das Einwintern fand sie nicht sonderlich prickelnd.

Sie hatte mehr Freude daran, wenn die neuen Pflanzen im Frühjahr anfingen zu sprießen, das erinnerte sie immer mehr an das Leben, an einen Neuanfang ..., aber jetzt, alter Mist raus, auf den Kompost, danach abwarten bis alles Andere stirbt und es Winter wird. Trostlos.

„Na ja, nützt ja nichts, ich denke mir einfach es seien Politiker. Die sollen mir doch alle mal den Buckel herunterrutschen. Am Besten mit der Zunge voraus, dann können sie mich auch noch gleich am Arsch lecken", flüsterte sie leise vor sich hin, und werkelte sichtlich aufgeregter weiter als Unkrautvernichterin.

„Ach, reg dich doch nicht künstlich auf, denk daran, was deine Mutter immer gesagt hat. Hass ist, wie Gift zu schlucken, aber dabei zu hoffen, dass der Andere daran stirbt", brabbelte sie, in ihr Selbstgespräch und die Arbeit vertieft, weiter vor sich hin.

„Ich denke, ich bin schon zu lange alleine", schob sie nach.

Maureen war ebenfalls ein Opfer der Arbeitslosigkeit. Hier geboren, entschied sie sich, in Port Ryan zu bleiben. Nicht weil sie dort aufgewachsen war, nein, nur weil sie hier zusammen mit ihrem Mann, Joachim, ein hypothekenfreies, kleines Haus mit Garten, in der Hill St. 283, besaß.

Keine feine Gegend, aber nicht so heruntergekommen wie manch andere Ecke der Stadt. Wenn man den Kopf aus dem Schlafzimmerfenster im Obergeschoß streckte, sah man sogar einen kleinen Zipfel vom Ozean. Demzufolge ein Haus mit Meerblick, auf jeden Fall würden es die Hotelprospekte im Reisebüro genau so anpreisen.

Sie wollten ebenso weg von hier, aber niemand erklärte sich bereit, nach Port Ryan zu ziehen oder innerhalb der Stadt umzuziehen.
Alle strebten bloß weg, irgendwo hin, wo es Arbeit und eine Zukunft gab. Als Folge davon war es unmöglich, ihr Häuschen zu verkaufen.
Und die Bude aufzugeben, dafür war sie zu schade, ein zu hoher finanzieller Verlust.
Immerhin handelte es sich um ein richtiges kleines Haus, Stein auf Stein gemauert, keine Bretterbude, wie die übrigen in holzbauweise errichteten Gebäude.
Ein Vorgarten war kaum vorhanden, es lag fast direkt am Gehsteig, mit einer kleinen Treppe zur Eingangstür. Das Grundstück verlief in einem langen Streifen nach hinten, mit einer ordentlichen Gartenfläche von circa 600 qm.
Eine Hälfte war dem Gemüseanbau in den Beeten vorbehalten, im restlichen Garten standen einige ausladende Obstbäume, Äpfel, Birnen und Pflaumen.
Bei niedrigem Einkommen musste man eben zusehen, wo man bleibt. Selbstversorgung war angesagt. Maureen kochte einen Großteil des Obstes ein und lagerte es in Einweckgläsern im Keller.
Sie hatte das Anwesen von ihren Eltern geerbt. Ihre Eltern verabschiedeten sich vor zwei Jahren ebenfalls aus Port Ryan, bei einem tödlichen Autounfall auf der Inter State. Ein übermüdeter Truckfahrer hatte sie voll erwischt.
Angeschnallt in ihrem Chevrolet sitzend, walzte sie der Truck platt bis zur Unkenntlichkeit.
Es dauerte über ein Jahr, bis Maureen den Schock verwand. Um die Leere in ihrem Herzen zu füllen, unterbreitete sie Ihrem Joachim einen Heiratsantrag. Unspektakulär, während sie am Herd kochte, und er daneben am Esstisch saß und Zeitung las. Dieser Antrag, ohne großes Brimborium, ohne völlig überteuerte Ringe und feines Abendessen, hatte seinen eigenen Reiz.
Vielleicht ist so ein spontaner, unaufgetakelter Antrag, völlig bar von schnödem Mammon und Anspruchsdenken ..., vielleicht ist er ehrlicher, verbindlicher und verbindender als die üblichen Anträge. Die Hochzeit fand nur im kleinen Freundeskreis statt.

Von Joachims Familienseite her, gaben sich nur seine Eltern die Ehre. Sie reisten extra aus Coulder, Colorado, an und blieben danach noch ein paar Wochen.
Die Feier fand an einem sonnigen Tag im Mai statt.
Sie grillten und lernten sich ein bisschen besser kennen. Zumindest Maureen und die Schwiegereltern.
Die Unterbringung stellte kein Problem dar. Da sich noch keine Kinder im Haus befanden, logierten sie im Kinderzimmer.
Seit einigen Monaten war Maureen allein im Haus. Sie kümmerte sich sorgfältig um das Haus und den Garten, während Joachim auf Montage arbeitete.
Er war bei einer Bostoner Tiefbaufirma, Boston Pipes & Underground Inc., untergekommen. Irgendwer musste ja für das Essen auf dem Tisch sorgen, der Garten konnte nicht alles liefern. Vorher hatte er bei einer kleinen Baufirma, direkt in Port Ryan, als Vorarbeiter gearbeitet. Sein ausgeprägtes handwerkliches Geschick für alles, was am Bau anfiel, rettete die alte Firma aber nicht vor der Pleite.
Seine Begabung blieb ihm immer treu, zumindest wenn er sich nicht betrank. Wenn er anfing, Alkohol zu trinken, fiel es im schwer, rechtzeitig auf die Bremse zu treten. Dann verwechselte er –im übertragenen Sinne – regelmäßig das Brems- mit dem Gaspedal. Eben einer dieser Typen, die mit jedem getrunkenen Glas immer durstiger zu werden schienen.
Manchmal, recht selten, verlor er dabei total den Verstand und trieb irgendwelche Dummheiten. Danach war er dann drei Tage lang völlig am Boden zerstört, wenn er endlich realisierte, was er wieder alles veranstaltet hatte.
Im Großen und Ganzen handelte es sich bei ihm um einen angenehmen Kerl, meistens freundlich, hilfsbereit, fleißig und eloquent, aber unter Alkoholeinfluss neigte er häufig dazu, durchzudrehen.
Die heimische Baufirma machte mangels Aufträgen letztes Jahr dicht und in der näheren Umgebung fand er keine Arbeit.
Er freute sich, als er einen neuen Job im Tiefbau fand, dabei nahm er die weite Anfahrt gern in Kauf.

Seine Beschäftigung lag zur Zeit darin, irgendwelche Drainagerohre in einem kleinen Nest, im Dixie County, in Florida, zu verlegen, um ein Sumpfgelände urbar zu machen. Zufälligerweise lag die Baustelle in der Nähe eines Fischerdorfes. Duplizität der Ereignisse, er kam eben nicht weg vom Fisch.
Dowannee am gleichnamigen Fluss, Dowannee River, und über die Country Road 349 zu erreichen.
Es war geplant, nach der Austrocknung des Sumpfes, mit dem Ausbau eines neuen Straßenabschnitts anzufangen. Ein harter Job, und tausende Meilen weit weg von Zuhause, weg von Maureen.
Wobei Maureen für ihn schon immer eine Augenweide darstellte. Eine von der Sorte, die man als glücklicher Ehemann besser nicht ewig allein ließ. Ihr langes, blondes Haar, mit einem leichten Stich ins Kupferrote, wies zusammen mit einigen Sommersprossen, die sich um ihre Stupsnase verteilten, ein klein wenig auf ihre irischen Wurzeln hin. Trotz ihrer schlanken Linie war sie mit einer ordentlichen Oberweite ausgestattet. Astreine Kurven, wahnsinnig tiefe, grüne Augen, ein echter Hingucker, 25 Jahre alt ... und verheiratet.
Sie vermisste ihren Joachim, aber an Urlaub war erst einmal nicht zu denken. Vermutlich gab es erst zu Weihnachten ein Wiedersehen. Das stimmte sie etwas wehmütig, es frustrierte sie, was die Herausreißrate an der Unkrautfront kurzzeitig erhöhte.
Es wurde Nachmittag und der Schatten des Hauses legte sich kühl über ihre Schultern. Sie hatte vor, ein letztes, kleines Beet zu bearbeiten, aber sie war verschwitzt und wollte sich nicht gleich am Anfang der kühlen Jahreszeiten erkälten.
Die Jeans waren in Kniehöhe durch die feuchte Erde ziemlich verdreckt. Die Hände hatte sie durch Gummihandschuhe geschützt. Sie mischte etwas Dung vom Komposthaufen unter die Beete, weshalb sie Ihr Gesicht verzog, als sie beim näheren Betrachten ihrer Hände, den dezent würzigen Geruch von Fäulnis und Scheiße wahrnahm.
Ein weiterer kühler Hauch streifte ihr Genick und rief eine Gänsehaut hervor. In dem Moment, als sie sich aufrichtete um sich ihre Strickjacke zu holen, bemerkte sie aus dem Augenwinkel, dass eine dunkle Gestalt schräg hinter ihr stand:
„Hallo, schöne Nachbarin, kann ich dir helfen?!"

Die Ansprache kam so plötzlich und laut, dass sie in der Zehntelsekunde, als sie sich umdrehte, gleichzeitig zusammenzuckte vor Schreck. Dabei verriss sie sich leicht den Hals, was eine wütende Antwort zur Folge hatte:
„Verdammt Hank, mußt du dich anschleichen?! Was soll das!? Jetzt hab ich mir auch noch den Hals verrenkt, du, du, du dummer Nachbar!"
Sicher fielen ihr darüber hinaus einige, schlimmere Beschimpfungen ein, doch wieder einmal hatte Maureens Überich ihr zweifellos vorhandenes Temperament im Griff. Als sie aber in sein feixendes Gesicht sah, hätte es ihr fast den Draht aus der Birne gedreht.
Ihr Antlitz lief rot an, da es sich bei ihr aber um ein gut erzogenes, manierliches Mädchen handelte, verdrückte sie sich wiederum einen schlimmeren verbalen Ausbruch.
Es hätte nichts genützt, mit Sicherheit wären jegliche Schimpftiraden an Hanks dickem Fell abgeperlt wie Wassertropfen an einer Lotuspflanze. Dann hätte sich Maureens Ärger höchstens noch weiter gesteigert:
„Und überhaupt, du siehst doch, dass ich schon fast alles erledigt habe, wie willst du mir da noch helfen?"
Hank lehnte wie ein Fragezeichen cool auf seiner Seite des alten, rostigen, gusseisernen Gartenzaunes, der ihre Grundstücke trennte. Er grinste jetzt umso breiter:
„Ich könnte dir ja nach der Gartenarbeit etwas helfen, beim Aufräumen, vielleicht beim Duschen oder sooo....?"
Er wedelte dazu mit den Augenbrauen auf und ab, als ob er Tom Seleck aus der Serie Magnum darstellte. Natürlich war er dazu nicht in der Lage. Er sah zwar gepflegt und passabel gekleidet aus, so gut wie es sich ein kleiner Verwaltungsangestellter eben leisten konnte. Aber er war Mitte vierzig, hatte eine sehr hohe Stirn, also sehr viel Gesicht um es höflich auszudrücken, und er hatte die letzten zwanzig Jahre wohl zu sehr dem Verzehr von Fastfood gefrönt. Sein Bauch schien mit aller Macht daran zu arbeiten, die Knöpfe seines Hemdes abzusprengen, um dann ungehindert dem Boden entgegenzustreben. Alles in allem, kam er so gar nicht nach Maureens Geschmack. Sie fauchte ihm entgegen:
„Das hättest du wohl gern?"
Bevor er in der Lage war, „Ja" zu sagen, schob sie noch nach:

„Wie geht es übrigens Dorothy, deiner Ehefrau, mein lieber Herr Jablanovsky?"
Treffer, versenkt. Sie drehte sich auf dem Absatz ihrer Gummistiefel um, und strebte in Richtung Hintertür.
Dabei fasste sie sich mit der rechten Hand ans schmerzende Genick und hastete schnellen Schrittes, leise vor sich hin fluchend, auf dem mit simplen Waschbetonplatten ausgelegten Weg in Richtung Haus.
Hank rief ihr hinterher:
„Hey, jetzt sei doch nicht gleich sauer, wann kommt eigentlich Joachim mal wieder nachhause? Ich wollte euch nochmal zu einem Barbecue einladen, bevor es zu kalt wird. Hey, nun sag doch was. Richte ihm wenigstens meine besten Grüße aus, wenn du heute noch mit ihm telefonierst, Süße."
Er hielt seine Arme hoch, als ob er sich ergeben wollte und winkte mit den Händen. Sein Bauch hüpfte dabei auf und ab, bis das Hemd aus dem Hosenbund rutschte.
Maureen eilte unbeirrt und so schnell sie es schaffte weiter. Dann kam nur noch ein etwas enttäuscht klingendes, „See you later, Alligator", von Hank, bevor er die Hände herunternahm und in Richtung seines Hauses trottete.
Diesen Ausspruch ließ er fast jedes Mal zum Abschied ab, eine der vielen Marotten, die er aufzuweisen hatte. Erst als Maureen die Fliegengittertür des kleinen, hinteren Flures öffnete, drehte sie sich nochmal um und lächelte. Einerseits weil es ihr gefiel wie der schwerfällige Hank mit gesengtem Haupt, das Hemd in den Hosenbund zurückstopfend, durch seinen Garten stapfte. Andererseits, weil sie bemerkte, dass sie es wieder einmal geschafft hatte, ihren Hals zu verdrecken und einzustinken, als sie mit der rechten Hand in Richtung des Genickschmerzes griff.
Während des Lächelns fing sie damit an, ihren Kopf leicht zu schütteln. Sofort wusste sie wieder, weshalb sie etwas angesäuert reagiert hatte.
„Aaah, Sch....eibenkleister, die Knochen schmerzen mir schon von der blöden Gartenarbeit, jetzt hab ich mir auch noch den Hals verrenkt. Danke, Hank", sprach es und verschwand im Haus. ...

2. Dowannee, Florida I

Heute war Joachim dran ins Loch zu steigen. Er und Osman Akbulut, kurz Ossi genannt, ein eingewanderter Türke, hatten es als einzige vom Trupp drauf, mit dem großen Bagger wirklich umzugehen. Sie wechselten sich täglich ab. Einen Tag im Bagger sitzen, angenehm klimatisiert, mit dem Arsch auf einem bequemen Sessel im Führerhaus, am nächsten Tag dafür ab in den feuchten Graben, in die schwüle Hitze, zum Verlegen von Drainagerohren. Das Sommerklima hatte ihnen die letzte Zeit unerträglich eingeheizt, sogar jetzt, im Oktober, änderte sich daran nur wenig.
Unten im Loch musste man ständig auf der Hut sein, vor der Baggerschaufel, vor aufgeweichtem Erdreich, vor nachrutschenden Seitenwänden, vor beim Herunterlassen schwingenden Spundwänden, und vielem mehr.
Zur Absicherung vor einstürzendem Erdreich zog das Team Spundwände ein. Aber bis sie diese Spundwände fertig verbaut hatten, konnte einiges schiefgehen.
Joachim und sein Kollege Jeffrey Stiles, aus Boston, hielten sich im gefährlichsten Bereich auf, ganz vorn, wo der Baggerführer soeben das Erdreich frisch aushob.
Sie hatten die Aufgabe, kleinere Brocken, die der Bagger zurückließ wegzuschaufeln, und dann die Spundwände von der Baggerschaufel entgegenzunehmen, einzusetzen und zu befestigen.
George Butterman und Finn Johannson arbeiteten weiter hinten daran, im Schutz der fest verschraubten und abgestützten Spundwände, ein Kiesbett in den Graben zu füllen, und dann das Drainagerohr darauf zu verlegen.
Ein anderer Trupp folgte, um Einiges weiter hinten, baute dort die Spundwände wieder ab, und verfüllte dann den Graben mit wasserdurchlässigem Kies.
Nachdem Ossi die nächsten zwei Meter Graben ausgehoben hatte, ließ er die große Baggerschaufel nach oben gleiten. Er kippte den Abraum auf den vorhandenen Erdhaufen neben dem Graben, stieg aus, und befestigte die nächsten Spundwände mittels einer Stahlkette an der Schaufel.

Joachim beschäftigte sich damit, die vorher eingesetzten Wände fest zu verschrauben und abzustützen.
Jeffrey ging das nicht schnell genug, er hatte vor, heute noch einige Meter zu schaffen, und sprang allein, mit der Schaufel in der Hand, in den frisch freigelegten Graben.
Dort fing er an, wie vom Teufel geritten, die letzten herumliegenden Erdbrocken wegzuschaufeln.
Joachim rief ihm hinterher:
„Jeff, warte doch noch, bis wir hier hinten fertig sind, die neuen Wände sind doch noch gar nicht da. Du weißt genau, dass du nicht allein da vorn herumspringen sollst, was ist, wenn dich Ossi übersieht und du die Wände auf deinen Dickschädel kriegst!"
Wie erwartet hörte Jeffrey nicht. Ohne sich umzudrehen winkte er schlechterdings ab und schuftete weiter.
Ossi saß inzwischen wieder im Führerhaus und bewegte die Spundwände, sodass sie hoch über der Baugrube schwebten. Unvermittelt vernahmen alle Anwesenden ein schmatzendes Geräusch. Beide, bisher nicht abgesicherten Erdwände des Grabens, lösten sich gleichzeitig und stürzten klatschend über Jeffrey zusammen.
Jeffrey verschwand, völlig begraben unter der feuchten, morastigen Erde. Der Druck der Erdmassen schien in förmlich zu zerquetschen. Er war nicht in der Lage zu atmen oder etwas zu sehen; bewegungslos gefangen, wie in einer betonharten Schneelawine, nur ohne die dazugehörige Eiseskälte.
Langsam ging ihm die Luft aus, aus Sauerstoffmangel lief er schon blau an. Kein Schrei durchdrang den dichten Matsch, er hatte keine Möglichkeit die Aufmerksamkeit auf sich zu lenken. Joachim, stand ein paar Sekunden lang geschockt, mit weit aufgerissenen Augen, gleich daneben im gesicherten Bereich. Er ließ den Schraubenschlüssel fallen und sprang wie vom Blitz gerührt den Graben entlang, hinüber auf den matschigen Erdhaufen.
Bis Ossi endlich kreidebleich aus dem Bagger hüpfte, hatte Joachim den Kopf und das Gesicht seines Kollegen mit bloßen Händen freigelegt, sodass Jeff wieder zu Atem kam. Er schnappte erbärmlich nach Luft, weil das übrige Erdreich weiterhin den Brustkorb zusammendrückte.

Ohne seinen muskulösen Körperbau, hätte der Druck ihm vermutlich einige Rippen gebrochen, oder bestünde sogar die Möglichkeit, dass der gesamte Brustkorb eingedrückt wird.

Ossi, und die weiter entfernten Kollegen, George und Finn, erreichten den Verunglückten etwas später, und legten zusammen mit Joachim, nun zu viert, Jeffrey Stück für Stück wieder frei.

Ein eingespieltes Team. Alle behielten die Ruhe und waren konzentriert bei der Sache, ohne dass sie dafür Worte benötigten. Jeder wusste um seine Aufgabe.

Aus Jeffs völlig dreckverschmiertem Gesicht leuchteten die vom Adrenalin weit geöffneten Augen regelrecht hervor, wie Scheinwerfer unter einer dicken, alles bedeckenden Schlammschicht. Er sah irgendwie aus, wie ein Haufen dunkler Scheiße mit Augen. Joachim holte ein Taschentuch aus seiner Overalltasche und wischte ihm über das Gesicht:

„Jeff, Jeff, ganz ruhig, hast du Schmerzen? Kannst du atmen? Brauchst du einen Arzt?"

Jeff krümmte sich ein bisschen, tastete seinen Oberkörper ab, sah zu Joachim und den Anderen auf, und fing an zu grinsen.

„Au, Mann, das war knapp, es geht schon wieder, ich bin nur etwas groggy, als wenn mich jemand durch 'ne Knoblauchpresse gequetscht hätte," erwiderte er mit etwas gequälter Stimme. Dann fuhr er fort:

„Hey Mann, Joachim, ich wußte ja schon immer, dass du`s drauf hast, danke Mann, danke für deine schnelle Reaktion, ich hab da unten echt keine Luft mehr gekriegt, danke nochmals, hast was gut bei mir."

„Ok Jungs, helft Jeff raus aus dem Loch, bevor er sich noch in mich verliebt. Ossi, Butt (George Butterman), ihr zieht von oben, Finn und ich bleiben unten bei Jeff und schieben etwas", lauteten die ersten Anweisungen des Neulings, die diesmal von den Anderen ohne zu murren umgesetzt wurden.

Ab diesem Zeitpunkt akzeptierten die Kollegen Joachim als vollwertiges Teammitglied.

Vorher nahmen sie ihn nur als Fremden wahr, als Neuling, der sogar in der Lage war, mit dem Bagger umzugehen. Jemand, den sie nicht kannten, ein Landei und Einer, den vermutlich der Chef als Spitzel engagiert hatte.

Ja, paranoides Verhalten ist weit verbreitet, hauptsächlich in der Arbeitswelt. Aber das war jetzt endlich vorbei, lange genug hatte es gedauert.
Ossi und Butt kletterten aus dem Loch und beugten sich hinunter.
Jeff streckte ihnen beide Arme entgegen, jeder schnappte sich einen Arm und zog, während Finn und Joachim von unten schoben. Mit einem lauten Schmatzen löste sich Jeff aus dem wabbelnden Dreckhaufen. Dann zogen Ossi und Butt ihn nach oben.
Da, wo er vorher noch im Matsch steckte, klaffte jetzt ein Loch, dass sich langsam, wie Moorboden, schmatzend wieder schloss.
„Hey, mein Stiefel, mein Stiefel is` weg! Er muss noch im Dreck stecken! Ich hab direkt gespürt, wie dieser verdammte scheiß Sumpf ihn mir vom Fuß gezogen hat!"
Ossi und Butt sahen sich an, schüttelten den Kopf und lachten. Fast rutschte Jeff ihnen wieder aus den Händen, aber sie griffen, immer noch lachend, fester zu und zogen ihn über den Rand nach oben.
Finn stand noch im Dreck und schaute hinauf zu ihnen:
„Wir sollen jetzt hier herumwühlen wie die Maulwürfe und deinen stinkenden Stiefel suchen, oder was?"
Jeffrey sah flehend über den Rand herunter zu ihnen:
„Tut mir doch den Gefallen, ich hab mir nur zwei Paar Arbeitsstiefel mitgenommen. Sonst hab ich nichts mehr zum Wechseln, und in Dowannee gibt`s bestimmt keine passenden Arbeitsschuhe für mich. Die haben keine in Größe 48."
Joachim patschte mit der Hand auf Finns Schulter.
„Ich sehe jetzt schon aus wie ein Sumpfmonster. Du kannst ja hinten die Rohre noch fertig machen. Ich buddle inzwischen den Stiefel aus, ok?"
Finn nickte nur kurz und stapfte hinter, in den gesicherten Bereich des Grabens. Joachim schnappte sich eine Schaufel und fing an, nach dem Schuhwerk zu graben. Obwohl er wusste, wo er zu suchen hatte, dauerte es fünf Minuten, bis er den Stiefel fand.
Ossi und Butt trollten sich wieder zu ihrer Arbeitsstation. Nur Jeff saß weiterhin oben am Rand, völlig verdreckt. Augen und Zähne blitzten aus seinem Grinsegesicht:
„Schön, dir beim Arbeiten zuzusehen."

Joachim brummte und schleuderte den soeben ausgegrabenen Batz-Stiefel in Richtung Jeff. Der ließ den Stiefel mit offenen Armen gegen seine Brust prallen und hielt ihn dann fest, wie ein Fußballtorwart.

„Au, au, meine Rippen, hey Mann, so kann man doch einen Invaliden nicht behandeln", rief er hinunter und verzog sich aus Joachims Blickfeld.

Die Anderen arbeiteten amüsiert weiter. Als Joachim seinen Blick nochmal nach unten richtete, auf die Stelle wo er soeben den Stiefel befreit hatte, sah er etwas grünlich, metallisch glänzen.

Was war in der Lage, sogar in diesem Dreck noch zu glänzen, fragte er sich und beugte sich nach unten, um das Teil freizulegen. Er packte das Objekt nur mit Daumen und Zeigefinger und zog daran. Dabei löste es sich erstaunlich leicht aus dem Matsch, als würde die feuchte Erde es freiwillig freigeben, ganz ohne Gegenwehr, ganz ohne dieses Schmatzgeräusch.

Als er es im Arbeitshandschuh hatte, hob er es hoch auf Augenhöhe, drehte und betrachtete es fasziniert von allen Seiten.

Dabei schien der feuchte Schmutz davon abzuperlen, wie bei einem Lotuseffekt.

Das entlockte Joachim nur ein kurzes, leises und in sich gekehrtes: „Wow".

Definitiv aus Metall, aus welchem wusste er nicht. Rost hatte es auf alle Fälle nicht angesetzt in der Feuchtigkeit des Morastes. Von außen schimmerte es grünlich. An der Innenseite wechselte es dann in eine Messingfarbe über.

Sieht aus wie ein freakiger Becher, dachte er. Wie ein Becher, rund, unten abgeflacht, oben offen, oder wie eine mickrige Urne ohne Deckel, auf jeden Fall ein Behältnis für irgendetwas. Für etwas Kleines, Handgroßes.

Und es reinigte sich scheinbar von selbst, ließ keinen Kontakt mit dem Schmutz zu, streifte ihn mit Leichtigkeit ab.

Je mehr sich der Becher selbst reinigte, kamen seltsame Verzierungen zum Vorschein, an der Außenseite, kleine Kreise, ganze und halbe, Rechtecke, Quadrate, Dreiecke und Wellenlinien, fast wie eine uralte Schrift, wie in Fels gehauene Runen, ungewöhnlich und fremdartig.

Joachim zog seinen rechten Arbeitshandschuh von der Hand und steckte ihn, ohne die Augen von dem Becher zu lassen, hinter den Latz seines Overalls.
Als er das Teil mit der bloßen Hand berührte, fühlte er, dass der Behälter anfing, leicht zu vibrieren.
Wenn er die Hand wieder wegnahm, hörte es auf. Seinem inquisitiven Wesen entsprechend, versuchte er es ein paar mal, je näher er dem Becher mit der Haut kam, desto mehr schien er zu vibrieren, Finger wieder weg, nichts mehr.
Außerdem fühlte sich der Becher auf der grünen Seite wesentlich wärmer an als auf der Innenseite.
„Ob das mit gespeicherten oder reflektierten Sonnenstrahlen in Verbindung steht", fragte er sich stirnrunzelnd. Finger drauf, Hand wieder weg, nach einer kleinen Weile hatte er genug.
Laut Einstein wird Wahnsinn dadurch definiert, dass jemand ständig exakt den gleichen Versuch unternimmt, dabei immer das gleiche Ergebnis erzielt, aber jedes Mal auf ein anderes Resultat hofft, dachte er. Dieses Teil gefiel ihm. Er steckte es ein und nahm es mit. Es war sowieso kurz vor Feierabend, nur ein bisschen aufräumen, Werkzeug mitnehmen und Schluss, ab in den Wohncontainer, unter die Dusche, und dann ..., mal sehen.
Die Baustelle lag wenige Meilen entfernt von Dowannee. Dort gab es nur ein Motel. Die Firma dachte nicht daran, sämtliche Bauarbeiter dort unterzubringen. Zu teuer. Auf dem Baustellengelände aufgestellte Wohncontainer mussten genügen. Es sah aus wie im Dschungelcamp.
Es gab Duschen, eine Kitchenette, einen Aufenthaltsraum und mehrere Zweibettzimmer mit Spinden, wie beim Militär. Für die Sanitäranlagen und das Brauchwasser gab es einen Wassertank, Strom erzeugte ein Diesel-Generator, der die ganze Nacht lang brummte, und die Crew beim Einschlafen störte.
Die feuchtheiße Luft drückte, eine Klimaanlage gab es nur im Bagger, und die Moskitos reisten vermutlich direkt aus Transsylvanien an. Knoblauch, Holzpflöcke, nicht einmal Giftspray halfen gegen diese Vampire.
Ständig musste man auf der Hut vor Schlangen, Feuerameisen oder sogar Alligatoren sein.

Die Jungs blieben deshalb nur zum Duschen hier, fuhren dann ins Dorf, um etwas vernünftiges zu Essen, oder nur, um miteinander ein paar Gläser zu heben und zu relaxen.

Spät nachts kamen sie dann meistens, reichlich vollgetankt, zurück ins Dschungellager, ließen sich in ihr Bett fallen und schwebten von dannen. Nur den zuvor ausgelosten Fahrer, traf es übel. Mangels flüssigem Sedativum hörte er den Generator brummen und die Moskitos summen. Die ganze, lange Nacht durch. Außer er gab sich nach der Dorftour im Camp die Kante, bei einer Flasche Whiskey oder einem Sixpack Bier.

In Dowannee lebten nur circa 700 Einwohner. Trotzdem gab es einige Restaurants, Cafés und eine Bar mit Live-Musik. Ein Geheimtipp für die immer zahlreicher werdenden Angeltouristen. Es bestand hier die Möglichkeit zum Süßwasserfischen im Dowannee River, oder Salzwasserfischen im Golf, aber jetzt im Oktober, zog langsam Ruhe ein. Die Crew bevorzugte an den Wochenenden das `Beef `O´ Donague Dowannee´, weil sie hier in der Sportsbar Football oder Baseball zum Bier serviert bekamen.

Oder sie verspachtelten ein dickes Steak im `Dixie Grilled Beef´, oder aßen im `The Diner Room´. Es gab hier zwar auserlesene Fischgerichte, aber Joachim hatte erstmal genug vom Fisch. Wenn sie Lust auf Live-Musik verspürten und vorhatten einmal ein echtes Mädchen zu sehen, hingen sie in der `The Four Roses Tavern´ ab.

Nach dem Vorfall mit Jeffreys Erdrutsch, fühlten sich alle, vollgepumpt mit Adrenalin, fit für den Abend. Joachim und insbesondere Jeffrey, sahen aus wie frisch aus dem Gully gezogen, und es wurde schon langsam dunkel. Hier im Süden gab es eine wesentlich kürzere Dämmerung, als in Joachims Heimatstadt, Port Ryan. Es war an der Zeit, sich in den Feierabend zu verabschieden. Und wenn die Crew an der Front des Grabens die Arbeit niederlegte, blieben für die nachfolgenden Teams ebenfalls nicht mehr viele Möglichkeiten weiterzuarbeiten.

Joachim stieg aus dem Graben, hinauf zu Jeffrey. Völlig verdreckt lächelten sie sich gegenseitig an und klatschten sich mit einem High Five ab.

Zusammen schlurften sie erst einmal zum Brauchwasserschlauch, direkt an der Außenseite des Wassertanks, drehten den Hahn auf und spülten sich den gröbsten Dreck von der Kleidung.
Ossi, der den ganzen Tag seine Eier im Bagger geschaukelt hatte, war der Sauberste und winkte ihnen grinsend zu:
„Ihr habt euch also doch verliebt! Jetzt duscht ihr schon zusammen!"
Nicht auf den Mund gefallen, gab Jeffrey ihm ohne Verzögerung Kontra:
„Hey, Ossi, muß man eigentlich intellektuelle Insolvenz auch beim Konkursgericht anmelden?"
Ossi erwiderte:
„Sag du es mir, du solltest da besser Bescheid wissen."
Ohne eine Antwort abzuwarten, verschwand er im Container.
Als sich alle geduscht und aufgehübscht hatten, soweit einem überhaupt in den Sinn kam, diese Kerle als hübsch zu bezeichnen, trafen sie sich in ihrem Aufenthaltsraum. Mehr oder weniger aufgebrezelt freilich.
Der knuffige Ossi sah aus, als hätte er seine schwarze Gesichtsbehaarung fünf Tage lang nicht rasiert, hatte es in Wirklichkeit aber nur heute unterlassen. Was sein Bart, und seine Körperbehaarung an Wachstumskraft vorwiesen, fehlte ihm dafür auf dem Kopf. Dort war nicht nur der türkische Sichelmond aufgegangen, es scheinte schon fast ein Vollmond durch das spärliche Haupthaar. Seine dunklen Augen strahlten immer hellwach.
Bei Jeff, dem waschechten Texaner, den es irgendwie an die Ostküste verschlagen hatte, hörte man bereits an seinem Dialekt, woher er kam. Die Familie Stiles wanderte vermutlich schon in der Pionier- und Siedlerzeit in die Staaten ein. Eine athletische Erscheinung. Mit den roten Haaren und seinen fast zwei Metern Länge, erinnerte er ein wenig an einen Leuchtturm. Leuchtturm oder Feuermelder sollte man ihn aber besser nicht nennen, sonst bekam man Probleme mit Jeffs impulsiven Temperament, und es war von Vorteil, Ärger mit diesem Muskelberg aus dem Weg zu gehen.
Um Einiges friedlicher und gelassener erschien da Butt. Ihn brachte so schnell nichts aus der Ruhe.

Bei ihm handelte es sich eher um eine Schlaftablette, einen Favoriten für die Weltmeisterschaft im Extrem-Couching, wenn es diese Sportart gäbe. Als Resultat davon hatte er zuviel auf den Rippen.
Genau das Gegenteil von ihm war Finn. Das Klischee eines schwedischen Abkömmlings. Hellblond, blauäugig, und im Gegensatz zu Butt eine echte Bohnenstange, sehr drahtig. Wenn man mit ihm zutun hatte, unterlag man immer dem unterschwelligen Zwang, ihn zu füttern, damit er endlich etwas zunahm.
Am besten hätte man eine Maschine konstruiert, die von Butt einige Kilos absaugte, und sie dann in Finn hineinpumpte. Ein erfolgversprechendes Konzept. Dieses Gerät ließe sich sicher verkaufen wie warme Semmeln, ein Renner, insbesondere der Teil mit dem Absaugen.
Sie alle hatten sich schon um den kleinen Klapptisch versammelt und eine Bierdose geöffnet. Außer Joachim, der hängte noch schnell seinen grob gereinigten und patschnassen Overall, zum Trocknen, draußen über die Leine, als unvermittelt der Becher, aus der Seitentasche heraus, auf den Boden fiel.
Beim Aufheben verspürte er sofort wieder dieses vibrieren, es kitzelte sogar etwas in den Fingerspitzen, nur leicht, nicht unangenehm.
„Das wird doch keine Strahlung sein", überkam es ihn kurz, „Quatsch", antwortete er sich selbst.
Jetzt wurde es ihm doch etwas mulmig zumute, und er brachte den Becher eilig in seinen Schlafraum, wo er ihn im Spind einsperrte. Dann schlenderte er hinüber in den Gemeinschaftsraum. Ossi, Butt, Finn und speziell Jeff, empfingen ihn johlend und klatschend wie einen Superstar.
„Hey, mein Schutzengel, setz dich her und mach dir auch `ne Dose auf", jubelte ihm Jeff entgegen.
„Nein, sorry, Jungs, ich trinke heute lieber keinen Alkohol. Erstens muss ich heute noch nach Dowannee zum Telefonieren, zweitens muss ich euch nicht erinnern, was letztes Wochenende passiert ist, als ich besoffen war, und drittens braucht ihr doch einen Fahrer. Das Auslosen können wir uns dann sparen. Es verliert doch sowieso meistens Butt.
Dann könnt ihr schön mit Jeff feiern, euch zusammen vollaufen lassen und ich feiere eben mit Ginger-Ale, Kaffee oder irgendeinem anderen Zeug. Kein Problem für mich."

„Mußt du dich wieder bei deiner Alten zum Rapport melden", frotzelte Jeff ihn etwas enttäuscht an.
„Nein, ich muß unbedingt mit **meiner** Prinzessin turteln, nicht mit **deiner** Freundin", erwiderte Joachim mit hochgezogenen Augenbrauen.
„Also Jungs, auf geht`s, ab in den Ford, ich will mit meiner Holden telefonieren."
Da ihre Knochen anfingen, nach der Arbeit langsam steif zu werden, standen sie behäbig und schwerfällig auf, wie alte Leute, die sich im Seniorenheim nach dem Verzehr ihres Fertigmenüs vom Tisch erheben.
Auf dem Weg zum fahrbaren Untersatz vereinbarten sie, dass sie sich, zur Feier des Tages, im `Dixie Grilled Beef´, ein dickes Rip-Eye-Steak gönnen.
Speziell Butt war begeistert, was man ihm aber nur an seinem Gesicht ansah, da er wieder einmal kein Wort zuviel laberte.
Joachim vereinbarte, gleich nach seinem Telefonat zu ihnen zu stoßen. Jeff hatte vor, danach einen auszugeben.
Am besten im `The Four Roses Tavern´, dort gab es zwar mitten unter der Woche keine Live-Musik, und es herrschte kein großer Trubel, was aber den Vorteil aufwies, dass man wenigstens die Möglichkeit hatte, sich in Ruhe zu unterhalten, ohne gezwungen zu sein, zu schreien.
Gesagt, getan. Joachim fuhr mit dem gackernden Haufen von Kollegen nach Dowannee. Im Autoradio lief der neueste Billy Idol Song `Hot in the City´. Joachim drehte das Radio etwas stärker auf, und sang das Lied zusammen mit den anderen laut im Chor.
Sie erreichten das Dorf innerhalb weniger Minuten und er setzte die Vier vor dem Grillrestaurant ab. Dann fuhr er weiter zum Dowannee Inn Motel, wo es ein öffentliches Telefon gab.
Auf dem eingestellten Sender meldete sich, nach einem Jingle, die Nachrichtensprecherin:
„Sie hören Live Oak Radio, mein Name ist Clarissa Stein, wir haben Donnerstag, den 13.10.1983, 19:00 Uhr in unserem schönen Dixie County, und hier sind die neuesten Nachrichten."...

3. Erinnerungen an Gainsville, Florida

Während der gesamten Fahrt zum Motel liefen die Nachrichten im Radio. Er dachte an das letzte Wochenende, als er sich mal wieder völlig besoffen zum Narren gemacht hatte. Die Erinnerungen waren allerdings nur noch rudimentär vorhanden. Er erinnerte sich, wie er mit den Jungs zusammensaß und sie darüber sprachen, groß auszugehen. Immerhin handelte es sich um einen Samstag, und sie hatten die Perspektive, am nächsten Tag auszuschlafen.

Da sie Dowannee in- und auswendig kannten, unterbreitete Joachim den Vorschlag, sich auf den weiten Weg nach Gainsville, Florida, zu begeben. Dort lag zwar ebenso das provisorische Büro vom Boss, aber die Stadt war groß genug, sodass sie ihn sicher nicht zu Gesicht bekämen. Jeffrey und Finn stimmten begeistert zu.

Osman und George hatten keinen Bock auf die weite Fahrt, davon abgesehen betrug die einfache Strecke rund 68 Meilen und es sagte ihnen mehr zu, in Dowannee auszugehen. Der Ausflug fand deshalb nur zu dritt statt.

Jeff erwischte das Pech, als Fahrer ausgelost zu werden. Dafür hatte er verständlicherweise alle nicht alkoholischen Drinks frei. Trotzdem fluchte er fürchterlich, als er den Kürzeren zog.

Über die 'FL-26' ging es zunächst nach Westen, dann bogen sie in die 'SE Co Rd 349' ab, die bis Gainsville führte.

Sie parkten den Transporter mitten in der Stadt, und flanierten zunächst mit großen Augen durch das neonbeleuchtete Vergnügungsviertel.

Da Joachims Erinnerungen nur verschwommen zur Verfügung standen, strengte es ihn etwas an darüber nachzudenken, wo sie eingekehrten.

'The Smoke Box', genau, der Name gefiel Finn am besten. Es handelte sich um ein ordentliches Pub mit gemischtem Publikum. Ein voller, aber nicht überfüllter Laden. Sie nahmen zwei freie Barhocker in Beschlag, Finn war in Ermangelung weiterer Sitzmöglichkeiten gezwungen zu stehen.

Joachim erinnerte sich, dass die Kneipe ein auffallend vielfältiges Angebot an Biersorten anpries, und dass sie sich die Bierkarte herauf und herunter durchsoffen. Sogar ein paar Starkbiere probierten sie.

Die Musik dröhnte laut. Songs wie `Mr. Roboto´ von Styx, `Do You Really Want to Hurt Me´ von Culture Club oder `Total Eclipse of the Heart´ von Bonnie Tyler wurden gespielt. Vermutlich wurde Joachim das Starkbier zum Verhängnis. Er hatte schon lange genug, bestand aber darauf, immer wieder ein neues Bier zu probieren.
Finn war ebenfalls schon völlig breit. Dann wurde es Jeff zu blöd und er entschied sich dafür zurückzufahren.
Finn stimmte wie zu erwarten zu, aber Joachim wollte weiterfeiern.
Es gab Diskussionen, und Jeff fasste Joachim etwas grob am Oberarm an, um ihn von seinem Hocker herunter nach draußen mitzuschleifen.
Joachim riss sich los und stieß dabei, besoffen wie er war, sein halbvolles Glas vom Tresen.
Das Glas zersprang auf dem Fußboden hinter der Bar. Dann erinnert sich Joachim verschwommen daran, dass er vorhatte, sofort ein neues Bier zu ordern, sich stattdessen ein zwei Meter großer Security-Mann, mit Glatze und Tattoos, vor ihm aufbaute und ihn unmissverständlich bat, das Lokal zu verlassen.
Erwartungsgemäß wollte Joachim nicht hören. Als der Typ dabei war, zu einem Faustschlag auszuholen, drängte sich Jeff dazwischen. Jeff und der Security-Mann standen sich für ein paar Sekunden, fast Nase an Nase, auf Augenhöhe gegenüber.
Dann faselte Jeff irgendetwas wie:
„Sorry, mein Kumpel hat ein Glas zuviel von eurem tollen Bier gesoffen. Ich nehm ihn jetzt mit. Es gibt keine weiteren Probleme. Wir verschwinden jetzt."
Der Typ brummte nur:
„Macht zusammen 90 Dollar, das kaputte Glas ist mit inbegriffen!"
Jeff klopfte Joachims Oberkörper mit der flachen Hand ab, fand dessen Brieftasche, nahm einen 100 Dollar-Schein heraus, legte ihn auf den Tresen und sagte:
„Stimmt so."
Joachim erinnerte sich, dass er sich kurz beschwerte, sich dann aber beugte, und sich von Jeff und Finn hinausführen ließ. Draußen riss er sich dann los und bestand darauf, noch woanders einzukehren.

Als die beiden Kollegen ablehnten und alles gut zureden ebenfalls nichts half, winkten sie ab und verschwanden. Er würde schon irgendwie zurückkommen.
Wer nicht hören will, muss fühlen. Vermutlich fuhren sie ohne schlechtes Gewissen zurück ins Dschungelcamp.
Ab diesem Zeitpunkt werden Joachims Erinnerungen immer bruchstückhafter. Er erinnert sich unterschwellig an ein 'Sunrise Brothel', wo er es sich von einer Nutte besorgen ließ.
Danach, immer noch im Puff, an ein flackerndes Licht, wie eine Warnleuchte, nur in Grün. Dann ..., Filmriss, nichts mehr, bis er am Morgen auf einer Parkbank aufwachte. Aus der Brieftasche fehlte sämtliches Bargeld. Sein Geheimfach im Gürtel hatten sie aber, wer immer ihn beraubte, vermutlich die Huren im Puff, übersehen. Der dort gebunkerte Notgroschen von 200 Dollar war noch an Ort und Stelle. Das Bargeld ermöglichte ihm die Rückfahrt ins Camp.
Wie schon so oft, hatte er schlicht und einfach die Kontrolle verloren. Der verdammte Alkohol. ...

4. Dowannee, Florida II

Joachim hörte sich die Nachrichten zu Ende an. Der Bericht drehte sich um ein ungewöhnliches Phänomen. Im Raum Boston hatte man Nordlichter entdeckt, was ausgesprochen selten vorkam in diesen Breitengraden. In höchstem Maße unerklärlich schien es den Wissenschaftlern dabei zu sein, dass sie vorher keine größere Sonneneruption registrierten und somit kein stärkerer Sonnensturm gegen das Magnetfeld der Erde drückte.
Es gab Stimmen zu hören, wonach es sich eventuell um ältere, langsamere, geladene Sonnenpartikel handele, oder sogar um Partikel, die gar nicht von unserer Sonne stammten, sondern vor Äonen einem anderen Stern entwichen, und seitdem durch das All rasten. Weshalb das Polarlicht, ohne einen auffälligen Sonnensturm, soweit südlich von seiner angestammten Heimat erschien, dafür hatten sie bisher keine Erklärung gefunden.
Mutmaßungen und Humbug, die wissen einfach gar nichts, und werden dafür auch noch fürstlich bezahlt, dachte sich Joachim.
Als der Bericht zu Ende war, erreichte er das Motel.
Wenn er an der Rezeption Bescheid gab, dann schaltete ein Motelmitarbeiter die Leitung in der Telefonzelle frei, und er bezahlte danach die Kosten für das Gespräch an der Rezeption mit der Kreditkarte. So war er nicht gezwungen, einen Haufen Kleingeld mitzuführen.
Die Motel-Angestellten kannten bereits sein Gesicht, da er fast jeden Abend zum Telefonieren erschien. Als er hereinkam, hob er während des Gehens kurz die rechte Hand zum Gruß auf Schulterhöhe, wünschte einen guten Abend, ließ die Grußbewegung in einen wortlosen Fingerzeig, wie einer dieser alten Autoblinker, vormals Winker genannt, in Richtung Telefonzelle übergehen, und bog dorthin ab.
Donna Schneider, die heute Abend Dienst hatte, hob ebenfalls ihre Hand zum Gruß, lächelte, nickte ihm kurz zu und schaltete die Leitung frei. Als Joachim vorbeihuschte, sah sie ihm mit ihren rehbraunen Augen hinterher. Na ja, er hatte aber auch einen wohlgeformten Po.

In seiner Lederjacke erinnerte er sie etwas an James Dean. Wie alt mag dieser knackige Kerl sein, vielleicht dreißig oder so, dachte sie.
Joachim bemerkte instinktiv, dass sie ihn beäugte, und sah sich um, als er sie bereits passiert hatte.
Als sich ihre Blicke trafen, wandte Donna augenblicklich ihre Aufmerksamkeit nach unten auf das Pult, und täuschte irgendeine wichtige Beschäftigung vor.
Als Joachim sich dann wieder Richtung Telefon drehte, schüttelte Donna fast unmerklich den Kopf und lächelte, obwohl sie nie schüchtern gewesen war, etwas verlegen in sich hinein.
Sie stammte ebenfalls nicht aus Dowannee, war wegen eines herrschsüchtigen Typen aus Tampa abgehauen, und stand hier seit fast einem Jahr in Brot und Arbeit. Von einheimischen Kerlen hatte sie sich ferngehalten. Das würde nur Ärger und Eifersüchteleien provozieren, und auf diesen Beziehungsscheiß hatte sie zur Zeit keine Lust. Aber ein vortrefflich aussehender Auswärtiger, könnte eine Sünde wert sein.
Joachim öffnete die Kabinentür, hob den Hörer ab, das Freizeichen ertönte. Die Vorwahl für Massachusetts, die Ortsvorwahl und die Telefonnummer, kannte er auswendig. Es ratterte ein paar Sekunden, bevor die Leitung stand und das Tuten für die Anwahl ertönte. Es tutete nur zweimal, bis jemand abhob. Maureen hatte vermutlich direkt neben dem Telefon gesessen, und auf seinen Anruf gewartet. ...

5. Port Ryan, Massachusetts II

Maureen zog die verschmutzten Gummistiefel aus, stellte sie im kleinen Flur, gleich neben der Hintertür ab, streifte die Gummihandschuhe von den Händen und legte sie sorgfältig auf den Gummistiefeln ab, schlüpfte in ihre Hausschuhe und verriegelte gewissenhaft die Tür.
Seitdem sie ihr zuhause allein bewohnte, schloss sie die Fenster und Türen im Erdgeschoß abends immer fest und sperrte sie ab. Es gab einfach zu viele arme Menschen in der Stadt, und sie vermochte sich vorzustellen, dass der Ein oder Andere auf die Idee kam, sie um das Wenige, das sie besaß, zu erleichtern, oder Schlimmeres.
Ihre Nachbarn hatten natürlicherweise ein wachsames Auge auf sie, manche Anwohner, wie Hank, vielleicht sogar zwei. Trotzdem, Sicherheit hatte Vorrang. Sie ging schnurstracks in die Küche, wusch sich an der Spüle die verschwitzten Hände und das Gesicht.
Als sie später ihren Hals anfasste, bemerkte sie, dass ihre Hand plötzlich wieder schmutzig war. Sie hatte sich vorhin mit dem verdreckten Handschuh ans Genick gefasst.
Den Gedanken, sich sofort unter die Dusche zu stellen, verwarf sie indes gleich wieder, dafür hatte sie zuviel Kohldampf. Esse ich halt ausnahmsweise mal mit einem schmutzigen Hals, dachte sie.
Außerdem wollte sie den abendlichen Anruf von Joachim nicht verpassen, und erst danach ein ausgiebiges heißes Bad nehmen. Das würde sicher die Verspannungen im Genick und im Kreuz lösen. Ja, die Entscheidung fiel auf, Katzenwäsche, Brotzeit, Telefon und heißes Bad, genau in dieser Reihenfolge.
Fürs Kochen fühlte sie sich zu kaputt, deshalb bereitet sie sich nur ein Sandwich als Abendessen zu, und schenkte sich eine Limonade ein. Den Teller mit der Schnitte und das Glas, stellte sie auf dem Couchtisch im Wohnzimmer ab. Das Telefon vom Hauptflur, ausgestattet mit einem extralangen Kabel, platzierte sie ebenfalls auf dem Couchtisch, dann ließ sie sich in die Kunstledercouch sinken. Sie schaltete den Fernseher mittels der Fernbedienung ein. Es lief eine dieser Vorabend-Serien, `Scarecrow and Mrs. King´.
Bruce Boxleitner machte sich rundweg mal wieder zum Trottel, was Maureen zum Schmunzeln brachte.

Amüsiert legte sie die Fernbedienung wieder auf den Tisch, beließ es beim ausgewählten Sender, und machte sich über ihr Abendessen her. Der Gedanke daran, was eine alleinstehende junge Frau, wie Mrs. King, alles zu Leisten im Stande war, gefiel ihr und beflügelte ihre Phantasie. Das Abendbrot hatte sie schnell verputzt, ließ sich zurücksinken, in das extra weich gepolsterte Sitzmöbel. Es gab ein paar Werbeunterbrechungen, bis die schändlichen Buben endlich, unter resoluter Mithilfe von Mrs. King, besiegt waren. Danach flimmerten die 19:00 Uhr-Kurznachrichten über den Äther, wo es unter anderem herrlich grün flackernde Nordlichter zu bewundern gab. Ring ... ring! Das Telefon klingelte so laut, dass Maureen jedes Mal, beim ersten Klingeln, vor Schreck zusammenzuckte. Zuerst griff sie nach der Fernbedienung, um den Fernseher auszuschalten. Ring..., ring! Sie wusste, wer da anklingelte, nahm den Hörer ab und meldete sich gleich mit einem:
„Hallo, Schatz."
„Hallo meine Prinzessin, na, wie war die Gartenarbeit, wie geht es dir?"
„Oooch, geht so, ich habe alles geschafft, alles ist sauber und entsorgt, also die Beete meine ich, aber Hank, dieser Idiot, hat mich fürchterlich erschreckt, sodass ich mir das Genick etwas verrissen habe. Ich spüre es jetzt noch. Nachher nehme ich ein heißes Bad, vielleicht wird es dadurch besser."
„Ja tu` das, Prinzessin, aber was war das mit Hank"?
„Ach, der Trottel hat sich auf seiner Seite des Gartenzaunes angeschlichen, mich dann plötzlich und unerwartet laut angesprochen. Ich wäre fast in Ohnmacht gefallen. Dann hat er mir noch angeboten, mir beim Duschen zu helfen."
Sie klang doch leicht aufgeregt.
„So, so, Hank, ok, ich denke, er ist ein Idiot, aber ich glaube nicht, dass er das ernst gemeint hat. Du bist zwar eine Wahnsinnssüße, aber ich denke Hank weiß genau, dass da nichts zu holen ist. Er hat sich sicher nur einen seiner Späße erlaubt", beruhigte er sie.
„Ja, du hast ja recht, und, was hast du heute so getrieben?"
„Na, geschuftet, wie jeden Tag, und Jeff gerettet."
„Wie gerettet? Was ist denn passiert?"

„Na ja, der übereifrige Kerl ist mal wieder ohne Absicherung im Graben ganz nach vorn gelaufen, du weißt schon, da wo es am gefährlichsten ist, und tatsächlich ist der Erdboden über ihm zusammengeklatscht. Er wäre fast erstickt. Da ich am nächsten dran stand, habe ich sein Gesicht freigelegt, sodass er wieder zu Atem kam. Da hatte Jeff großen Dusel, er hätte auch erdrückt werden können. Die Dummen und die Besoffenen haben eben das Glück gepachtet."
„Das hast du gut gemacht Schatz, ich bin stolz auf dich, das hat dir sicher Pluspunkte bei deinen fremdelnden Kollegen eingebracht. Wenn ich jetzt bei dir wäre, würde ich dir einen Orden verleihen, oder dich sonst irgendwie belohnen, du weißt schon ...", sprach sie in einem lasziven Ton.
Joachim ließ eine kurze Pause verstreichen:
„Ja, Engelchen, du fehlst mir auch sehr. Immer nur diese Anrufe, ich hab ja schon fast vergessen, wie du aussiehst, wie du dich anfühlst oder wie du riechst. Ich weiß nicht, wie ich das noch bis Weihnachten aushalten soll."
„Ooch, du armes Bärchen, mir geht es genauso, ich hätte es nicht besser beschreiben können. Da müssen wir halt jetzt durch, vielleicht kannst du ja nächstes Jahr einen Arbeitsplatz in der Nähe finden? Jetzt ist es eben so, wir dürfen uns nicht von Umständen verrückt machen lassen, die wir nicht ändern können. Hast du heute noch was vor, Schatzi?"
„Erstens, du hast wie immer Recht, ich hoffe inständig, ich kann etwas Näheres finden, und zweitens, Jeff will heute zu seinem zweiten Geburtstag einen ausgeben."
„Trink aber bitte nicht soviel, du weißt, dass du das nicht verträgst."
„Ja, ja, keine Sorge, ich habe mich heute als Fahrer angeboten, darf deshalb gar keinen Alkohol trinken. Übrigens hab ich in den Nachrichten gehört, dass ihr da oben, bei euch, heute Polarlichter zu sehen kriegt."
„Ok, gut Schatz, gut dass du fährst, und von Polarlichtern weiß ich gar nichts.
Oh doch, ich glaube, ich habe vorhin kurz etwas darüber im Fernseher gesehen. Aber wo das sein soll, hab ich gar nicht mitgekriegt. Ich muß nachher nochmal in den Garten und mir das ansehen."

„Tu' das, Prinzesschen, tu' das, ich muß jetzt wieder weiter, die Anderen erwarten mich."
„Ok, hab dich lieb, dann bis Morgen, bye."
„Ja, bis Morgen", er ließ ein Kussgeräusch folgen, sagte „Ciao", und legte auf.
Maureen hörte sich noch das Klackgeräusch an, das immer entstand, wenn die Leitung unterbrochen wurde, und legte dann ebenfalls auf. Sie sah das Telefon danach eine kurze Weile an, atmete tief ein, und ließ die Luft mit einem kleinen Seufzer wieder entweichen. Dann räumte sie den Teller und das Glas in die Spüle. Vom Küchenfenster aus nahm sie ein grünliches Flackern wahr. Das weckte ihr Interesse. Sie bewegte sich zur Hintertür, sperrte sie auf und begab sich in den Garten. Dabei ließ sie ihre Augen, mit offenstehendem Mund, nach oben durch den Nachthimmel schweifen. Alles erschien in waberndes, grünes Licht getaucht.
In riesigen Fahnen bewegte sich das Polarlicht über das Firmament, mal heller, mal dunkler, ein faszinierender Anblick.
Dabei schien es, als ob das Nordlicht gar nicht vom Norden her flackerte, nein, der geisterhaft grüne Schein entlud sich direkt über Port Ryan. Etwas Derartiges hatte Maureen niemals zuvor gesehen. So nah, so hell, phantastisch. Effektvoller als ein Feuerwerk, dachte sie. Da es abends empfindlich abkühlte, fröstelte sie etwas, verschränkte die Arme nah am Körper um sich ein wenig zu wärmen, was aber nur geringfügig gegen die Kälte half. Frierend und zufrieden verschwand sie wieder im Haus, sperrte die Hintertür sorgfältig hinter sich ab, und ging nach oben ins Bad. Sie drehte den Wasserhahn auf, ließ etwas Badeöl und Schaummittel in das Badewasser tropfen, und legte damit los, ihren makellosen Körper zu entkleiden.
Das Leuchten draußen nahm zu, und sie hörte, durch das geschlossene, inzwischen angelaufene Fenster und trotz des plätschernden Badewassers, erstauntes Raunen und die Stimmen der Nachbarn, die das Naturschauspiel auf die Straße gelockt hatte.
Während die Badewanne volllief, streckte sie testend einen Fuß in das heiße Wasser, schreckte zunächst vor der Hitze zurück, um dann doch vorsichtig und behutsam mit beiden Beinen in die Wanne zu steigen.

Danach setzte sie sich, langsam an die Hitze gewöhnend hinein und ließ sich dann vollends entspannt unter Wasser gleiten. Sie richtete ihren Oberkörper auf, drehte den Wasserzulauf ab und legte sich, mit einem durch das Wohlgefühl hervorgerufenen Lächeln, wieder gänzlich in die Fluten. Ihr Körper sog die Hitze förmlich auf. Spätestens jetzt, hatte sie ihr verspanntes Genick vergessen. Die Stimmen aus der Nachbarschaft störten sie nicht weiter, sie schloss die Augen, um nichts als nur das heiße Bad zu genießen. ...

6. Dowannee, Florida III

Nachdem Joachim aufgelegt hatte, begab er sich direkt an die Rezeption, wo Donna ihn erwartete.

„Sind sie für heute schon fertig, Sir", fragte sie lächelnd, und sah ihm dabei direkt in die Augen.

Ihn beunruhigte das nicht, er hielt ihrer Musterung locker stand:

„Ja, meine Kumpels erwarten mich bereits. Wir haben heute etwas zu feiern, und ich bin kein Sir, ich wüsste jedenfalls nicht, dass mich die Queen geadelt hätte. Nennen Sie mich einfach Joe."

Er holte seine Brieftasche aus der schwarzen Lederjacke, griff sich die Kreditkarte und hielt sie Donna entgegen. Als sie versuchte, ihm die Karte abzunehmen, fixierte er sie fest zwischen Zeigefinger und Daumen, und grinste ihr entgegen. Sie überlegte nicht lange. Blitzschnell zog sie ihrerseits stärker an der Karte, sodass es Joachim nicht mehr möglich war, rechtzeitig zu reagieren, und entwendete so das Plastikgeld aus seinem Griff.

Dann entgegnete sie ihm einen offensichtlich gespielten erbosten Blick, der sich sofort wieder in das freundliche Antlitz von Donna verwandelte.

Er lächelte ebenfalls:

„Frauen und das liebe Geld, immer dasselbe einnehmende Wesen."

Während sie den fälligen Betrag mit der Karte abbuchte, erwiderte sie ihm:

„Sie sind ja ganz schön frech, Joe. Wo wollen Sie den mit Ihren Kumpels feiern?"

„Wir wollten nachher in die Four Roses Tavern, einer meiner Kumpels feiert Geburtstag, wieso?"

„Mal sehen, möglich dass ich heute früher Schluss machen kann, dann schaue ich womöglich auch noch mal kurz in die Tavern herein, auf einen Drink, oder zwei."

Sie gab ihm die Karte elegant zurück, und sah ihn fragend an.

Joe lächelte vielsagend:

„Ok, kein Problem, wir sind auf jeden Fall dort, dann vielleicht bis später."

Er winkte leicht mit der rechten Hand, drehte sich um und verschwand durch die Eingangstür der Lobby.
Dann fuhr er schnurstracks zum Steakhaus.
Die Kollegen saßen am Sechser-Tisch direkt am Fenster, und hatten sich schon über ihre Steaks hergemacht. Joachim setzte sich dazu, orderte ein grosses Wasser und einen Caesar Salat.
Da er keine Lust mehr auf ein umfangreiches Dinner hatte, musste das verzierte Grünzeug genügen. Es gab üppige Portionen, sogar die essbaren Pflanzen reichten aus, um Joachim zu sättigen. Als sie bezahlten, zeigte die Uhr bereits 20:50 Uhr an.
Bis sich alle schwerfällig, mit vollem Magen, in den Ford hievten und danach `The Four Roses Tavern´ erreichten, war es kurz nach 21:00 Uhr. Joachim fiel auf, dass in den Neun-Uhr-Nachrichten nicht mehr von ungewöhnlichen Polarlichtern im Raum Boston berichtet wurde. Dann schaltete er die Zündung des Transporters aus, um mit den Anderen in der Taverne einzukehren. ...

7. Port Ryan, Massachusetts III

Maureen lag entspannt und dampfend in der Wanne. Das dem Badewasser zugesetzte Badeschaum-Mittel verfehlte seine Wirkung nicht. Ein feiner Schaum entstand und hielt die Wärme im Wasser. Beste Voraussetzungen, um sich mal ordentlich aufweichen zu lassen.
Da sie die Augen geschlossen hielt, bemerkte sie nicht, dass das grüne Flackern draußen um Einiges heller strahlte als zuvor. Sie entspannte immer weiter, die Augenlider, schwer wie Blei, ließen sich gar nicht mehr öffnen.
Im warmen Wasser fühlte sie sich leicht, leicht wie eine Feder, immer leichter, als würde sie schweben. Schmerzen und Verspannungen verflüchtigten sich zunehmend. Sie stieg auf in diesen flüchtigen Schein, drang vor in dieses grüne, warme Licht, schwebte bis in diesen illuminierten Himmel hinein, immer höher, angenehmer und friedlicher.
Sie glitt durch Raum und Zeit, völlig umgeben von dem Smaragdlicht, irgendwo im Nirgendwo, als aus dem Lichtschleier ihr Joachim auftauchte, genau wie sie nackt, im Adamskostüm.
Sie streckte ihm völlig unaufgeregt, wie in Trance, die Arme entgegen, zog ihn zu sich her und umarmte ihn. Beide küssten sich leidenschaftlich. Endlich wieder vereint, endlich spürte, liebkoste sie ihn wieder.
Er fing an, ihre Brüste zu streicheln, dann mit der Hand langsam ihren bebenden Körper hinunter zu gleiten, um mit seinen Fingern zwischen ihre Beine zu gelangen. Ein angenehmer Schauer lief ihr über die Haut, und sie reagierte mit leisem Stöhnen.
Als er fortschritt, sie immer nachdrücklicher zu liebkosen und mit den Fingern in sie einzudringen, griff sie stöhnend nach seinem erigierten Prügel. Ja, Prügel, sie wunderte sich kurz wegen der Größe, sah Joachim fragend ins Gesicht, aber es handelte sich eindeutig um ihren Ehemann. Ihr Verstand musste völlig überflutet von Glückshormonen sein. Ohne weiter nachzudenken, griff sie unbeholfen kraftvoll und doch vorsichtig zu, bewegte ihre Hand auf und ab, immer schneller. Sie wollte ihn fühlen, jetzt gleich, sofort, sie hielt es nicht mehr aus nur gestreichelt zu werden, sie wollte sein Ding in sich spüren, unverzüglich.

Gierig spreizte sie ihre langen Beine weit auseinander, um ihn in Empfang zu nehmen, vermochte es kaum zu erwarten, war bereit, feucht, und er schob sein stahlhartes Teil langsam in ihren Unterleib.
Tief, immer tiefer, spürte sie ihn, so tief wie niemals zuvor, so groß wie niemals vorher, aber es war angenehm, so wohltuend. Unter ekstatischem Winden, gab sie sich völlig hin.
Als er anfing, seine Lenden auf und ab zu bewegen, durchfuhren sie extreme Gefühle, Empfindungen, die sie nie zuvor in dieser Intensität erlebt hatte. Sie hörte gar nicht mehr auf zu zucken, unter den Multiorgasmen die ihren Körper durchströmten.
Es war schlicht zu lange her, zuviel Zeit war vergangen, so geil wie in diesem Augenblick, war sie niemals zuvor. Unbeeindruckt von ihren Lustschreien fuhr er fort, stoisch, im immer gleichen Rhythmus, wie eine Dampfmaschine, tief und tiefer. Keine Stellungswechsel, nicht kreativ, aber wahnsinnig effektiv.
Maureen wand sich vor Vergnügen, sogar als die erste Orgasmuswelle abebbte, hatte sie noch nicht genug, und es ging weiter, immer weiter, und sie spürte die nächste Welle anrauschen, einen Tsunami.
Sie kamen diesmal gleichzeitig, in einem Rausch der Gefühle, sie wimmerte ob der süßen Qualen des Koitus, und er pumpte sie mit einer Ladung voll, einem solchen Schwall, dass er keinerlei Flüssigkeiten mehr in sich zu tragen vermochte. Sicher hatte er sich diese über all die Monate aufgespart, dachte Maureen.
Beim Abspritzen unterbrach er für kurze Zeit den gleichmäßigen Rhythmus, da sein Körper ebenfalls zuckte. Als sein Orgasmus vorüber war, stoppte er für einen Augenblick und schnaufte kurz durch. Dann griff er mit beiden Händen ihre vollen Brüste, ließ die Daumen über ihre harten Nippel auf- und abgleiten, und schob sein Teil wieder in sie hinein.
Dann fuhr er fort, mit seinem weiterhin stahlharten Schwanz. Es dauerte vermutlich eine Stunde oder länger, bis er ein zweites und drittes Mal abfeuerte.
Schnaubend und nach Luft ringend, ließ Maureen den letzten verbliebenen Rest von Körperspannung los. Sie sackte völlig fertig und befriedigt weg.

Als sie versuchte, Joachim zu umarmen und zu küssen, verwandelte sich sein Antlitz plötzlich in eine blasse, grausam grinsende Fratze. Sie geriet in Panik und probierte ihn wegzustoßen, als er sich direkt vor ihren Augen, in grünen Rauch, so grün wie das Nordlicht, auflöste und verflog.
Mit ausgestreckten Armen und weit aufgerissenen Augen, fiel sie rücklings aus dem grünen Licht nach unten. Nichts hielt sie mehr oben, sie war nicht mehr in der Lage zu schweben, fiel immer schneller, ihr Magen hob sich dabei wie bei einer Achterbahnfahrt, das Adrenalin schoß ihr in den Kopf.
Sie schrie und fiel immer weiter:
„Neiiiiin, Joachim!!!"
Dann wachte sie auf.
Sie lag nassgeschwitzt, mit hochrotem Kopf und völlig ausgelaugt, in ihrem Bett.
Habe ich geträumt, ja, sicher, ein Traum, aber was für einer, aber wieso bin ich derartig verschwitzt, weshalb ist meine Muschi feucht und warum liege ich im Bett?
Aus diesen verwunderten Gedanken entstand langsam Entsetzen. Was war passiert? Hektisch sprang sie aus dem Bett und rannte nackt, wie sie war, hinüber in das Bad. Dabei hielt sie sich instinktiv die Hände schützend vor ihre Brüste und den Unterleib, als ob sie genötigt sei, ihre Scham zu verstecken.
Das Wasser schwappte weiterhin in der Wanne, hatte sich aber schon merklich abgekühlt.
Sie fasste sich an den Unterleib, und es fühlte sich echt an, wie nach wirklichem, körperlich anstrengendem Sex.
„Verdammt, was mache ich denn jetzt, was ist denn hier los, das war doch ein Traum, oder?!"
Drogen, vielleicht Drogen? Sie schnappte sich den Bademantel, streifte ihn über und rief:
„Hallo, ist hier Jemand? Wenn Jemand im Haus ist, ich bin jetzt wieder wach und habe eine Waffe!"
Sie bluffte offensichtlich. Maureen hatte niemals eine Schusswaffe besessen.

Da fiel ihr ein, dass Joachims Baseballschläger im Schlafzimmer hinter der Tür stand. Sie schlich zurück ins Schlafzimmer, nahm den Schläger in beide Hände, und hielt in schlagbereit vor sich.
So bewaffnet überprüfte sie nervös und übervorsichtig sämtliche Räume im Obergeschoß. Nichts.
Dann schlich sie in gebückter Haltung die knarzende Holztreppe hinunter ins Erdgeschoß. Hauptflur, kleiner Flur, nichts, Küche, Abstellkammer nichts, blieb nur das Wohnzimmer.
Auf leisen Sohlen erreichte sie die Wohnzimmertür, schaltete hektisch das Licht ein und sprang mit vorgehaltenem Schläger ins Zimmer. Nichts.
Sie prüfte gründlich alle Fenster und Türen, sogar die Kellertür, alles verschlossen. Alle Schränke, ordentlich eingeräumt, wie vorher, keine Spur einer Person. Wenn irgendjemand, auf welche Weise auch immer, ins Haus gelangt wäre, hätte er keinerlei Chance das Haus zu verlassen, ohne eine offene Tür oder ein geöffnetes Fenster zu hinterlassen.
Sie ließ den Schläger sinken, das konnte nicht sein, es fühlte sich zwar so an, es konnte aber schlicht und einfach nicht sein. Keine Spur eines Einbruchs, alle Schlüssel lagen da wo sie hingehörten, das hatte sie überprüft, keinerlei unverschlossene Gebäudeöffnungen, nein, es musste ein völlig wahnsinniger Traum gewesen sein, es konnte nicht anders sein. Sie hatte nicht vor, jemandem davon zu berichten. Was vermochte sie denn zu erzählen? Vielleicht ihrer Freundin, Judith? Besser nicht. Der Polizei? Auf keinen Fall! Höchstens Joachim, aber der war heute nicht mehr erreichbar.
Im Camp gab es kein Telefon, nur ein Funkgerät mit dem die Arbeiter im Notfall ihren Boss, im provisorischen Büro, in der nächst größeren Stadt, erreichen konnten.
Selbst wenn sie es unbedingt vorhatte, konnte sie frühestens am folgenden Tag, beim nächsten Anruf von Joachim, etwas davon erzählen. Aber was?
Das sie einen extrem feuchten Traum hatte? Eine Fantasie, die sie an ihre physischen Belastungsgrenzen brachte? Einen Wunschtraum, in dem sie Multiorgasmen noch nie gekannten Ausmaßes erfuhr? Eine Vision, für die sie sich, so bescheuert sich das anhören mag, etwas schämte? Ach, besser nicht, dachte sie.

Die Aurora Boreales war inzwischen verschwunden. ...

8. The Four Roses Tavern

Der große, unbefestigte Parkplatz, war so gut wie leer. Nur einige wenige PKWs und ein Pick-up-Truck, parkten vor dem Eingangsbereich. Joachim stellte den alten Ford-Transporter etwas weiter vom Eingang der Four Roses Tavern entfernt ab. Der Ford wies eine Firmenaufschrift aus Boston auf, und wer wusste schon, was einem Einheimischen einfiel, wenn er besoffen aus der Bar wankte und ein ortsfremdes Fahrzeug sah. Vorsicht ist die Mutter der Porzellankiste. Sie stolperten über den unebenen und miserabel ausgeleuchteten Parkplatz zur Tür.
Die Spelunke könnte man als einen typischen Saloon bezeichnen. Die doppelte Schwingtür klapperte ordentlich, als die fünf Bauarbeiter die Bar betraten. Augenblicklich verebbten sämtliche Gespräche der anderen Gäste. Nur ein Tisch von vielen war besetzt, die übrigen Zecher saßen auf den Barhockern oder lehnten am Tresen. Alle, einschließlich des Barkeepers und der Kaugummi kauenden Bedienung, musterten die Neuankömmlinge kurz. Die Musik spielte in mäßiger Lautstärke im Hintergrund. Im Moment dudelte die Musikanlage `Beat It´ von Michael Jackson.
Vermutlich stellte niemand etwas Interessantes oder Anstößiges an ihnen fest, deshalb wandten sich die übrigen Gäste wieder ihren Angelegenheiten und Gesprächen zu. Es gab nur schummerige Beleuchtung, einige Neon-Werbeschilder, einen langen Tresen mit unzähligen verschiedenen Schnapsflaschen im Regal dahinter. Barhocker, kleine runde Tische mit unbequemen Holzstühlen, überhaupt war alles in dunkel gebeiztem Holz gehalten.
An einem Ende der Tavern befand sich eine mit einem Maschendrahtkäfig geschützte Bühne, davor breitete sich die Tanzfläche aus.
Sie setzten sich an einen Tisch am anderen Ende des Schuppens. Da nur vier Sitzgelegenheiten pro Einheit vorgesehen waren, schnappte sich Jeff einen Stuhl von einer der freien Tafeln, und fläzte sich dazu. Kaum den Arsch auf dem Sitzmöbel hob er die Hand, drehte sich Richtung Tresen und rief:
„Bedienung!"

Sue verzog genervt ihr Gesicht, bewegte sich aber dann, nach einer kurzen Trotzpause, gemächlichen Schrittes in Richtung Jeff. Es handelte sich ja letzten Endes um ihre Hauptaufgabe, zu bedienen, dafür erhielt sie ihre Bezahlung. Dazu gehörte es ebenfalls, freundlich zu sein, selbst wenn manche Gäste nervten. Das betete sie sich, wie ein Mantra, geistig immer wieder vor.
Als sie den Tisch erreichte, sah sie sich aber außerstande, sich eine Frechheit zu verkneifen:
„Hi, mein Name ist Sue, du hast es aber besonders eilig, hast dich wohl zulange in der Sonne aufgehalten?"
Ohne eine Antwort abzuwarten, schob sie gleich nach:
„Was kann ich euch bringen Jungs?"
„Hey, keinen Streß", warf Ossi ein, „Jeff feiert heute einen Geburtstag, haben Sie ein bisschen Verständnis."
Jeff grinste, als er Sue fragte:
„Was glaubst du, welche Augen wird unser Kind haben, meine oder deine?"
Sue war nicht auf den Mund gefallen:
„Ich hoffe doch, es wird deine Augen haben, ich brauche meine nämlich noch. Also nochmal, was kann ich euch bringen?"
Alle lachten, Jeff nicht. Er orderte als Erster ein Bier, Ossi, ein Bier, Butt, ein Bier, Finn, ein Bier und Joachim, einen Kaffee. Sue sah Joachim über ihre Schulter an, und musterte ihn fragend: „Einen Kaffee? Wirklich? Glaube mir Jungchen, du willst hier lieber keinen Kaffee trinken, ich weiß, wovon ich spreche."
Jeff stimmte mit ein:
„Ja genau, du willst diesen Kaffee nicht. Komm, trink wenigstens **ein** Bier mit uns, nur **ein**`s, ich will dir unbedingt ein`s ausgeben. Bitte ..., zur Feier des Tages."
Die Anderen stimmten im Chor ein:
„Ja, bitte ..., zur Feier des Tages."
„Ok, ok, aber nur **ein** Bier, ich muß noch fahren."
Sue nickte zufrieden:
„Ich stelle euch einfach fünf Gläser und einen großen Krug Bier hin. Wenn der Krug leer ist, braucht ihr ihn nur seitlich auf den Tisch legen, dann bringe ich euch einen neuen."

„Fein, mein Engel, mach das", ließ Jeff verlauten. Sue schlenderte zurück, hinüber zum Tresen.
Ossi witzelte:
„Hast du sie gerade Engel genannt? Du weißt schon, dass es bei den Frauen nur zwei Sorten gibt? Entweder sind sie Engel – oder sie leben noch."
Alle lachten ungehemmt darauf los, sie hatten eben schon ein paar Bier im Steakhaus gebechert.
Aber einen hatte Jeff noch:
„Neee, Weiber sind wie Kuhfladen. Je älter und trockener sie werden, desto leichter lassen sie sich aufgabeln."
Die übrige Bande empfand das nicht als einen sonderlich gelungenen Brüller, und Joachim stichelte gleich hinterher:
„Ach, so bist du also an deine Freundin gekommen."
Alle lachten. Jeff sprang auf und nahm Joachim spielerisch in den Schwitzkasten, ließ aber gleich wieder von ihm ab:
„Ganz schön frech Frischling, aber heute hast du Narrenfreiheit bei mir, nutz` es aber ja nicht zu sehr aus!"
Sue kam mit dem vollen Tablett an den Tisch, stellte die Gläser und den Bierkrug mit einem lauten, „Bitte schön, ich hoffe, das war schnell genug", ab, und verschwand wieder Richtung Tresen.
Sue stammte sicher hier aus der Gegend, hatte ihren Zenit bereits überschritten, die Schwerkraft setzte ihr merklich zu, aber sie hatte sich gehalten, war schlank geblieben, und sah immer noch adrett aus, mit ihrem blonden Kurzhaarschnitt. Über all das sinnierte Jeff nach, als er ihr hinterherblickte.
Bei Butt und Finn handelte es sich eher um stille Gesellen. Sie arbeiteten zwar Tag aus Tag ein zusammen, aber bisher kriegte nie jemand mit, dass sie jemals eine richtige Unterhaltung führten. Wenn sie mit den Anderen abhingen, traten sie immer als Opportunisten auf. Mehr als „Ja", oder „Genau", kam kaum über ihre Lippen, damit hatten sie gemütlich ihre Ruhe. Nur wenn man mit Butt übers Essen sprach, dann ließ er sich zu langen Monologen hinreißen. Niemand, außer ihm, war in der Lage so ausführlich zu erklären, wie man welches Gericht zubereiten sollte. Während er seine Schilderungen vortrug, lief ihm, und meistens auch den Zuhörern, das Wasser im Mund zusammen.

Finn war der lange Dürre.
Er schlurfte immer in etwas gebückter Haltung durch die Gegend, wortkarg, ein bisschen undurchsichtig, aber ein fähiger Tiefbauarbeiter. Er bevorzugte es, seine Ruhe zu haben, fuhr aber immer gern mit den Jungs zum Saufen.
Ossi brach das Schweigen:
„Joachim? Wo kommt dieser Name eigentlich her?"
„Meine Eltern wanderten aus Deutschland ein. Genauer gesagt aus Bayern. Ich bin aber schon in den Staaten, in Port Ryan, geboren."
„Hey, ein Deutscher und ein Türke zusammen als Gastarbeiter in Florida, wo gibt`s denn sowas?!", rief Ossi aus.
„Weil du in den Staaten geboren bist, werden wir dich ab jetzt lieber Joe nennen. Joe ist kürzer. Du weißt schon, wenn es mal wieder schnell gehen muß, weil einer verschüttet ist, oder so."
Sie grinsten beide in Richtung Jeff.
Jeff: „Darauf stoßen wir an, wir taufen dich auf den Namen Joe."
Butt: „Genau."
Finn war nicht in der Lage „genau" zu sagen, da er sich soeben eine Camel anzündete. Der einzige Raucher der Gruppe, vielleicht war er deshalb so dünn. Kein Appetit, nur Bier und Fluppen. Als die Zigarette brannte, ließ er sie auf der einen Seite im Mund stecken, und öffnete nur den anderen Mundwinkel um „genau", zu sagen.
Sie stießen an, und ließen sich das kühle Nass die Kehle herunter laufen.
Jeff war ausgezeichnet drauf, und immer wenn er so aufgelegt war, versuchte er zu sticheln, die Anderen etwas zu ärgern, aus der Reserve zu locken, nur zu seinem Vergnügen. Zunächst erwischte es Butt:
„Hey Butt, hast du nicht auch – genau – gesagt, als wir dich Butt tauften?"
Butt antwortete: „Genau", und grinste Jeff gelassen an.
„Hey Butt, hast du eigentlich 'nen Kuhfladen daheim, der auf dich wartet?"
Butt: „Nööö, brauche ich nicht."
„Hätt` mich auch gewundert, bei deiner schweren Stoffwechselerkrankung."
„Welche Erkrankung?"

„Na deine Stoffwechselerkrankung, du hast doch dein T-Shirt und deine Jeans schon seit einer Woche nicht mehr gewechselt. Du müffelst schon langsam."
Die Übrigen brüllten vor lachen. Butt zuckte nur mit den Schultern.
Jeff stichelte weiter:
„Ja, zieh` dir mal was Frisches an, dann kannst du eine Kontaktanzeige aufgeben, mit dem Text, Doppel-Whopper sucht Big Mac zum gemeinsamen Spezialsoßen-Austausch."
Joe griff Jeff lachend an die Schulter:
„Jetzt ist es aber genug Jeff, laß den armen Butt in Ruhe."
Dabei wischte er sich die Tränen aus den Augen.
Butt blieb gelassen und friedlich:
„Nö, ich brauche keine dieser Mono-Nutten."
Jetzt mischte sich sogar Finn ein:
„Was? Was soll den eine Mono-Nutte sein?"
Butt: „Na, Mono-Nutten eben. Normale Ehefrauen. Die verkaufen sich für ein Leben im Wohlstand, und ekeln sich in Wirklichkeit vor ihren Ehemännern. Die wollen einfach nur den Konventionen entsprechen, und einen Mann als Versorger haben. Sie lassen sich dann gehen, sehen mit 35 schon aus wie 70-Jährige, nur um so ihren ekeligen Mann, überhaupt jeden Mann, von sich fernzuhalten. Auf so was kann ich verzichten."
Völlig baff schauten sich die Anderen mit weit aufgerissenen Augen gegenseitig erstaunt an, dann fingen sie an, schallend zu johlen.
Ossi klopfte Butt dabei ein paar Mal mit der flachen Hand auf die Schulter, und schüttelte den Kopf:
„Du bist doch einer, Butt, das gibt´s doch gar nicht."
Sie stießen an und tranken ihre Gläser leer. Schenkten nochmals alle Biergläser voll, ganz beiläufig auch Joes, und legten den Krug seitlich auf die Tischplatte. Sue hatte schon einen weiteren Krug vorbereitet und stellte ihn auf dem Tisch ab, während sie den leeren abtransportierte. Wenn Jeff echt in Fahrt kam, ließ er normalerweise eine intellektuelle Implosion nach der anderen folgen. Jetzt ließ er aber einen seiner klügeren Sprüche ab:
„Ok Butt, du magst also keine Ehefrauen. Aber sieh`s doch mal so.

Eine Heirat ist die einzige lebenslängliche Verurteilung, bei der man auf Grund schlechter Führung vorzeitig begnadigt werden kann. 'Ne Scheidung ist doch ruck zuck durch."
Ossi: „Wo hast du denn diese Weisheit her"?
Jeff: „Ok, der Spruch is' nich' von mir, der is' von Alfred Hitchcock, den kram' ich immer mal wieder 'raus, wenn's sich um Ehefrauen dreht."
Ossi: „Hätte mich auch gewundert."
Damit hatte Ossi sofort Jeffs gesamte Aufmerksamkeit erlangt: „Hey, Ossi, ihr Türken seid doch alle schwul, oder?"
Ossi bog sein Kreuz über die Stuhllehne nach hinten, als ob er vorhatte, ein paar Zentimeter Abstand zu Jeff zu gewinnen, und sah ihn wortlos abwertend an.
Jeff weiter: „Letztens hab ich erst 'nen schwulen Türken getroffen. Der sagte auch, dass die Liebe für'n Arsch ist.
Weißt du, was ich glaub'? Die globale Erwärmung geht von euch schwulen Türken aus."
Ossi: „Hey Mann, was willst du von mir, ich habe eine Frau und zwei Kinder in Boston, und du weißt das! Und überhaupt, was hast du gegen Schwule. Kann doch jeder selbst entscheiden, wie er leben will, ist doch ein freies Land hier. Hast du eine Schwulenphobie, weil du auch latent schwul bist, und Angst hast dich zu outen?"
Joe mischte sich ein:
„Hey, hey, hey, ganz ruhig mit den Pferden, Jungs. Wir sitzen hier zusammen, um zu feiern, nicht um zu stänkern, ok? Und du Jeff, du könntest ruhig ein wenig diplomatischer sein."
„Diplomatisch? Das will ich nich' sein. Diplomatisch is' einer der offen das ausspricht, was er **nicht** denkt. Das müßt ihr euch jetzt mal auf dem Hirn zergehen lassen."
Joe: „Und du Ossi, wo kommt dein Name her, Osman? Ist das sowas wie Superman, Batman oder Spiderman? Osman, ist das ein Supertürke? Einer mit Knoblauchstrahl, Dönerkeule und einem Krummsäbel in der Hose?"
Alle sahen ihn mit offenem Mund an, dann wendeten Jeff, Butt und Finn ihre Aufmerksamkeit in Richtung Ossi. Totenstille herrschte in der Runde, bis Ossi langsam anfing zu lächeln, dann den Kopf zu schütteln und zu lachen.

Der übrige Haufen stimmte feixend ein, Jeff packte Joe an der Schulter: „Hey du Saukerl, willst du mir jetzt den Part des Vollidioten wegschnappen, oder was?"
„Nein, nein, das überlasse ich weiterhin dir, du bist der viel bessere Idiot, richtig schön unvernünftig."
Jeff: „Na und, ihr seid ja alle so vernünftig. Ihr passt euch alle der Welt an, in der ihr lebt, und spielt die Besonnenen. Aber nur der Unvernünftige besteht darauf, dass sich die Welt gefälligst ihm anzupassen hat. Und jetzt kommt`s. Ergo, hängt jeglicher Fortschritt, den die Menschheit je erzielt hat, oder erzielen wird, von den Unvernünftigen ab."
Butt: „Genau."
Ossi: „Trotzdem, vernünftig oder unvernünftig, du kannst beleidigend sein. Ich denke aber, Freunde sind Menschen, die man gut kennt und trotzdem mag. Das trifft exakt auf dich zu."
Jeff: „Ok, sorry, kennst mich doch, ich stichle halt mal gern`."
Die Schwingtür klapperte und Donna kam herein. Sämtliche Gespräche verstummten und alle glotzten in Richtung Eingang. Der Song `Maneater´ von Daryl Hall & John Oates, der soeben im Hintergrund spielte, passte dazu, wie die Faust aufs Auge. Bereits in ihrer Motel-Uniform sah sie zum Anbeißen aus, jetzt hatte sie sich jedoch umgezogen. Sie trug weiße, eng anliegende Hot Pants. Zusammen mit ihren High Heels hatte man, trotz ihrer Größe von nur 165 cm den Eindruck, dass ihre Beine nie endeten. Oben herum hatte sie ein weites, gelbes T-Shirt an, eines, dass zur wesentlich zu kurz geschneiderten Sorte gehörte, um den Bauchnabel zu bedecken. Die helle Kleidung stand in auffälligem Kontrast zu ihrer braun gebrannten Haut. Ihre langen, kastanienfarbenen Haare, hatte sie ordentlich zu einem armdicken Zopf geflochten. Er hing den Rücken herunter, fast bis zu ihrem Po, und wippte mit jeder Bewegung ihres Körpers mit, als sie direkt zur Bar stolzierte. Sie orderte eine Flasche gekühltes Import-Bier beim Barkeeper, setzte sich auf einen Barhocker, und schaute lächelnd in Richtung der Jungs.
Ossi, Jeff und Finn bemerkten gar nicht, dass sie Donna mit offenem Mund anstarrten. Nur Butt nicht. Er griff sich sein Bierglas und nahm einen ordentlichen Schluck, ohne Donna weiter zu beachten.

Joe wies die Kumpels darauf hin: „Hey, Jungs, ihr starrt."
Die Bemerkung riss die Kerle aus ihrer Hypnose, und Jeff fing gleich wieder an:
„Ob die Kleine wohl Angina heißt?"
Finn fragte erwartungsgemäß: „Wieso Angina?"
Jeff: „Na ja, ich hab gehört, dass bereits viele Leute mit Angina im Bett lagen."
„Ha...,ha..., mal wieder ein echter Schenkelklopfer", verkündete Ossi abwertend.
Joe hatte genug davon, sich das doofe Gequatsche von Jeff anzuhören:
„Hört mal Jungs, ihr habt mich überredet Bier zu trinken. Selbst Schuld, jetzt kann einer von euch den Fahrer spielen. Am besten Butt, der fährt öfter und verträgt auch am meisten von euch."
Butt: „Genau."
Joe: „Na, dann haben wir das ja geklärt."
Er übergab Butt die Autoschlüssel.
Jeff: „Und was hast du jetzt vor?"
Joe: „Ich verpiss mich jetzt rüber zu der Kleinen an die Bar, genehmige mir noch ein paar Drinks mit ihr, und schlepp sie dann ab."
Jeff schüttelte den Kopf:
„Nie im Leben. Das traust du dich doch gar nicht. Die lässt dich sowieso abblitzen, du wirst sehen."
„Ich wette um einen Sixpack Bier, lieferbar spätestens morgen Abend."
„Geht in Ordnung, die Wette gilt."
Joe stand auf: „Na dann, Jungs, bis Morgen."
„Niemals, die Wette verlierst du."
Joe grinste und schlenderte hinüber zu Donna. Die erwartete ihn lächelnd. Er nahm sofort ihre Hand in seine, hob sie an, und deutete einen Handkuss an.
Jeff blieb wiedermal der Mund offen stehen:
„So ein Schweinehund, sieh dir den an."
Die Anderen schüttelten nur grinsend den Kopf.
„Hallo, schöne Motel-Angestellte", hauchte Joe in den Handkuss hinein.
„Was verschlägt sie denn, zu später Stunde, in diese verwahrloste Herberge, holde Jungfrau?"

Sie zog langsam ihre Hand aus seiner sanften Umklammerung:
„Da gab es einen Typen, der ist mir schon ein paar mal aufgefallen, den wollte ich hier treffen."
„Na, dann sind sie hier genau richtig, Madame. Aber begeben sie sich nicht dort hinüber, meine Dame, in diesen Höllenschlund, zu den bösen Männern."
Er deutete in Richtung seiner Kollegen.
Sie grinste:
„Ok, du kannst aufhören mit dem Blödsinn."
„Ja, trotzdem, ich würde gern bei dir an der Bar bleiben, wenn ich darf?"
„Aber klar doch, wenn du einen ausgibst, ich bin doch extra deinetwegen hier aufgekreuzt."
„Du bist ja eine ganz Direkte, oder?"
Sie grinste wieder:
„Natürlich, ein wahrer Männertraum, oder? Soll ich mich erstmal zieren wie ein Burgfräulein, und dann ein parfümiertes Taschentuch fallen lassen, oder so etwas, würde dir das besser gefallen, Joe?"
„Nein, sicher nicht, bleib einfach, wie du bist. Was ich bis jetzt gesehen habe, und was ich bisher gehört habe, gefällt mir außerordentlich gut, aber sollten wir uns nicht zu allererst einmal vorstellen?"
„Na gut, mein Name ist Donna Schneider, ich stamme aus Tampa, Florida, bin dort vor circa einem Jahr abgehauen, weil mich ein Typ genervt hat. Seitdem arbeite ich hier im Motel und habe meine Ruhe."
„Schneider? Das ist doch ein deutscher Name."
„Exakt, woher weißt du das? Meine Vorfahren, ich weiß gar nicht wie viele Generationen zurück, stammen aus der Umgebung der Stadt Hamburg, in Deutschland."
„Tatsächlich? Erst vor ein paar Tagen habe ich mich ausgedehnt mit einem Hamburger unterhalten."
„Wirklich? Wo denn?"
„Bei Mc Donalds. Seitdem halten die mich dort für verrückt."
Donna boxte ihn auf seine Schulter:
„Du kleiner Witzbold."
„Und du bist eine waschechte Preußin!"
„Eine was?"

„Na eine Preußin, eine Norddeutsche. Meine Vorfahren wanderten aus Bayern ein. Da gab es sowas wie eine Rivalität zwischen Norddeutschen und Süddeutschen. Mein Opa hat mir früher davon erzählt."
Sie erwiderte:
„Ich habe immer gedacht, es gibt eine Rivalität zwischen Ost- und Westdeutschland. Offensichtlich kann man sich in Deutschland in jeder Richtung Ärger einfangen. Das wird der Grund sein, weshalb unsere Vorfahren auswanderten. Aber nun zu dir.
Wenn du auch aus Deutschland abstammst, wie ist denn dein voller Name, und wo kommst du her?"
Joe atmete tiefer ein als sonst, und ließ sich beim Ausatmen Zeit, sodass eine kleine Pause entstand:
„Ok, warum nicht, mein Name ist Joachim Daniel Antonin. Die Anderen nennen mich Joe, du kannst aber auch J.D. sagen, wenn du willst. Mein Geburtsort ist Port Ryan, Massachusetts, und aufgewachsen bin ich auch dort. Da es dort keine Jobs gibt, habe ich bei der Tiefbaufirma aus Boston angeheuert. Seit diesem Frühjahr bin ich nun hier auf Montage, und wohne draußen im Dschungelcamp direkt neben der Baustelle."
Donna musterte ihn und sah in fragend an:
„Du hast vergessen zu erwähnen, dass du verheiratet bist, nicht wahr?"
Er zuckte etwas nervös mit den Augenlidern:
„Ok, woher weißt du das? Du bist doch nicht hierher gekommen, um mich das zu fragen, oder"?
Sie lächelte weiter:
„Ganz ruhig, natürlich weiß ich das. Immer wenn du mir im Motel die Kreditkarte gibst, sehe ich doch den hellen Streifen an deinem Ringfinger. Außerdem die täglichen Telefonate, das macht niemand, der keine Frau zuhause hat."
Sam, der Barkeeper, funkte dazwischen:
„Darf es noch was sein"?
„Oh ja", Joe wandte sich Donna zu: „Was willst du noch trinken, Donna"? „Noch ein Bier"? Sie nickte. „Ok, noch zwei davon".
Er hob dabei ihre leere Flasche hoch und zeigt sie ihm. Sam stimmte zu und drehte sich weg, um den Nachschub zu holen.
Donna fuhr fort:

„Und außerdem bist du viel zu hübsch, um noch frei zu sein, da mache ich mir nichts vor."
Joe wurde fast etwas verlegen, versuchte aber, cool zu wirken:
„Und jetzt, wie soll es weiter gehen Donna, was hast du vor?"
Sie zuckte mit den Schultern:
„Keine Sorge Joe, ich bin nicht anhänglich, ich habe genug von langwierigen Partnerschaften, ich will nur ein bisschen Unterhaltung, ein wenig Spaß. Schau nicht so, als wenn der Blitz dich gerührt hätte, wir trinken einfach ein paar Flaschen miteinander und sehen, wohin uns das führt."
Sam stellte die Flaschen ohne Gläser vor ihnen auf den Tresen: „Bitte sehr."
Sie bedankten sich, stießen an, und ließen es sich direkt aus der Flasche schmecken. Die kleinen Pilsflaschen hatten sie schnell geleert, und sie orderten zwei weitere:
„Sind die Kerle dort am Tisch deine Kollegen?"
Joe spürte den konsumierten Alkohol schon etwas:
„Ja, das ist das Team, mit dem ich täglich direkt zusammenarbeite. Aber wir bleiben besser hier an der Bar, Jeff, der Feuermelder dort, der kann ganz schön unverschämt werden, wenn ein Mädchen in der Nähe ist, der Wichser. Oh, entschuldige, jetzt rede ich auch schon daher wie ein echter Bauarbeiter."
„Keine Ursache, für mich ist Wichser nicht einmal ein Schimpfwort. Alle Männer sind doch Wichser."
Joe sah sie erstaunt an:
„Wie ..., alle sind Wichser, ich also auch?"
„Natürlich, du genauso. Alle Männer. Ich habe vor kurzem, eine Reportage im TV gesehen. Da hat ein Soziologe, der selbst zugab ein Wichser zu sein, Interviews geführt und alle gaben letztendlich zu, Wichser zu sein. Sogar sein Vater. Blind ist jedenfalls noch keiner davon geworden. Sei doch ehrlich. Ein halbes Jahr fort von Zuhause. Was hast du angestellt, wenn du allein warst? Oder sogar, als du noch daheim warst? Was hast du gemacht, wenn deine Frau krank oder länger nicht da war? Hast du dann nicht auch etwas Bananensaft gequetscht? Sei ehrlich."

Joe sah sie zunächst verblüfft an. Dann fing er langsam an, verlegen zu lächeln. Ohne ihr in die Augen zu sehen, antwortete er und zuckte dabei mit der Schulter:
„Du bist sehr direkt, aber du hast Recht. Meiner Meinung nach ist das aber kein adäquates Gesprächsthema für eine Lady."
Sie lachte und sah ihm wieder schnurgerade in die Augen:
„Lady? Ich kann mich nicht erinnern, dass mich die Queen in den Adelsstand erhoben hätte".
Dabei verzog sie vornehm pikiert ihr Gesicht. Beide lachten.
Während sie kicherten, und sie wieder diese distinguierte Schnute zog, küsste Joachim sie kurz und sanft auf dem Mund. Überfallartig, wie ein Junge auf dem Schulhof es macht. Als er seinen Kopf wieder zurückziehen wollte, fasste Donna ihm blitzschnell an den Hinterkopf, und drückte ihn zu sich heran.
Dann küsste sie ihn so leidenschaftlich, dass es ihm heiß und kalt zugleich wurde.
Der Barkeeper Sam mischte sich ein:
„Hey, ihr da, habt ihr kein Zuhause, wo ihr das machen könnt?"
Die Kollegen bekamen logischerweise das Geschehen mit, und starrten wieder mit offenen Mündern zu den Beiden herüber.
Joachim grinste Donna an:
„Haben wir ein Zuhause, wo wir das machen können?"
„Ich habe ein Apartment auf dem Motel Gelände, fünf Minuten zu Fuß von hier", hauchte sie ihm direkt in das Ohr.
Joe legte das Geld auf den Tresen, winkte Sam und den Jungs zu, und verließ zusammen mit Donna, beide schon etwas angetrunken, die Bar. Den Transporter ließ er für die anderen auf dem Parkplatz stehen, er hatte ja keinen Schlüssel mehr, und strebte mit Donna dem Motel entgegen.
Für die Jungs war es Zeit, zurück ins Lager zu fahren. Morgen früh würde die Nacht vorbei sein. Ein weiterer harter Arbeitstag stand an, bevor das verdiente Wochenende losging.
Jeff zahlte wie versprochen die Zeche. Sie verließen den Saloon und stapften zum Ford. Ein paar Bierchen zuviel, um in der Lage zu sein, legal ein Kraftfahrzeug zu bedienen, hatten sie alle intus.

Aber was scherte das Butt. Er vertrug einiges, auf jeden Fall mehr als Jeff, Ossi und Finn.
Angetrunken zu fahren, nicht betrunken, nur angeheitert, darauf legte er größten Wert, hatte er schon öfter für die Jungs auf sich genommen. Und überhaupt, die paar Meilen, fast immer geradeaus, um diese Zeit ohne Verkehr. Kein Problem.
Als alle zusammen im Transporter saßen, brauchte er nur aus dem Parkplatz heraus, links abbiegen und dann nur noch einige wenige Meilen stadtauswärts, bis zum Lager zu fahren.
Auf der Straße war wie angenommen absolut nichts los, keinerlei Verkehr. Im Autoradio lief `Solitary Man´ von Neil Diamond, während die übrigen Jungs schon fast wegdösten. Diese Ruhe gefiel Butt besser.
Kein störendes Gequatsche, dafür ein ansprechender Oldie im Radio. Von der hektischen Pop-Musik hatte er für heute genug gehört. Vermutlich brach nach 23:00 Uhr die Oldie-Time im Dixie-County-Äther an, das versuchte er sich zu merken.
Draußen nebelte es etwas, aber nicht derart übermäßig, dass es die Sicht sonderlich eingeschränkt hätte.
Nur der Straßenbelag glänzte etwas feucht. Jeff, der neben Butt auf dem Beifahrersitz saß, griff an den Drehknopf des Radios, um einen anderen Sender zu suchen. Um das zu verhindern, patschte Butt ihm mit der flachen Hand auf die Finger. Er bestand darauf, weiterhin die geruhsame Musik zu genießen, und drehte den Knopf wieder zurück.
Abgelenkt durch das kleine Gerangel übersah Butt, dass sich in diesem Augenblick ein fetter Alligator anschickte, die Landstraße zu überqueren.
Ossi erschrak und schrie: „Paß auf!"
Butt richtete ruckartig seine Augen nach vorn. Im Scheinwerferkegel erkannte er, mit schockiertem Gesichtsausdruck, den Alligator, der fauchend und mit weit aufgerissenem Maul, mitten auf der Straße verharrte. Das törichte Tier wusste nicht, dass es gegen die tonnenschwere Last, die mit 60 m/ph angerauscht kam, keine Chance hatte, und hatte vor sich an Ort und Stelle zu verteidigen, anstatt zu fliehen.
Die Reaktionszeit Butts ließ, wie zu erwarten, zu wünschen übrig. An ein Bremsmanöver hatte er gar nicht erst gedacht.

Eine Vollbremsung hätte den Wagen zwar auch nicht mehr rechtzeitig zum Stehen gebracht, aber die Aufprallwirkung um ein Vielfaches reduziert. Kurz vor der riesigen Echse stieg er endlich in die Eisen, und riss das Steuer übertrieben hart herum.
Der Transporter schleuderte über die feuchte Fahrbahn, prallte im kaum abgeminderten Tempo seitlich auf die Echse, verlor den Straßenkontakt und fing schon in der Luft an, sich zu überschlagen. Vom Alligator blieb nur blutiger Matsch übrig.
Der Ford flog wirbelnd über den Fahrbahnrand hinaus, und platschte mit dem Dach voraus in den kleinen Wasserlauf, der sich neben der Straße durch den Sumpf schlängelte.
Unverzüglich versank das Fahrzeug, mit seinen zerborstenen Scheiben im Rinnsal, bis nur noch der Boden des Lieferwagens und die sich weiter drehenden Räder aus dem Wasser ragten.
Keiner der Männer hatte sich angeschnallt. Es dürfte sich wie im Inneren einer Waschmaschine, während des Schleuderganges, angefühlt haben, als sich der Wagen mehrfach überschlagen hatte.
Die Jungs lagen mit zerschmetterten Gliedmaßen, zerfetzten Gesichtern oder eingedrückten Schädelknochen, ohnmächtig, unter Wasser, im Wrack des Firmenfahrzeugs. Mit ihren letzten Atemzügen sogen sie eine Mischung aus brackigem Sumpfwasser und ihrem eigenen Blut ein, atmeten ihr Leben aus und füllten ihre Lungen mit purem Tod.
Niemand war in der Lage ihnen zu helfen, kein anderer Mensch trieb sich zu dieser Zeit auf der Landstraße herum. Verdammtes Pech eben.
Und während Joe und Donna, sich gegenseitig das Hirn heraus vögelten, verreckten Ossi, Jeff, Finn und Butt, langsam und elend in dem Dreck, in dem sie seit Monaten Tag für Tag geschuftet hatten.
Keine Aggressionen und aufgestaute Wut auf die Ungerechtigkeiten der Welt mehr, bei Jeffrey. Keine Frau und Kinder, Anpassungsprobleme und Sehnsüchte mehr beim talentierten Osman. Keine Einsamkeit, Alkohol- und Nikotinsucht oder Ängste vor Lungenkrebs mehr bei Finn. Keine Frauenfeindlichkeit und kein leckeres Essen mehr für George. Nichts mehr, alles unwichtig, ausgelöscht innerhalb von Sekunden. ...

9. Epode auf Dowannee

Das Quäken von Donnas Digitalwecker, riss den arglosen Joe unsanft aus dem Schlaf. Er hatte bei ihr übernachtet. Es war heiß her gegangen, Donna hatte Sachen drauf, die selbst er bisher nicht kannte. Er hatte sich verausgabt, um danach erschöpft in ihrem Bett einzuschlafen. Das Aufstehen fiel ihm schwer, nach der um einiges zu kurzen Nacht, und ein leichter Kater quälte ihn. Vermutlich hatte er zuwenig getrunken ..., und zuviel Flüssigkeit verloren, dachte er, als er sich mit einem jämmerlichen Gesichtsausdruck an die Stirn fasste.
Donna war da wesentlich aufgedrehter, sie drückte das nervige Geräusch des Weckers weg, sprang sofort herüber auf Joes Bauch, und drückte ihm einen Kuss auf die Stirn:
„Na du Armer, wach auf, du mußt zur Arbeit! Aber wir haben noch ein paar Minuten Zeit. Bevor du mich wieder verlassen darfst, mußt du noch für die bequeme Übernachtung bezahlen."
„Bezahlen? Wie meinst du das?", fragte er nach.
Donna faßte mit einer Hand, noch immer auf seinem Bauch sitzend, hinter sich und bekam den Penis zu fassen: „Du kannst natürlich in Naturalien bezahlen, deine Schulden abarbeiten. Na, wie fühlt sich denn der kleine Joe hier, auch noch müde?" Sie grinste Joe an, saugte sich mit ihren Lippen an seinem Hals fest, und fing an ihre Hand geübt auf und ab zubewegen:
„Oh, dem kleinen Joe scheint es besser zu gehen als dem großen Joe, er steht auf jeden Fall schneller auf."
Sie rutschte ein Stück nach hinten, führte sich den, nun größeren, kleinen Joe langsam in ihre feuchte Muschi ein. Dann richtete sie sich auf, sodass sie direkt auf seinem Teil saß, und legte los sich auf und ab, hin und her zubewegen. Dabei führte sie Kontraktionen in ihrer Unterleibsmuskulatur aus, die Joe verzückt aufstöhnen ließen. Mit beiden Händen drückte sie Joe nach unten.
Joe griff sich die vor ihm schwingenden, straffen Brüste. Sie erhöhte die Schlagzahl, massierte seinen Ständer regelrecht mit ihrer Pussy. Nach einigen Minuten kamen sie beide mit einem gewaltigen Orgasmus.
Donna ließ sich befriedigt lächelnd nach vorn sacken und küsste seine Brustwarzen:

„Hui, jaaa, jetzt hast du dich freigekauft, jetzt kannst du in die Arbeit. Es war schön mit dir, vergiß mich nicht."
Er streichelte ihr über den Hinterkopf und kraulte etwas ihr dichtes Haar:
„Wie könnte ich dich jemals vergessen, eine Nacht wie diese, habe ich bisher noch nie erlebt, Donna, du bist ein Naturereignis."
Sie lachte: „Freut mich, dass es auch für dich schön war, ich hab mir auch alle Mühe gegeben."
Er verwuschelte ihr Haupthaar mit beiden Händen, und schupste sie von seinem Bauch hinunter auf ihre Seite des Bettes:
„Jetzt muß ich aber los. Die anderen werden mich schon erwarten. Sehen wir uns am Wochenende wieder?"
Donna zögerte etwas und lächelte ihn an:
„Nur wenn es unbedingt sein muß."
Für eine Dusche hatte er keine Zeit mehr. Er stand auf und zog sich an. Sie umarmte ihn, immer noch völlig nackt, sodass er es fast nicht geschafft hätte, das Appartement zu verlassen, und küsste ihn auf den Mund:
„Na dann, bis nachher."
Joe blieb etwas verwirrt in der geöffneten Tür stehen:
„Was jetzt, sehen wir uns oder nicht"?
Sie schubste ihn lächelnd die wenigen Zentimeter, die noch fehlten, vollends vor die Tür:
„Du wirst schon sehen, Joe. Jetzt geh´ endlich, sonst kommst du noch zu spät."
Joes Blick und Gestik wiesen auf Ratlosigkeit hin, als Donna die Tür vor seiner Nase schloss.
Er schüttelte den Kopf, und trollte sich schnellen Schrittes Richtung Landstraße.
Donna lehnte sich mit dem Rücken an die Innenseite der Eingangstür, und blieb eine kurze Zeit selig strahlend stehen. Sie atmete tief durch, unterbrach ihre Gedanken an die letzte Nacht und den Morgen, und tapste in Richtung Dusche.
Joe musste zusehen, dass er sich beeilte, um den Arbeitsplatz rechtzeitig zu erreichen.

Es lagen zwar nur ein paar Meilen zwischen ihm und dem Camp, aber zu Fuß zog sich die Strecke wahrhaft unangenehm in die Länge. Zu seinem Glück fuhr die Bedienung, Sue, mit ihrem kleinen Toyota stadtauswärts. Joe streckte den Daumen hoch, Sue erkannte ihn, sie hatte ihn ja gestern Abend kennengelernt, und hielt an:
„Wo soll es hingehen, Kleiner?"
Joe freute sich und antwortete:
„Nur ein paar Meilen die Straße hinunter, bis zum Camp, das wäre lieb."
Sogar jetzt hatte Sue einen Kaugummi im Mund:
„Geht in Ordnung Kleiner, spring rein, kannst mitkommen."
Joe rannte vorn um den Kleinwagen herum, öffnete die Beifahrertür und setzte sich in das Auto:
„Vielen Dank, Sue. Dafür haben sie etwas gut bei mir."
Sue sah in nur gelangweilt von der Seite an, und wartete einen Augenblick:
„Anschnallen! Sonst kannst du nicht mitfahren. Ist zu deiner eigenen Sicherheit, Jungchen!"
Er gehorchte, und schnallte sich an. Sie fuhr los:
„Hast du noch nicht gehört? Gestern Nacht hatten ein paar Typen einen Unfall. Die waren auch nicht angeschnallt. Alle tot."
„Wo"?, fragte Joe.
„Na, hier, auf dieser Straße, guck dir das an, direkt da vorn, da muß es sein."
Sue zeigte auf einen riesigen getrockneten Blutfleck, der sich mitten auf der Straße abzeichnete. Reifenspuren, aufgerissenen Grasboden am Straßenrand und Spuren von schwerem Bergungsgerät, sahen sie dort. Glassplitter hatten die Bergungskräfte inzwischen entfernt. Als sie vorbei fuhren, drehte sich Joe, mit einem mulmigen Gefühl im Bauch um. So war es ihm möglich, den Unfallort einen kleinen Augenblick länger zu begutachten. Ja, dort hat es sicher ordentlich gekracht, dachte er.
Als sie das Lager erreichten, bedankte sich Joe nochmals bei Sue und stieg aus. Sue fuhr weiter ihres Weges.
Joe stapfte soeben ins Camp, als ihm bereits der Boss, Wesley Moan, entgegenkam.

Schon von weitem erkannte Joe an Moans Miene, dass irgendetwas nicht stimmte. Moan setzte, immer wenn er sich blicken ließ, seinen gelben Bauhelm auf. Unter dem Helm befand sich ein großer, breiter Mann mittleren Alters, mit kurz geschorenem schwarzen Haar.
Er fiel sonst immer als fröhlicher Kerl auf, jetzt zog er jedoch ein völlig anderes Gesicht. Moan hatte keine Gelegenheit das Wort zu ergreifen, da ihm Joe zuvorkam:
„Wo ist der Transporter, wo sind die Jungs, ist was passiert, waren das die Jungs, da vorn mit dem Unfall?"
Moan schritt ihm weiter entgegen:
„Ja, das waren die Jungs".
Sein Tonfall klang sehr bedrückt:
„Man hat sie erst heute, um 3:00 Uhr nachts gefunden. Alle vier ertrunken ..., Scheiße ..., so eine Scheiße."
Moan, der riesen Kerl, hatte Tränen in den Augen.
Joe hielt an, er konnte weder weitergehen, noch stehen und sackte kraftlos, von Gram gebeugt zusammen, bis er kniete.
Moan stellte sich neben ihn, drückte Joes Kopf mit einer Hand seitlich an seinen Oberschenkel:
„Es tut mir leid, Antonin, es tut mir leid. Ich weiß jetzt auch noch nicht wie es weiter gehen soll."
Joe starrte nur ins Leere. Im Geist sah er weiterhin die Bilder seiner Kumpel vor sich.
Noch gestern hatte er mit ihnen zusammen gefeiert. Dann lösten sich die ersten Tränen aus seinen Augen und liefen, in kleinen Bächen, über die Wangen nach unten. Er war nicht in der Lage, etwas zu sagen. Für sein Verständnis wusste er, dass ihn die Schuld für dieses Unglück traf. Er hatte wieder einmal getrunken und die Jungs dann im Stich gelassen. Es oblag ihm, die Kumpel sicher nachhause zu fahren, doch er ließ sich wieder hinreißen, hatte etwas besseres vor.
Ja, die Schuld am Tod der Kumpel, lag eindeutig bei ihm. Dieser Druck in seiner Brust fühlte sich an, als wollte er sein Herz zerquetschen. Die Selbstvorwürfe brachen ihm letztendlich sein Herz, veränderten ihn, für den Rest des Lebens. ...

Kapitel 3: Artefakt.

Ein riesiger Mond stand am Firmament und beleuchtete fahl das Himmelsschauspiel. Die erhitzte Atmosphäre flirrte unter dem rötlich orange eingefärbten Himmel. Dampfende Nebelschwaden zogen vom Ozean her über die kargen felsigen Landmassen. Keinerlei Sternenlicht durchdrang den Dunst.
Durch die Nähe des riesig erscheinenden Mondes bauten sich gewaltige Gezeitenwellen in der See auf und schlugen explosionsartig an den schroffen Küsten ein. Da, wo die gigantischen Wellen zuschlugen, brach neu entstandenes Lavagestein los und wurde ins Meer gerissen. Zischend und dampfend, floß sofort orange leuchtende, frische Lava nach, um unverzüglich auszuhärten und neues Land zu bilden. Dieser ewige Kampf, schien mehr und mehr zugunsten des Landes auszugehen.
Der Tag hatte nur sechs Stunden gedauert, und die Nacht nahm dieselbe Zeit für sich in Anspruch.
Der Himmel riss mit einem lauten Knall auf, und schien für einen Augenblick in Brand zu geraten. Ein Komet stürzte glühend, mit einem langen Schweif aus Rauch und Dampf, dem Ozean entgegen.
Ein weiterer Knall und noch einer. Entweder handelte es sich um viele Bruchstücke eines im All zerborstenen Kometen, oder um mehrere einzelne, die fast gleichzeitig eintrafen, um als Fackeln im Meer zu versinken.
Sie schmolzen in der Atmosphäre, dampften immer weiter ein, trotzdem blieb genug Masse übrig, um beim Einschlag gewaltige Flutwellen zu verursachen.
Durch die frei gewordene Energie des Aufpralles verdampfte das umliegende Wasser, genauso wie die einschlagenden Kometen selbst. Die abgestürzten Schweifsterne verbanden sich letztendlich völlig mit dem Ozean, verwandelten sich ebenfalls zu Wasser.
Es blieb nur jeweils ein kleiner, rot glänzender, metallischer Zylinder übrig. In dem Moment, als die Hohlkörper in den Tiefen versanken, leuchteten einige in die Außenhaut eingravierte Zeichen weiß und strahlend auf.

In der Mitte der Zylinder entstand ringsum ein kleiner leuchtender Spalt, als würde das Metall in diesem Bereich aufschmelzen und die Farbe der Zylinder wechselte von Rot auf Grün. Sie öffneten sich von selbst, als hätte eine Geisterhand sie wie einen Cocktail-Shaker aufgeschraubt. Dann zerfielen sie in zwei Hälften und der Inhalt kam zum Vorschein.

Eine Substanz mit winzigen DNS-Strängen. Sie wuselten heraus und fingen an, sich im warmen Ozean zu verteilen. Die Metallkörper hatten Leben gebracht und verbreiteten es jetzt überall, wo sie auf flüssiges Wasser trafen.

Das Feuerwerk einschlagender Kometen schien kein Ende mehr nehmen zu wollen. Und das Leben verteilte sich über den gesamten Planeten.

Es dauerte vermutlich Milliarden von Jahren, bis sich dort, nur mit exorbitantem Glück, vernunftbegabtes Leben seine Bahn brach. Eine geringe Chance, dass sich alles in diese Richtung entwickeln würde, bestand wenigstens.

Der Planet besaß ein Magnetfeld, das seine vorhandene Atmosphäre vor den andauernden Sonnenwinden und übermäßig intensiver, kosmischer Strahlung schützte.

Es gab flüssiges Wasser, und da der Planet innerhalb der habitablen Zone um eine kleine, gelbe Sonne kreiste, war es auch warm genug. Gedeihliche Voraussetzungen für das zarte Pflänzchen des Lebens.

Die Zylinderhälften sanken auf den Grund des Ozeans, verteilten sich im Laufe der Jahr Milliarden durch tektonische Plattenbewegungen, durch Vulkanausbrüche, Meeresströmungen, Seebeben und Tsunamis, über alle entstandenen Ozeane und Kontinente.

Druck und Hitze konnten ihnen nichts anhaben, diese physikalischen Größen glitten von den Metallteilen schlankwegs ab, wie Staub oder Schmutz.

Sie lagen lange verborgen, im Eis der Pole, auf dem Meeresgrund, im Felsgestein oder im Erdreich, bis sie durch Erosion, oder andere Naturereignisse, nach und nach zum Vorschein kamen.

Sie hatten ihre Bestimmung erfüllt, ihre Fracht ließ wahrhaftig Leben entstehen.

Pflanzen und andere Lebewesen bevölkerten den kleinen Planeten. Durch die Evolution entwickelte sich das Leben weiter. Die Unbilden des Universums löschten sie fortwährend aus, doch die Natur nahm ihren Lauf, entstand neu und passte sich beständig an. Nur die Intelligenz stellte sich zunächst nicht ein.
Zynische Zungen behaupten, dass dies bis heute nicht der Fall sei.
Der kleine, blaue Planet, wurde später ERDE genannt. ...

Kapitel 4: Geheimnisse.

Maureen fühlte sich nicht wohl. Die Telefonate mit Joachim strengten sie an. Er hatte ihr vom Tod seiner Kumpel erzählt, und verfiel offensichtlich in eine tiefe Depression. Sie hatte keinerlei weitere Möglichkeit, außer ihn täglich verbal zu trösten. In den Arm nehmen oder Ähnliches, das konnte sie wegen der großen Entfernung vergessen. Weshalb er sich schuldig fühlte, wusste sie nicht, das hatte er ihr geflissentlich verschwiegen.

Mr. Moan hatte ihn, nach ein paar Tagen, einem neuen Trupp zugeteilt. Dort war es seine Aufgabe, als einzig übriger, befähigter Baggerführer, den ganzen Tag, in der klimatisierten Kabine zu verbringen. Allein. Grübelnd. Es entsprach nicht seiner Gemütsverfassung, zu den übrigen Arbeitern des anderen Trupps Kontakt aufzunehmen. Innerlich weigerte er sich sogar, mit den neuen Kollegen ein einziges, überflüssiges Wort zu wechseln. Sein Alkoholkonsum stieg drastisch an. Als gebrochener Mann, voller Selbstzweifel und Selbstvorwürfe, zog er sich immer weiter in sein Schneckenhaus zurück. Donna hatte schnell genug von dem ewigen Gejammer, und gab ihm den Laufpass. Der fehlende Spaßfaktor vergällte es ihr, sich weiterhin mit ihm abzugeben. Trotzdem quälte er sich bis in den Dezember hinein durch sein trauriges Leben. Er hatte mit Maureen besprochen, an Heilig Abend heimzukehren, und vermittelte ihr, dass er sich dann sicher in besserem Zustand befinden würde. Zuhause, bei ihr, musste es einfach wieder aufwärtsgehen.

Maureen sorgte sich aber. Ständig sah sie sich gezwungen, Joachim aufzubauen, obwohl sie doch ihre eigenen Probleme hatte. Sie fühlte sich nicht in der Lage, jemandem von dem Vorfall vom 13. Oktober zu berichten. Joachim konnte sie auf keinen Fall damit belasten. Nein, das musste ihr Geheimnis bleiben. Die Übelkeit, die seit Neuestem täglich auftrat, belastete sie zusätzlich. Sie fühlte sich elend. Vermutlich hatte sie sich diesen widerlichen Norovirus eingefangen, der seltsamerweise immer in der Winterzeit seine Kreise zog. Die Übelkeit führte sie, öfter als ihr lieb war, zur Toilettenschüssel, wo sie sich gezwungenermaßen ihre Mahlzeiten nochmals durch den Kopf gehen ließ.

Zwangsläufig meldete sie sich krank, bei ihren kleinen Nebenjobs, die sie zur Aufbesserung der Haushaltskasse ausübte.
Kein Problem, füllte halt jemand anderes die Regale in Chuckys-Lebensmittelmarkt auf, oder reinigte im Seaview-Hotel am Hafen die Zimmer. Auf die paar verlorenen Dollars kam es nicht an. Joachim verdiente ja genug, zumindest zur Überbrückung der Krankheitsphase.
Als die Übelkeit nicht nachließ, begab sie sich zur Praxis von Dr. Andrew Brown, ihrem Arzt, nur um sicher zu gehen, dass es sich nicht um etwas Schlimmeres handelte.
Das gerammelt volle Wartezimmer ließ den Schluss zu, dass die Erkältungszeit mit großer Wucht zuschlug. Die Patienten saßen gelangweilt oder lesend herum, während sich einige hustende und krächzende Kinder in der Spielecke die Zeit vertrieben. Bei den meisten der Patienten handelte es sich um Bürger der schwarzen Bevölkerungsschicht, wozu Dr. Brown ebenfalls gehörte.
Maureen kannte den Doktor schon seit ihrer Kindheit. Ein immer besonnen wirkender, freundlicher und kompetenter Arzt. Sie vertraute ihm, und viele andere Patienten taten das offensichtlich ebenso, wie man an der Menschenmaße im überfüllten Wartebereich erkannte.
Während Maureen wartete, bis sie an die Reihe kam, übermannte sie wieder diese Übelkeit. Sie hielt sich beide Hände vor den Mund und rannte, mit wehenden Haaren, in hohem Tempo, an der Anmeldung vorbei zur Gästetoilette, um sich zu übergeben. Die Tür des WCs ließ sich aber nicht öffnen, da sich in diesem Moment ein anderer Patient damit beschäftigte, eine Urinprobe abzufüllen. Weil die Tür versperrt war, rannte Maureen mit einem lauten Krachen dagegen.
Dem Patienten im WC, fiel vor Schreck der mit Urin gefüllte Becher aus der Hand. Artistisch versuchte er, das Kunststoffgefäß am Fallen zu hindern, erwischte es aber nicht mehr angemessen. Die Urinprobe drehte sich in der Luft, entließ einen Schwall der Pisse über die Hand des Mannes und klatschte dann auf den gefliesten Boden. Die eine Hand an seinem Pimmel, die andere Hand triefend nass, fing er an, laut zu fluchen.

Mit verzweifeltem Blick sah sich Maureen kurz um, griff sich den Schirmständer der Garderobe, von der gegenüber liegenden Wand, und kotzte unverblümt hinein.
Die Arzthelferinnen aus dem Empfang schauten ihr erstaunt zu, bis sich eine der Damen endlich in ihre Richtung bemühte. Die Arzthelferin Rosita Morales, die Älteste der Angestellten und schon seit der Praxiseröffnung für Dr. Brown tätig, half ihr.
Sie reichte Maureen ein paar Papiertaschentücher, während sie ihr wieder auf die Beine half:
„Komm hoch, Schätzchen, was fehlt dir denn? Na komm, Ich bring dich rüber in den freien Behandlungsraum. Dort kannst du dich etwas hinlegen und erholen."
Maureen wischte sich den Mund und die Hände ab, warf die gebrauchten Tücher zu dem Erbrochenen im Schirmständer, und ließ sich von Rosita in den Behandlungsraum II führen. Das peinliche Chaos, das sie angestellt hatte, machte ihr zu schaffen:
„Danke, Mrs. Morales, es tut mir Leid, die Sauerei, die ich hier gemacht habe, oh je, bitte entschuldigen sie."
„Keine Ursache, Schätzchen, wenn du nicht krank wärst, dann wärst du doch nicht hier. Sowas passiert eben, da kann man nichts machen. Der Doktor kommt gleich, ruh´ dich inzwischen etwas auf der Liege aus."
Rosita verließ den Raum, um sich um die übelriechenden Hinterlassenschaften zu kümmern.
Maureen streckte sich nur eine Minute auf dem Ruhemöbel aus, als schon Dr. Brown in das Zimmer kam, die Tür schloss und an die Liege herantrat:
„Guten Tag, Maureen. Ich habe bereits mitbekommen, was passiert ist. Am besten messen wir erstmal deinen Blutdruck. Laß uns gleich anfangen."
„Hallo Dr. Brown, schön sie zu sehen, und entschuldigen sie nochmal die Umstände, ich weiß auch nicht, was los ist", erwiderte sie immer noch peinlich berührt, und schob den Ärmel ihres Pullis hoch.
„Mach dir keine Gedanken, Maureen, ist schon gut."
Er schloss die Klett-Manschette des Blutdruck-Messgerätes um ihren Oberarm und pumpte, um Druck aufzubauen.

Dann ließ er den Überdruck langsam entweichen, und sah dabei gleichzeitig auf seine Armbanduhr und das analoge Manometer des Gerätes:
„Der Blutdruck ist etwas niedrig, 94:62, dafür ist der Pulsschlag etwas erhöht, 92 Schläge in der Minute. Ok, nun sag mir, wie fühlst du dich jetzt, leidest du an Schwindel, ist dir noch übel?"
Maureen setzte sich auf:
„Es passt schon wieder, Dr. Brown. Es ist bestimmt dieser Norovirus der zur Zeit grassiert."
Dr. Brown fühlte mit der flachen Hand ihre Stirn:
„Welche Symptome haben sich denn gezeigt? Ich meine, außer das Erbrechen. Hattest du Fieber, starken Durchfall oder fühlst du dich appetitlos und geschwächt?"
Sie überlegte kurz:
„Nein, kein Fieber oder Dünnpfiff, mir ist nur übel und ich muß mich übergeben. Appetit habe ich aber schon."
Dr. Brown griff sich, an der völlig ergrauten Schläfe vorbei, ans rechte Ohrläppchen, um es zu reiben. Eine seiner Angewohnheiten. Immer wenn er nachdachte, rieb er sich am Ohrfortsatz:
„Wann hattest du deine letzte Periode, Maureen?"
Ihr Blick erstarrte, es fiel ihr wie Schuppen von den Augen, zögerlich und etwas leise, als würde sie in sich hineinsprechen, antwortete sie:
„Da ... das ist schon eine Weile her, a ... aber ich dachte, das wäre normal, da ... das kommt doch öfter vor, oder?"
Dr. Brown hob die Augenbrauen:
„Tja, Schätzchen, überlegen wir doch mal. Übelkeit, Erbrechen, trotzdem Appetit und das alles im Zusammenhang mit der ausbleibenden Periode, was könnte das sein?"
Maureens Gesicht erblasste zusehends:
„N ... nein, Dr. Brown. Das kann nicht sein, mein Mann ist doch schon seit Monaten ..., ich hatte nicht ..., aber wie soll das ..., nein, das kann nicht sein, das darf nicht sein!"
Dr. Brown legte seine Hand auf Maureens Schulter:
„Beruhig dich, Maureen. Jetzt machen wir erst einmal einen Schwangerschaftstest und dann sehen wir weiter.

Wenn es dann wirklich so sein sollte, wird die Welt auch nicht gleich untergehen."

Der hat leicht Reden, dachte sie.

Der Test und die Untersuchung dauerten nicht lange, und sie hatte die Bestätigung. Hundertprozentig schwanger. Dr. Brown versuchte noch, ihr das als freudige Nachricht zu verkaufen.

Völlig aufgelöst verließ sie die Arztpraxis, setzte sich in ihren alten, ramponierten, gelben Toyota Corolla, Baujahr 1971, und fuhr nachhause. Sie hatte Tränen in den Augen. Was sollte sie jetzt unternehmen? Wie sollte sie das erklären? Den grausigen Gedanken an eine Abtreibung, verdrängte sie gleich wieder.

Als irischstämmige Katholikin ließ sich so etwas mit ihrem Glauben nicht vereinbaren. Überhaupt, Religion, Kirche, sie hatte sich schon längere Zeit nicht mehr die Beichte abnehmen lassen, vielleicht war es ihr möglich, sich Rat bei Pater O`Toole zu holen?

Sie wischte sich mit den Fingern die Tränen von den Wangen und nickte. Ja, das schien die beste Lösung zu sein, daran hatte sie bisher gar nicht gedacht, dort hatte sie ebenso die Möglichkeit, ihre Geschichte vom 13. Oktober loszuwerden.

Sie ließ einige Zeit verstreichen, erst am Freitag, den 16. Dezember, fühlte sie sich in der Lage, sich in die St. Stephanus Church zu begeben. Dort angelangt, nahm sie im Beichtstuhl platz.

In der benachbarten Kammer wartete Pater O`Toole auf seine Schäfchen. Die lange schwarze Kutte spannte sich über den hervortretenden, dicken Bauch. Bis auf den weißen Haarkranz, und die aufgequollene, offenporige, bläulich gefärbte Nase, glühte sein gesamter Kopf rot. Vermutlich wegen des Bluthochdrucks oder seiner Vorliebe zum Meßwein oder aufgrund von beidem.

Er öffnete das kleine Schiebefenster zur Beichtkammer:

„Hallo Maureen, ich habe dich schon lange nicht mehr hier gesehen, was kann ich für dich tun?"

Maureen zögerte etwas, fing aber dann in gedämpfter Lautstärke an:

„Ich bitte um Vergebung, Vater, ich habe gesündigt. Ich bin seit drei Monaten nicht mehr bei der Beichte erschienen.

Es gab auch weiter keinen Grund zu beichten, aber am 13. Oktober, da hatte ich einen solchen, extrem verstörenden, Traum. Einen ... sexuellen Traum, sie wissen, was ich meine?"
„Sprich weiter mein Kind."
„Also, da hatte ich diesen Traum, und als ich aufwachte, fühlte es sich an, als hätte ich echten Sex erlebt. Das kann aber nicht sein, da ich mich allein im Haus aufhielt. Niemand sonst befand sich im Haus. Ich habe das sorgsam überprüft."
„Ach, mein Kind, ich weiß, dass dein Mann schon seit längerer Zeit nicht zuhause ist, weil er in der Ferne arbeiten muß. Ich denke, da kann man solche Träume als normal ansehen, da brauchst du dir keine Gedanken machen ..."
Sie unterbrach ihn:
„Doch, ich mache mir aber Gedanken. Wie sich jetzt herausstellt, bin ich schwanger!"
Stille. Längeres Schweigen:
„Was willst du mir da erzählen, Maureen?"
Sein Tonfall hörte sich schon etwas schroffer an:
„Willst du mir damit sagen, dass du in Abwesenheit deines Mannes schwanger wurdest, und nicht weißt, wer der Vater ist? Ist es das?"
„Jaaa, nein, irgendwie ..., ich weiß nicht, wie ich schwanger werden konnte, ich war mit niemandem zusammen, keiner hat mich angefaßt, wirklich. Es gab nur diesen einen Vorfall mit dem Traum!"
„Nimmst du Drogen, mein Kind?"
„Nein, wieso ...?"
„Hat jemand das Haus kontrolliert, hast du die Polizei verständigt?"
„Nein ..., ja, das Haus habe ich allein überprüft, die Cops habe ich aber nicht verständigt. Ich wußte ja selbst nicht, was passiert war, und jetzt habe ich sogar schon über einen Schwangerschaftsabbruch nachgedacht!"
Pater O'Tooles Blutdruck erhöhte sich um einige Oktaven nach oben:

„Du kommst hier in meinen Beichtstuhl, willst mir den Bären aufbinden, dass du ein Kind in dir trägst, aber weder weißt, wie das geschehen ist, noch wer der Vater ist und trallala, es ist einfach so aus dem Nichts passiert, und jetzt denken wir darüber nach, ob wir dieses Kind auch noch töten wollen. Und ich soll dir jetzt dafür die Absolution erteilen, oder wie?!! Bist du noch bei Trost?!!"
„Aber es ist so, ich kann mir nicht erklären, wie das passiert ist, wirklich!"
Maureen klang weinerlich:
„Sie müßten das doch nachempfinden können, Pater, ich bin doch nicht die erste Frau, die ohne Sex zu haben ein Kind erwartet?"
Das war endgültig zuviel für Pater O`Toole:
„Willst du mir damit sagen, dass du dich mit der Mutter Gottes vergleichst?!!! Du kommst hierher um mich anzulügen und blasphemische Reden zu führen!!! Vergebung, in irgendeiner Art und Weise, kannst du erst mal vergessen! Ich will, dass du sofort meine Kirche verlässt! Und laß dich erst wieder blicken, wenn du wieder bei Trost bist!"
Maureen rannte weinend und zugleich wütend aus der Kirche. Vorbei an einigen anderen Leuten, die ihr betroffen nachblickten.
Was hatte sie sich hier erwartet. Scheiß Moralprediger, diese verdammten Moralisten, die kratzen sich immer dort, wo es andere juckt, dachte sie, als ihr Weinanfall langsam abklang.
„Der kann mich mal! Der bekommt mich nie mehr zu sehen, dieser aufgeblasene Arsch! Und überhaupt, **seine** Kirche, **sein** Beichtstuhl, was bildet sich der fette Alkoholiker ein?! Die Kirche ist doch ein Gotteshaus, und dieses anmaßende Arschloch ist dazu da, sich um das Seelenheil der Gläubigen zu kümmern", schimpfte sie, immer noch aufgeregt, vor sich hin. Sie stieg in den Toyota. Zu dem ganzen Ärger, wollte jetzt diese elendige Scheißkarre auch nicht mehr anspringen. Der Anlasser drehte sich nur schlapp, bis er zuletzt ganz aufhörte, auf die Drehung des Zündschlüssels zu reagieren. Wütend schlug sie auf das Lenkrad ein:
„Verdammt, verflixt, scheiß Reisschüssel, verflucht nochmal!"
Die Karre rührte sich ums Verrecken nicht mehr, die Zündung reagierte nicht.

Obwohl es draußen trotz der fortgeschrittenen Jahreszeit plus 5 Grad Celsius hatte, der Atlantik stellte dafür genügend Wärme zur Verfügung, um den Winter fernzuhalten, schien die Batterie leer zu sein. Als sie sich den Lichtschalter genauer betrachtete, bemerkte sie, dass sie beim Verlassen des Autos versehentlich das Standlicht angelassen hatte. Es blieb ihr nichts übrig, als zu Fuß nachhause zu laufen, und von dort aus einen Bekannten oder Pannendienst anzurufen.

Sie wollte keine Fremden anhalten, um nach einem Ladekabel zu fragen, und Pater O`Toole wollte sie schon gar nicht um die Benutzung des heiligen Telefons bitten.

Trotzig stieg sie aus, versperrte das Fahrzeug, und stapfte Richtung Heimat. Von der Church Street bog sie nach rechts ab, dann lief sie die ganze Massachusetts Ave entlang, links die Dudley Street hinauf, bis zur Summer Street Kreuzung, dort in die Summer Street, immer bergauf bis zur Hill Street.

Sie hatte einige Zeit, um ihr Gemüt abzukühlen, auf dieser Wanderung klarer im Kopf zu werden, vernünftige Pläne zu schmieden. Dabei wusste sie, dass sie Joachim die gesamte Wahrheit unterbreiten musste. Es blieb ihr nichts anderes übrig.

Sie würde versuchen es ihm zu erklären und hoffen, dass er ihr vertraute, dass wenigstens er ihr glaubte. Wenn sie an Heilig Abend dachte, bekam sie ein flaues Gefühl im Magen, nicht von der Übelkeit, sondern vor Angst.

Als sie zuhause, in der Hill Street 283 ankam, war es schon dunkel. Draußen auf der kleinen Treppe zur Eingangstür saß ein Kerl, ein Kerl im Arbeitsanzug. Sie kam näher, und der vorher in gebeugter Haltung sitzende Mann, sah in ihre Richtung, dann stand er auf. Er fing an ihr entgegenzulaufen, und breitete dabei beide Arme weit aus. Sie blieb erstarrt stehen, selbst als sie ihn erkannte, löste sich diese Starre nicht, das hatte sie nicht erwartet, in jedem Fall nicht jetzt schon. Es war Joachim. Er rannte sie fast um, umarmte und drückte sie, hob sie hoch und drehte sich dabei, als ob sie tanzten:

„Hallo mein Engelchen, es ist so schön, dich zu sehen, ich hatte keinen Schlüssel dabei, eigentlich hab ich gar nichts dabei.

Von der Baustelle bin ich abgehauen, ich habe es einfach nicht mehr ausgehalten, ohne dich."

Maureens Überraschungsstarre hielt trotzdem an. Der Schock der Überraschung, unterdrückte jeglichen Drang sich zu freuen. Tausend Dinge jagten ihr in diesen Sekunden durch den Kopf.

Wieso kehrte er so früh zurück? Seinen Arbeitsplatz, hatte er ihn aufgegeben? Wie schaffen sie es, ohne seinen Lohn über die Runden zu kommen? Jetzt, wo sie schwanger war. Wie sollte sie ihm das erklären?

Ein Schwindelgefühl setzte in Maureens Kopf ein, nicht nur von den Drehungen, die Joachim weiterhin ausführte, nein, von all diesen ungeklärten Fragen.

„Du freust dich ja gar nicht", bemerkte Joachim.

„Doch, doch, natürlich freue ich mich. Ich bin nur total überrascht, wieso bist du denn jetzt schon hier?"

Sie fragte mit gepreßter Stimme, da Joachim sie weiterhin umklammerte und drückte.

Er ließ sie hinuntergleiten, und presste ihr einen Kuss auf die Wange:

„Komm, mach die Tür auf, ich erzähl' dir alles, wenn wir drin sind. Ich sitze hier schon eine Weile um auf dich zu warten. Wo ist eigentlich das Auto?"

Sie kramte den Haustürschlüssel hervor, und sperrte die Eingangstür auf:

„Das steht vor der Kirche, es springt nicht mehr an, vermutlich ist die Batterie leer. Aber jetzt komm erst einmal herein."

Joachim folgte ihr und zog die Tür hinter sich ins Schloss:

„Na dann ist es ja gut, dass ich schon früher heimkam. Morgen kümmere ich mich zuerst um die alte Karre. Ich treibe schon einen Nachbarn oder Freund mit einem Ladekabel auf."

Wohlige Wärme durchströmte das Haus, die betagte Heizung hatte ganze Arbeit geleistet. Jetzt spürte Joachim erst, wie ausgekühlt er war. In Florida hatte er sich monatelang an die vorherrschende Hitze angepasst, das nasskalte Wetter im Winter in Massachusetts, war er nicht mehr gewöhnt.

„Du musst sicher Hunger haben, nach der langen Reise. Komm in die Küche, ich hab noch etwas Pulled Turkey und Kartoffelsalat vom Lunch übrig."

Sie drehte den Gasherd auf und entzündete die Flamme. Dann stellte sie die Pfanne mit dem Fleisch auf die Kochstelle, um das Essen aufzuwärmen.

Joachim trat näher an sie heran, schmiegte sich an, küsste sie hinter dem Ohr und griff mit einer Hand sanft nach ihrem Busen.

Sie schob ihre flache Hand zwischen seinen Kussmund und ihr Ohr, und drückte Joachims Gesicht weg.

Dabei drehte sie sich weg, sodass der Busen außerhalb der Reichweite seiner Hand lag und raunzte ihn an:

„Joachim, es ist großartig, dass du wieder zuhause bist, und ich liebe dich wirklich sehr, und dass exklusiv, aber ich hatte heute einen schrecklichen, wenn nicht sogar fürchterlichen Tag und bin einfach nicht in der Stimmung dafür. Bitte lass uns erst essen und reden. Ich denke, du hast mir einiges zu berichten, und ich muss dir auch etwas erzählen. Und wenn du danach wirklich noch romantische Gefühle entwickeln willst, können wir nochmal drüber nachdenken, ok?"

Joachim stutzte etwas:

„Wieso, was gibt es denn Schlimmes, hast du mir am Telefon nicht alles erzählt?"

Sie wiegte mit dem Oberkörper hin und her, wand sich etwas, ein wenig wie ein Wurm:

„Ja ..., nein ..., jetzt erzähle doch mal, wieso kamst du denn schon früher nachhause, was ist mit deiner Arbeit?"

Maureen hatte vor, zunächst ihn aus der Reserve locken, wenn möglich zuerst ihm ein schlechtes Gewissen zu verpassen, damit er später, wenn sie mit ihrer Wahrheit herausrückte, nicht so hart zu reagieren vermochte. Sie hielt das für die effektivste und raffinierteste Vorgehensweise.

Joachim wiederum zielte ebenfalls darauf ab, nicht alles zu erzählen, und war froh, dass Maureen ihn nur nach dem Arbeitsplatz gefragt hatte:

„Ok, ich fange an. Von dem Unfall habe ich dir ja schon erzählt."

Sie unterbrach ihn:

„Ja, das war sicher schrecklich für dich. Wo hast du dich aufgehalten, als der Unfall passierte?"

Er wurde ein klein wenig blasser um die Nase, aber er war schon immer ein talentierter Lügner:
„Ja, fürchterlich, du kennst mich doch, wir hatten Jeffs Extra-Geburtstag gefeiert, und ich hatte zuviel getrunken. Ich wollte nicht mit den Anderen zurückfahren, und habe noch etwas mit den Einheimischen gefeiert. Stelle dir vor, ich hätte mich dazu entschlossen auch mitzufahren, dann wäre ich jetzt auch tot."
Maureen drehte das Gas am Herd ab, schüttete das Essen aus der Pfanne auf einen Teller, klatschte eine Ladung Kartoffelsalat neben das Fleisch, nahm das Besteck aus der Schublade, und platzierte alles zusammen auf dem Esstisch:
„Setz dich, und iss erst einmal etwas."
Sie streichelte ihm über das Haar:
„Ja, das mag ich mir gar nicht vorstellen, zum Glück warst du nicht in diesem Transporter. Und auch, dass du Jeff noch am Nachmittag gerettet hast, und am selben Abend stirbt er dann bei diesem Unfall. Grausam."
Joachim versuchte, seine Traurigkeit etwas herunterzuspielen, was ihm aber nur schwerlich gelang:
„Ja, das Leben ist grausam, und gefährlich, es endet letztlich immer mit dem Tod. Der Chef, Mr. Moan, hat mich dann als Baggerfahrer diesem anderen Haufen zugeteilt, das habe ich dir aber auch schon erzählt. Ich fühlte mich miserabel, dachte immer an die Jungs, konnte mich nicht konzentrieren, schrecklich. Fast hätte ich noch Einen vom neuen Trupp mit der Baggerschaufel erwischt. Es ist zwar nichts passiert, der junge Simon brachte sich reaktionsschnell, mit einem Hechtsprung in Sicherheit, aber ich konnte einfach nicht mehr.
Ich schaltete den Bagger ab, ließ den Zündschlüssel stecken, schlurfte wortlos, wie ein Zombie, hinüber in den Wohncontainer, steckte meine Brieftasche ein, nahm mir den Pick-up und fuhr zum Flugplatz. Alle meine Sachen, habe ich einfach liegen und stehen gelassen, ich wollte nur noch weg von dort, zurück zu dir."
Beide hatten feuchte Augen bekommen:
„Und was ist jetzt mit deinem Job?"
„Ich weiß nicht, ich werde morgen Mr. Moan anrufen und kündigen.

Ich kann dort einfach nicht mehr arbeiten, nicht im Tiefbau, in diesem schrecklichen Sumpf."
Maureen sah ihn besorgt an und fasste seine Hand:
„Wir werden schon über die Runden kommen. Ein paar tausend Dollar haben wir noch auf dem Konto. Du wirst aber wieder arbeiten müssen. Such dir doch etwas im Hochbau, hier in der Nähe, vielleicht findest du etwas".
Joachim nickte leicht:
„Ja, möglicherweise in Portland, da könnte ich pendeln, dort wird immer neu gebaut. Aber vorerst müssen wir mit dem Restgeld und deinen Nebenjobs zurechtkommen."
Nebenjobs, Maureens Stichwort. Sie besaß zwar die Möglichkeit, trotz ihrer Schwangerschaft ein paar weitere Monate zu arbeiten, danach war aber erst einmal Schluss. Ihr Gesichtsausdruck wurde angespannter, wirkte schuldbewusst, sie drückte Joachims Hand fester:
„Ich habe dir auch etwas zu sagen, aber bitte, hör mir zu bis ich fertig bin, Schatz."
Tränen befeuchteten wieder ihre Augen:
„Das Datum weiß ich noch genau, es passierte am 13. Oktober. Nach der Gartenarbeit, und nachdem ich mit dir telefonierte, nahm ich ein Bad. Dabei muss ich eingeschlafen sein. Ich hatte einen wüsten Traum, träumte vom gemeinsamen Sex mit dir. Diese Vision empfand ich an und für sich als schön, aber als ich aufwachte, lag ich nicht mehr in der Badewanne, sondern im Bett."
Er schüttelte nur wortlos den Kopf und sah sie fragend an.
Sie sprach wie gelöst weiter, wie ein Wasserfall sprudelte es aus ihr heraus:
„Ja …, im Bett, und ich empfand es so, als hätten wir es die ganze Nacht getrieben, körperlich. Es fühlte sich an, wie nach richtigem Sex. Ich habe danach das Haus komplett durchsucht, es konnte aber gar nicht sein, dass sich jemand im Haus aufgehalten hatte. Alle Türen und Fenster waren verschlossen. Es musste sich um einen extremen Traum handeln, eine andere Erklärung gab es nicht."
Er sah sie weiterhin fragend an, und nahm einen Bissen vom Turkey-Fleisch:

„Davon hast du mir aber nichts erzählt, das wüßte ich noch. Worauf willst du hinaus?"
Sie zögerte wieder ein bisschen, und wand ihren Oberkörper leicht hin und her, wie vorhin:
„Jaaa ..., ich fühlte mich in letzter Zeit nicht gut ..., und da habe ich Dr. Brown aufgesucht ..., und ich bin schwanger, so jetzt ist es raus."
Joachim blieb augenblicklich der Mund offen stehen, die Gabel fiel ihm aus der Hand:
„Was? Was zum Teufel ...?"
Maureen hielt mit beiden Händen beschwichtigend Joachims Arm fest:
„Hör zu, bitte, hör weiter zu, ich weiß nicht, wie das passiert ist. Wirklich, ich war mit niemand Anderem zusammen, ich schwöre es dir".
Sie drückte seinen Arm herunter, hielt ihn fest, damit er nicht aufstand.
„Es muß an diesem verfluchten 13. Oktober passiert sein, der Fötus ist jetzt gut zwei Monate alt, das paßt genau, ich weiß aber nicht was passiert ist, bitte, glaube mir!"
Er gab seine Körperspannung auf, sie spürte, wie er sich zusammensacken ließ. Dann legte er die Stirn auf dem Esstisch ab, und verschränkte die Arme schützend über den Hinterkopf. In dieser Stellung verharrte er eine Weile. Dann sah er auf, und schaute Maureen in ihre verweinten Augen:
„Gut, sagen wir einmal, ich glaube dir ..., wie soll das vor sich gegangen sein? Hypothetisch gesprochen ..., könnte sich jemand einen Nachschlüssel besorgt oder nachfertigen lassen haben. Oder ein Fenster war nur geschlossen, aber nicht verriegelt. Dann könnte dieser Jemand eine Droge oder ein Schlafmittel in die Limoflasche im Kühlschrank geschüttet haben. Danach hat er sich im Kleiderschrank, oder sonst wo versteckt und gewartet, bis du etwas getrunken hattest und einschliefst. Dann hat er dich aus der Badewanne gehoben, ins Schlafzimmer getragen und dich geschwängert. Weshalb sollte jemand so einen Aufwand betreiben, nur um eine Nummer mit dir schieben zu können, Maureen?"
Er schaute ihr fortwährend direkt in die Augen, aber sie hielt seinem Blick stand:

„Ich weiß es doch auch nicht. Aber du kennst mich doch. Ich bin kein leichtes Mädchen, du weißt das. Ich könnte so etwas niemals freiwillig machen. Ich weiß übrigens auch nicht, was du die ganze Zeit in Florida getrieben hast. Ich weiß nur, dass ich jetzt schwanger bin. Und es zerfrisst mir mein Gehirn, wie Säure, ich kann es mir einfach nicht erklären. Ich fühle mich wie in größter Not allein gelassen, im Stich gelassen. Hilf mir, bitte, hilf mir doch, sag, dass du mir glaubst, sag, dass du mich immer noch liebst, sag mir, was ich machen soll."
Joachims Augenpaar schien ab diesem Augenblick leer zu sein, er starrte vor sich auf den Tisch:
„Ich weiß nicht, Maureen, ich kann nicht ..., das muß ich erst einmal verdauen ..., hast du schon über Abtreibung nachgedacht, du weißt doch gar nicht, was da in dir heranwächst ..., hast du schon?"
Maureens Stimme klang jetzt wieder fester:
„Laut Dr. Brown handelt es sich um einen normalen Fötus und natürlich habe ich über einen Schwangerschaftsabbruch nachgedacht. Das kommt aber für mich nicht in Frage, ich bin nicht dazu in der Lage, ich kann unmöglich unschuldiges Leben vernichten. Das meine ich nicht wegen der Kirche, die ist mir egal. Pater O´Toole hat mich übrigens aus seinem Gotteshaus gejagt, als ich ihm davon erzählte. Ich muss dieses Kind austragen, und ich wünschte mir, dass wir das gemeinsam durchstehen. Ich weiß, das ist viel verlangt. Ich kann mir nicht vorstellen, womit ich das alles verdient habe, wer mir das angetan hat, und weshalb. Und es tut mir in der Seele weh, wenn ich dich jetzt so verzweifelt und leidend sehe. Lass dir Zeit, du weißt, dass ich keine Lügnerin bin, denk´ nach und sag mir dann, wie du dich entschieden hast."
Von ihrer Seite her, hatte sie damit alle Karten auf den Tisch gelegt. Alles gebeichtet und gesagt. Und wenn Joachim ehrlich sich gegenüber war, hatte Maureen schlimmstenfalls etwas verbockt, was er selbst schon mehrmals vorher praktiziert hatte.
De facto ist das so eine Sache mit der Ehrlichkeit, insbesondere sich selbst gegenüber.
Maureen schlief zumindest allein oben im Schlafzimmer, während Joachim die Nacht grübelnd auf der Wohnzimmercouch verbrachte.

Am nächsten Tag kümmerte er sich wie versprochen um den liegengebliebenen Corolla.
Er ließ sich von seinem alten Kumpel, Chad Garfield, und dessen Acht-Zylinder Camaro abholen. Sie fuhren zur Kirche, brachten die Überbrückungskabel an, sodass die Batterie des Toyota wieder genug Saft bekam.
Beim ersten Versuch sprang der Wagen an, sie ließen den Motor eine Weile laufen, damit die Lichtmaschine genug Zeit hatte, die alte Batterie aufzuladen. Danach fuhren sie zurück, stellten den Wagen vor dem Haus ab, und verschwanden beide mit dem Camaro in Richtung Vergnügungsviertel.
Mit Maureen sprach Joachim an diesem Tag kein Wort. Er zog ausgiebig mit seinem Kumpel durch die Pubs der Stadt, und feierte die Rückkehr in die Heimatgefilde. Erst spät nachts kam er zurück nachhause, schepperte in der Küche herum, ließ betrunken die Dusche im Bad ewig laufen, um sich danach wieder auf die Wohnzimmercouch zu trollen. Maureen hatte sich bereits Stunden davor einsam in den Schlaf geweint.
Endlich, vor Weihnachten, meldete sich Joachim bei seinem Chef, Wesley Moan. Er erklärte ihm, dass er nervlich am Ende sei, dass es ihm leidtue wie er die Baustelle verließ, dass er es sich reiflich überlegt hätte und kündigen wolle. Er könne so nicht weitermachen, er denke ständig an seine toten Kumpel und gefährde höchstens die anderen Kollegen. Mr. Moan zeigte Verständnis.
Er hatte ebenso um seine Leute getrauert und konnte nachvollziehen, wie es in Joachims Gemüt aussah. Er wünschte ihm alles Gute, versprach ihm, trotz des unsauberen Verhaltens, ein annehmbares Arbeitszeugnis auszustellen, und vereinbarte mit Joachim, dass er im neuen Jahr sein verbliebenes Hab und Gut in eine Kiste verpacken, und zu ihm nachhause schicken würde.
Weihnachten fiel dieses Jahr aus. Die Antonins hatten Geldsorgen und folglich keinen Grund, dem Kommerzwahnsinn der Allgemeinheit anheimzufallen. Zu sagen, hatten sie sich auch weiterhin nicht Vieles.
Für Sylvester erhielten sie eine Einladung, den Jahreswechsel bei ihren Nachbarn, Hank und Dorothy Jablanovsky, gebührend zu feiern. Der erste Tag, an dem sie wieder gemeinsam etwas unternahmen. Einige andere Nachbarn nahmen ebenfalls an der Party teil.

Maureens Freundin, Judith Grant mit ihrem Ehemann Cory, und weitere Paare aus der Nachbarschaft wie, Dean und Melanie Sparks, Lena und Stig Sorensen trafen sie dort an.
Alle beschwerten sich bei Maureen und Joachim, dass sie sich nirgendwo mehr blicken ließen. Man hätte sie schon seit längerer Zeit nicht mehr gesehen.
Die Antonins gaben ihren Nachbarn recht, aber Joachim sei erst wieder aus Florida zurückgekommen, und Maureen fühle sich nicht sonderlich wohl. Joachim süffelte zuviel, sprach aber wenig, während Maureen aus bekannten Gründen nur alkoholfrei trank, und ebenfalls nicht unbedingt eine freudige Miene zog.
Die übrigen Gäste bemerkten, dass etwas nicht stimmte, und versuchten die beiden aufzuheitern, was aber nicht in gewünschtem Ausmaß gelang. Neujahr, um circa 1:00 Uhr, bedankten Maureen und Joachim sich höflich und verabschiedeten sich. Früher galten sie als ein spaßiges, immer lachendes Paar, jetzt herrschte stets niedergedrückte Stimmung in ihrer Umgebung.
Mit der Zeit war es nicht mehr zu übersehen, dass Maureen ein Baby erwartete. In dem Maße, wie ihr Bauch dicker wurde, schien sich Joachim wieder mehr und mehr einzukriegen. Seine Depression verschwand aber nie mehr vollends. Was vermochte er zu ändern? Bald würden sie zu dritt sein. Die einzige Möglichkeit wäre wegzulaufen und Maureen allein mit dem Baby im Stich zu lassen. Das schien ihm aber ebenfalls nicht als sonderlich erstrebenswert.
Zugegebenermaßen, er hatte sich selbst einiges zu Schulden kommen lassen, als er die Kumpel im Stich ließ, und wie es seiner Überzeugung entsprach, ihren Tod verursachte. Außerdem erinnerte er sich, zumindest rudimentär daran, dass er im Bordell herumhurte, und wie er es mit Donna getrieben hatte. Das konnte er logischerweise, Maureen gegenüber, nie zugeben, aber tief in seinem Inneren, belastete es ihn gewaltig.
Deshalb hatte er sich letztendlich doch dazu entschlossen, Maureen nicht unbedingt zu glauben, aber ihr zu vergeben, egal, wie die Schwangerschaft auch immer zustande kam.
Maureens körperliche Verfassung verbesserte sich erheblich.

Naturgemäß blieb sie unbeweglich und etwas aufgedunsen, aber es traten keine weiteren Probleme oder Übelkeit auf. Als sie den geistigen Umschwung ihres Mannes bemerkte, dauerte es nicht lange, bis es ebenso bei ihr psychisch wieder aufwärtsging.
Sie spürte, dass sich eine unsichtbare Barriere, einige unausgesprochene Dinge zwischen ihnen gebildet hatten, dass er sie verliesse, wenn er nicht ebenfalls ein paar Leichen im Keller versteckte.
Sie freute sich aber, dass sie diese Geschichte nicht allein durchzustehen hatte, und trachtete nicht danach, sich weiteren zerstörerischen, fast morbiden Gedanken hinzugeben.
Der Paketdienst lieferte die Kiste mit Joachims Habseligkeiten an.
Sie packten sie gemeinsam aus. Es handelte sich nur um Freizeit- und Arbeitskleidung, Hygieneartikel, seinen Werkzeugkoffer, Schuhe und einen seltsam grünlich metallischen Hohlkörper.
Er erzählte ihr, wie er das Ding gefunden hatte, wie jeglicher Schmutz von diesem Teil abperlte und wie es vibrierte. Dazu legte er den Becher in Maureens Hand. Dort verstärkte das Teil plötzlich seine Vibrationen und fing sogar an zu summen. So hatte es, soweit es Joachim wusste, niemals zuvor reagiert.
In einem kurzen Flash leuchtete diese blasse, erschreckende Fratze, die sie schon davor, in ihrem Traum schockierte, vor ihren Augen auf. Bis ins Mark getroffen, ließ Maureen den Becher augenblicklich fallen. Dieses Teil war ihr unheimlich und sie hatte in ihrem Zustand große Angst, dass irgendeine Strahlung, ihr und ihrem Baby schadete.
Danach verschwand der Metallbehälter, erst auf dem Kleiderschrank im Gästezimmer, und später im Keller, wo er bald in Vergessenheit geriet.
Der Frühling kam, und Joachim fand über Beziehungen seines Kumpels Chad, einen Job in einer Hochbaufirma, genauso wie er es sich gewünscht hatte, in Portland. Die Hin- und Rückfahrt belief sich auf 80 Meilen, was machbar schien.
Die Portland Construction Company, kurz PCC, erstellte Wohn- und Geschäftshäuser, und erschloss zu dieser Zeit ein neues Baugebiet in Portland.
Ein Familienbetrieb mit 20 Angestellten, der Verstärkung suchte. Bisher hatten sie die Tiefbauarbeiten, die sie für die Kabel- und Rohranschlüsse der Neubauten benötigten, fremd vergeben.

Sie planten, sich künftig diese Kosten zu sparen, weshalb sie einen erfahrenen Baggerführer, mit weiteren Kenntnissen im Hoch- und Tiefbau suchten.

Joachim war genau der Richtige für diesen Job, und die PCC stellte ihn, nach Vorlage seiner anständigen Arbeitszeugnisse, sofort für den Bauauftakt im Frühjahr ein. Wieder in Brot und Arbeit, hatte er etwas Neues, worauf er sich konzentrierte und es ging stetig aufwärts.

Die warmen Sonnenstrahlen der zu dieser Jahreszeit hochstehenden Sonne, die honigsüßen Düfte von abertausenden Frühlingsblüten, die ihren Duft in die Luft verströmten, und die unterdes wiederkehrend hellere Stimmungslage im Hause Antonin, taten ihr Übriges, und die beiden kamen sich wieder näher.

Das Baby im Bauch entwickelte sich prächtig. Es fühlte aber instinktiv, dass es Probleme verursachte, dass sich zumindest ein Elternteil reserviert und ablehnend verhielt. Es wusste naturgemäß nicht wieso, und es war ebenso nicht in der Lage diese Gemütszustände zu deuten, die einerseits von außen auf es einwirkten, und andererseits durch die Stimmungs- und Hormonlage der Mutter geprägt, Einfluss auf es nahmen.

Aber es war in der Lage zu spüren, dass etwas nicht stimmte, und dass es nicht unbedingt willkommen war.

Joachim legte niemals seine Hand auf Maureens Bauch, um zu fühlen, wie das Baby, mit den Beinchen, in der Fruchtblase um sich trat. Nie richtete er ein liebevolles, beruhigendes Wort, durch die Bauchwand an den Nachwuchs.

Er verdrängte, ignorierte simpel seinen Spross. Das Kleine wusste lange vor der Geburt, dass Daddy es nicht liebte. Schon im Mutterleib prägte sich so eine gewisse Grundstimmung, die es sein Leben lang unbewusst verfolgen sollte.

Besser gesagt ihn, den kleinen Jungen. Maureen hatte inzwischen eine Ultraschall-Untersuchung hinter sich, und das Foto besagte eindeutig, dass es sich um einen gesunden Jungen handelte.

Spätestens als Maureen das Abbild des kleinen Kerlchens auf dem Bildschirm des Ultraschall-Gerätes sah, wie er sich bewegte, wie sein Herzchen schlug, kam dieses tiefe Gefühl der Mutterliebe in ihr auf.

Sie sah sich bestätigt, dass sie sich für das unschuldige Kind und gegen dessen vorzeitige Tötung entschieden hatte. Joachim hatte sie zu dieser Untersuchung gar nicht erst begleitet.
Er fuhr zur Arbeit und es war unmöglich freizubekommen, wie er vorschob. Als Geburtstermin wurde Ende Juli bis Anfang August festgelegt, demnach ganz normal innerhalb des zehnten Monats.
Die Zeit verging, der Sommer hielt Einzug, und die abendlichen Spaziergänge, Hand in Hand mit Joachim, bereiteten immer größere Mühe. Maureen sah aus wie eine reife Melone, die von einer jungen Frau verschluckt worden war. Der heiße Sommer bewirkte sein übriges, und sie konnte es gar nicht mehr erwarten, das Zusatzgewicht aus ihrem Körper zu entlassen. Es war ehrlich gesagt an der Zeit. ...

Kapitel 5: Sectio caesarea.

Das Port Ryan Medical Center lag am anderen Ende der Stadt. Ein traditionsreiches, älteres Bauwerk, nicht eben aus der Kolonialzeit, aber wesentlich jünger konnte das Hospital, bei seinem jetzigen Anblick, nicht eingeschätzt werden. Von außen war deutlich erkennbar, dass die Stadt keine finanziellen Mittel für optische Instandhaltungen übrig hatte.
Der heruntergekommene externe Eindruck erlosch aber, wenn man sich die Innenausstattung betrachtete. Innen hui, außen pfui, aufs Wesentliche heruntergebrochen, die einfachste Beschreibung für das Krankenhaus. Es gab eine effizient eingerichtete Notaufnahme, drei ausgezeichnet ausgestattete OP-Räume, gleich daneben eine Intensiv-Station mit einem hermetisch verriegelbaren Isolierraum, in den oberen Stockwerken diverse Abteilungen wie Chirurgie, HNO, Röntgen, MRT und Kernspin, Dermatologie, Kardiologie, Neurologie und Neurochirurgie, Orthopädie, Gynäkologie, Pädiatrie, Neonatologie und andere.
Die Neonatologie war besonders wichtig, wenn bei einer Geburt etwas schief lief. Das kam aber nicht oft vor. Logisch gab es Frühgeburten, schon im Mutterleib erkrankte Babys und ebenfalls schrecklich schwere Geburten, wonach die Neugeborenen zunächst Behandlungsbedarf aufwiesen, und eine längere Zeit im Krankenhaus verbrachten. Die Entbindungsstation erfreute sich auf jeden Fall im großen Umkreis zunehmender Beliebtheit.
Das lag nicht unbedingt an den dort praktizierenden Ärzten, eher an den kompetenten Hebammen und dem vorzüglich ausgebildeten Pflegepersonal. Die Entbindungsstation war rund um die Uhr besetzt, mit Schwerpunkt auf der Nachtarbeit. Es ist oft so, dass die lieben Kleinen sich hauptsächlich nachts vermehrt anstrengen, sich aus der Mama herauszuquetschen.
Die Hundstage, mit ihren kurzen, heißen Nächten, kamen unaufhaltsam näher. Maureen schlief die vergangenen Tage kaum mehr.

Es gab immer etwas, entweder Hitze und sie schwitzte die Nacht durch, oder der Kleine benutzte mal wieder ihre Bauchinnenseite als Fuß- oder Punchingball, oder leichte Vorwehen versetzten sie in Panik, um gleich danach wieder abzuklingen.
Sie lag nächtelang wach, und horchte angespannt in ihren Körper hinein. In der Nacht vom 31. Juli auf den 1. August 1984, wurde dem kleinen Bauchbewohner diese Aufregung wohl zuviel, er bestand nachdrücklich darauf in die weite Welt hinauszustreben, und zwar sofort.
Eine erste stärkere Wehe krampfte sich durch Maureens Unterleib. Den Erwartungen entsprechend, wie sollte es anders sein, nachts um 1:30 Uhr. Dass soeben der Mittwoch angebrochen war, spielte keine Rolle, das entsprach genau dem Zeitplan und Joachim hatte rechtzeitig Urlaub genommen. Üblicherweise bekam im Sommer am Bau niemand frei, da es sich aber um einen Geburtstermin handelte, ließen seine neuen Chefs Großzügigkeit walten.
Bisher schnarchte Joachim friedlich neben Maureen im Bett. Sie hatte nicht vor, ihn gleich wieder aufwecken, eventuell handelte es sich wiederum um eine dieser belanglosen Fehlalarmwehen, wie sie an den Vortagen öfters auftraten. Sie wartete ab, und als sie fast wieder weg döste, rammte ihr die zweite Wehe heftig in den Bauch. Dieser Schmerz brachte sie dazu sich zu krümmen, bis die Wehe wieder nachließ. Es hatte sich so ähnlich angefühlt wie ein Wadenkrampf, nur an einem anderen Ort platziert. Auf die vergangene Zeit zwischen den Wehen hatte sie nicht geachtet, aber es handelte sich geschätzt um etwa 15 Minuten Abstand.
Sie griff herüber auf Joachims Bettseite, bekam ihn zu fassen und schüttelte ihn, bis er endlich aus dem Tiefschlaf hochschreckte.
„Was, was ist denn schon wieder", meckerte er widerwillig und schlaftrunken.
Maureen, aufgeregt, wie schon einige Male zuvor, bei ihren Fehlalarmwehen, stammelte:
„Ich glaube, es geht los, wir sollten ins Krankenhaus fahren!"
Joachim noch völlig benommen, taumelig wie man eben ist, wenn man unvermittelt aus dem Tiefschlaf gerissen wird, antwortete:
„Ach, Maureen, das ist doch nicht wieder ein blinder Alarm, oder?"

„Nein, diesmal nicht, diesmal ist es anders, viel schmerzhafter, und ich hatte bereits zwei Wehen hintereinander!"
Joachim wurde langsam wacher und setzte sich auf:
„Na, gut. Zwei Wehen sollten uns noch nicht beunruhigen, schauen wir mal, wie es sich weiterentwickelt. Ich muß jedenfalls erstmal auf die Toilette."
Er stand auf und wankte schläfrig ins Bad. Sein Gähnen und das strullernde Geräusch des in die Schüssel platschenden Urinstrahles, hörte Maureen über den Flur bis ins Schlafzimmer.
Sie kümmerte sich nicht weiter darum, was Joachim gebrabbelt hatte, zog die bereitgelegte Kleidung an, schnappte sich das schon vorgepackte Köfferchen und saß startfertig auf der Bettkante, als Joachim vom Badezimmer zurückkehrte:
„Was machst du denn, Maureen, ich habe doch gesagt, wir sollten noch etwas abwarten ..."
In diesen Satz hinein hämmerte eine weitere Wehe in ihren Unterleib. Gequält krümmte sich Maureen wieder, bis die Pein endlich nachließ. Diesmal hatte sie die Uhrzeiten verfolgt: „Ah, dieser Schmerz ..., Joachim ..., ich habe auf die Uhr gesehen, es liegen nur noch 12 Minuten zwischen ..., den Wehen, bitte... ah, bitte bring mich jetzt zum Kreißsaal!"
Augenblicklich erfasste ihn die Panik. Er zappelte völlig wirr durch das Schlafzimmer und es dauerte eine kleine Ewigkeit, bis er sich letztendlich vollständig bekleidete. Dann sprang er hinüber zu Maureen, half ihr ruckartig auf, und führte sie zur Treppe. Als er zappelnd versuchte, ihr die Stufen hinunter zu helfen, schob sie ihn resolut beiseite:
„Das schaffe ich selbst, ich komme schon allein hinunter, zapple du lieber vor das Haus, und kümmere dich um das Auto! Und paß auf, dass du nicht die Treppen hinunterfällst!"
Er schaute sie kurz verdutzt an, folgte aber dann ihren Anweisungen. Wie vom Teufel gejagt sprang er die Treppe hinunter in den Flur, stürmte die Haustür hinaus, die kleine Steintreppe herunter zum Gehweg, rannte in Richtung Auto, bis er bemerkte, dass er weder den Haustürschlüssel, noch den Autoschlüssel dabei hatte.

Hektisch drehte er sich um, sprintete die kleine Steintreppe zum Hauseingang hoch, zum Glück hatte er die Haustür offengelassen, hinein in den Flur, schnappte sich die Schlüssel, sprang in einem Satz die kleine Steintreppe wieder herunter, sprintete zum Corolla, um alle Türen aufzusperren, und rannte zurück zum Haus.
Maureen hatte sich während dieser Stampede mit einer Hand am Treppengeländer eingehalten, mit der anderen Hand das Köfferchen getragen, - ja, Joachim hatte in seiner Panik vergessen, ihr das Köfferchen abzunehmen und hinunter zu bringen - und war schön langsam und gemächlich, Stufe für Stufe, die Treppen hinunter gestapft, den Flur entlang gegangen, und stand bereits in der Haustür, als Joachim gerade schnaufend zurückkam.
Jetzt hielt sie ihm das Köfferchen entgegen:
„Den könntest eigentlich **du** tragen."
Er patschte sich mit der flachen Hand auf die Stirn:
„Wo ist nur mein Verstand, ja, gib her, entschuldige."
Er nahm das Gepäckstück an sich und versperrte die Haustür, während Maureen, wie ein Pinguin, zum Auto watschelte. Joachim überholte sie, hielt ihr die Beifahrertür auf und half ihr hinein. Das Gepäck legte er auf dem Rücksitz ab, und stieg auf der Fahrerseite ein.
Zündschlüssel rein, herumdrehen, nichts. Außer einem immer schlapper werdenden Geräusch rührte sich gar nichts.
Eine weitere Wehe ließ Maureen wieder zusammen zucken, sie hörte sich an, als wäre sie drauf und dran, unter Folter ein Geständnis abzugeben:
„Joachim, mach was, wir müssen los, ahhh, was ist denn, bitte fahr endlich los!"
Das steigerte Joachims Panik ins Unermessliche, immer wieder versuchte er, die Zündung zu aktivieren, es half aber nichts. Auf der Straße war niemand unterwegs, keiner, den man um Hilfe bitten konnte, das gesamte Viertel, Big Bump, schien im Dornröschenschlaf zu liegen.
Joachim hatte eine Idee, immerhin wohnten sie in der Hill Street, und in die Stadt hinein gab es ein längeres Gefälle. Vor ihnen lag freie Strecke, kein anderes Auto parkte vor ihrem Corolla.

Er legte den Leerlauf ein, löste die Handbremse, ließ den Schlüssel auf Zündung stehen, sprang aus dem Wagen, hielt von außen mit der Hand das Lenkrad und stemmte die Schulter in den Türrahmen. Dann begann er mit aller Kraft zu schieben, bis der Corolla langsam ins Rollen kam, sprang zurück auf den Fahrersitz, und schloss wieder die Tür.
Maureen saß weiterhin, in gekrümmter Haltung, leise wimmernd, daneben. Bergab rollte der Wagen immer schneller, bis er genug Tempo aufgenommen hatte, dann legte Joachim den zweiten Gang ein, und ließ die Kupplung los. Das Auto ruckelte, als Druckplatte und Kupplungsscheibe aufeinandertrafen, und den Motor ankurbelten, wie bei einem frühen Oldtimer. Die Maschine sprang an, sodass die Lichtmaschine wieder in der Lage war, Strom zu erzeugen. Joachim schaltete erleichtert das Licht an, und gab Gas.
Es herrschte kaum Verkehr, als sie in zügigem Tempo die Stadt durchquerten.
Maureen starrte andauernd auf ihre Armbanduhr, um die vergangene Zeit zwischen den einzelnen Wehen zu messen. Die nächsten Krämpfe reduzierten ihre Verschnaufpause auf kurze 10 Minuten. Obwohl kaum ein Fahrzeug unterwegs war, hatten die Verkehrsampeln ihr betriebsames Leuchten nicht eingestellt. Hektisch und panisch vor Angst darüber, dass ihm die alte Karre absterben, und nicht mehr anspringen könnte, wenn er bei Rot anhielte, gab Joachim Gas. Bei der gegebenen Schaltung der Ampelphasen erreichte man, bei regelkonformer Fahrweise, die Ampeln immer bei Rot. Joachim fuhr deshalb zu schnell, und erwischte über eine längere Strecke eine Grünphase.
Die Kreuzung Main Street und Memorial Drive passierten sie nur knapp bei Dunkelgelb.
An der Kreuzung Memorial Drive und Boston Road geschah es dann. Bevor sie die Straßenkreuzung erreichten, schaltete die Ampel auf Rot. Sie fuhren sicher mit 50 m/pH, Joachim dachte, er würde es rechtzeitig schaffen und trat das Gaspedal durch. Von der Boston Road kam ein Pick-up fast ebenso schnell angeschossen.
Maureen kreischte:
„Vorsicht! Bremsen!!"

Joachim hatte den Pick-up gleichzeitig bemerkt, und stieg voll in die Eisen. Der Corolla bockte, und weil er während der Vollbremsung eine Lenkbewegung ausführte, stellte sich der Toyota quer ..., der Motor starb dabei ab.

Der Pick-up raste hupend von dannen. Sie standen quer vor der Kreuzung, und die Karre sprang nicht mehr an.

Die weiterhin eingeschalteten Scheinwerfer hatten den letzten Saft aus der altersschwachen Batterie gesaugt. Und auf der Kreuzung, flach, eben, kein Hügel, keine Abfahrt und kein Bobschlitten-Anschubteam in Sicht.

Panik stieg auf, diesmal in beiden. Eine weitere Wehe lenkte Maureen gleich wieder ab. Licht strahlte in das Auto, ein Polizeiwagen hielt hinter ihnen an und leuchtete mit einem Scheinwerfer ihren Wagen aus.

Maureen krümmte sich in ihrer Wehe, und Joachim ließ die Scheibe runter, als der Polizist an den Wagen trat:

„Hallo Sir, haben sie Schwierigkeiten, weshalb stehen sie quer auf der Straße herum?"

Joachim stammelte:

„Ich weiß Officer, das sieht blöd aus, aber ich hatte es eilig, und mußte dann vor dieser Kreuzung eine Notbremsung machen, dabei ist mir das Auto abgestorben, und will jetzt nicht mehr anspringen."

Der schlaksige, dürre Polizist, hatte seine Schirmmütze tief in das Gesicht gezogen. Joachim fiel auf, dass der sehr blasse Beamte Handschuhe trug, obwohl draußen anhaltend laue Wärme vorherrschte.

„Haben sie etwas getrunken, Sir? Geben sie mir bitte ihre Fahrzeugpapiere und den Führerschein."

Joachim saß wie auf glühenden Kohlen, rutschte nervös auf dem Sitz hin und her:

„Nein, Officer, ich habe nichts getrunken. Ich fahre gerade mit meiner Frau zum Krankenhaus, sie liegt in den Wehen, Officer, bitte, wir haben nicht mehr viel Zeit, bitte helfen sie uns!"

Der dürre Polizist leuchtete mit seiner Taschenlampe auf die Beifahrerseite, sah Maureen, und erkannte scheinbar die Notlage.

Als er die Taschenlampe auf sie gerichtet hatte, blendete das grelle Licht Joachim nicht mehr so hell wie vorher, und er erkannte etwas mehr vom Gesicht des Polizisten.
Wie schafft es jemand, im Sommer so blass zu sein, der hat wahrscheinlich immer Nachtschicht, dachte er sich.
Der Officer leuchtete Joachim wieder ins Gesicht:
„Öffnen sie die Motorhaube."
Joachim wunderte sich:
„Was haben sie denn vor? Ich nehme an, die Batterie ist leer."
Der Polizist zischte nur ungeduldig:
„Entriegeln sie jetzt einfach die Motorhaube, schnell!"
Joachim gehorchte und betätigte den entsprechenden Hebel.
„Bleiben sie sitzen", fuhr der Polizist fort, strebte nach vorn, öffnete die Motorhaube, und beugte sich über den Motor. Joachim sah nur einen grünen Lichtschein hinter der geöffneten Haube aufblitzen, und der Motor sprang sofort an. Der Polizist ließ die Motorhaube ins Schloss fallen, und schritt wieder zum Fenster.
Bevor Joachim fragen konnte, wie er das zuwege gebracht hatte, bekam er weitere Anweisungen:
„Ich werde ihnen jetzt mit Blaulicht vorausfahren, sie folgen mir einfach, ohne anzuhalten, bis zum Hospital. Keine Sorge Sir, wir werden es rechtzeitig schaffen."
Der Streifenwagen rauschte ab, und Joachim raste hinterher. Sie überfuhren ungehindert weitere zwei rote Kreuzungen, bis sie endlich an der Notaufnahme ankamen.
Das Polizeiauto fuhr weiter, ohne anzuhalten, ohne dass die Beiden die Möglichkeit hatten, sich zu bedanken.
Sie kannten den Namen des Officers nicht. Das finde ich aber sicher später heraus, dachte Joachim. Er half Maureen beim Aussteigen, schnappte sich das Köfferchen, und brachte sie durch die automatische Tür nach innen.
Dort ließ sich Maureen, unter der aufkommenden nächsten Wehe, in seine Arme sacken. Eine Krankenschwester kam sofort zu Hilfe, und mit vereinten Kräften legten sie Maureen auf ein bereitstehendes Krankenbett.

Die Wehenabstände hatten sich schon auf 5 Minuten reduziert. Eine Ärztin kam hinzu, und untersuchte Maureen gleich in der Notaufnahme.
Dr. Moreau ordnete Ultraschall und Wehenschreiber an.
Die Medizinerin fasste ihr in den Unterleib, um abzutasten, wie weit sich der Muttermund schon geöffnet hatte. Dabei kam ihr ein Schwall Fruchtwasser entgegen. Die Fruchtblase war geplatzt. Die Ärztin schloss zügig den Wehenschreiber an, die Ultraschalluntersuchung dagegen fiel zunächst ins Wasser.
Der Muttermund hatte sich zwar noch nicht vollständig geöffnet, aber aufgrund der schnellen Fortschritte wurde angeordnet, Maureen sofort in den Kreißsaal zu verbringen.
Gesagt, getan, die Schwester schob das Bett, mit der schwer atmenden Patientin, in Richtung der Aufzüge, während die Ärztin per Haustelefon im Kreißsaal Bescheid gab.
Die ganze Zeit tapste Joachim aufgeregt, wie ein Tanzbär, im Weg herum.
Im Aufzug stand er genau vor der sich öffnenden Tür. Die Krankenschwester schob ihn deshalb ohne Aufhebens mit einem lauten „Vorsicht", mitsamt dem Bett vor sich her, aus dem Aufzug hinaus. Sie rannten zum Kreißsaal, einen speziell für die Gynäkologie ausgestatteten OP-Saal. In der geöffneten Tür warteten bereits eine OP-Schwester, eine Hebamme und der diensthabende Gynäkologe, Dr. Goodman.
Sie übernahmen dort das Bett mit Maureen, die Krankenschwester aus der Notaufnahme hielt Joachim zurück, und verwies ihn auf die Wartesektion vor dem Saal:
„Sie müssen hier im Wartebereich bleiben Sir. Sie sind nicht steril, und wie es aussieht, könnte es Probleme bei der Geburt geben. Es tut mir leid, aber in diesem Fall können sie nicht mit in den Kreißsaal kommen."
Joachim gehorchte ohne Widerspruch. Nicht gezwungen zu sein, die Geburt mit anzusehen, entsprach sowieso eher seinen Vorstellungen. Maureens Schmerzensschreie hatten ihm schon genug Stress bereitet.

Mit bedrückter Miene und etwas nervös, setzte er sich einsam auf einen Stuhl. Wenn nur **ihr** nichts passiert, dachte er, das Schicksal des Kindes interessierte ihn dabei in keiner Weise.
Maureen hatte von der ganzen Aufregung nicht sonderlich viel mitbekommen. Sie war mit sich selbst und ihren schmerzhaften Geburtswehen beschäftigt. Auf dem Bett liegend hatte sie nur die vorbeihuschenden Deckenleuchten während des Transportes gesehen, und manchmal das besorgte Antlitz von Joachim, wenn er sich kurz in ihr Blickfeld gebeugt hatte.
Eine dieser brutalen Wehen folgte jetzt fast ohne Verzögerung auf die andere.
Das Ultraschallgerät kam jetzt doch noch zum Einsatz. Sie spürte das kühle Gel auf ihrem Bauch und hörte, dass sich Dr. Goodman plötzlich mehr aufregte:
„Das Kind ist etwas klein, und liegt in Deflexionshaltung vor dem Geburtskanal. Das Fruchtwasser ist bereits abgegangen, was sagen die Herztöne?"
Die Hebamme stand am Wehenschreiber, der ebenfalls den Herzschlag des Babys aufzeichnete:
„Die Herztöne werden unregelmäßiger und fallen langsam ab!"
Dr. Goodman nahm das Ultraschallgerät von ihrem Bauch:
„Ok, Schwester Gertrud, holen Sie den Anästhesisten, schnell, wir brauchen eine Narkose für einen Pfannenstielschnitt!"
Maureen hatte logischerweise keinen Pfannenstiel im Bauch. Der Name stammt von einem deutschen Gynäkologen, der diesen Unterbauch-Querschnitt um das Jahr 1900 erfunden hatte.
Das war ihr aber in diesem Augenblick egal, da die Schmerzen ins Unermessliche wuchsen.
Die Hebamme war unter diesen Umständen nicht in der Lage, intensiv zu helfen, drückte nur Maureens Hand, und forderte sie unentwegt zum Atmen auf.
Dr. Goodman desinfizierte soeben Maureens Unterbauch, da stürmten schon der Anästhesist, Dr. Hoffman, und die OP-Schwester Gertrud herein.

Dr. Hoffman checkte nur kurz das überschlägige Gewicht von Maureen, mit Babybauch circa 65 kg, stellte die Narkosemischung entsprechend ein, und drückte ihr die zischelnde Atemmaske auf das Gesicht:
„Zählen sie von zehn rückwärts bis eins", forderte er sie auf.
Maureen hatte Angst, sie spürte, dass etwas nicht stimmte, aber sie hatte keine Wahl, sie gehorchte und zählte:
„Zehn, neun ..., acht ..." Alles schwarz, sie trat weg, in die tiefe Bewusstlosigkeit der Narkose. Dr. Goodman nahm das Skalpell und schlitzte ihr den Unterbauch, oberhalb der Schambehaarung, quer verlaufend auf.
Er zog den Kleinen, der nicht mit dem Hinterkopf, sondern unbedingt mit dem Gesicht voraus auf diese Welt kommen wollte, aus dem blutigen, offenstehenden Unterbauch der Mutter.
Ein kleiner, blau angelaufener, in Blut getaufter Körper, und ein Köpfchen mit schlohweißem Haar, kamen zum Vorschein.
Nach einem Klaps fing der Kleine an zu schreien, und seine Farbe wechselte vom Bläulichen ins Rosa.
Danach lief die Routinearbeit an, das Vernähen des Einschnittes, die Abnabelung des Babys, und die erste Untersuchung des Jungen. Er bekam die Note 9 von 10, das Kind galt zwar als gesund, wog aber nur 2,3 kg.
Dr. Goodman überließ alles Weitere Dr. Hoffman und Schwester Gertrud, entledigte sich der OP-Kleidung und der Gummihandschuhe, und trat dann in den Wartebereich zum Vater:
„Mister ..., äh, wie ist ihr Name doch gleich?"
„Antonin, Joachim Antonin."
„Äh, ja, Mr. Antonin, das Baby befand sich in einer Deflexionshaltung, also in einer Gesichtslage vor dem Geburtskanal. Bei unregelmäßigen Herztönen habe ich mich für eine Notoperation entschieden und eine `Sectio Caesarea´, also einen Kaiserschnitt, ausgeführt. Das Kind und die Mutter haben den Eingriff gut überstanden, keine Sorge. Da wir eine Narkose verabreichen mussten, wird es noch eine Weile dauern, bis sie die Beiden sehen können. Sie können hier solange bleiben, oder erst einmal nachhause fahren, sich frisch machen und vormittags zurückkommen. Dann müßten beide einiger Maßen erholt sein."

Er lächelte und reichte Joachim die Hand zum Abschied. Joachim lächelte nicht. Von seinem Adrenalinkater hatte er Kopfschmerzen. Die Müdigkeit übermannte ihn, und was nützte es, wenn er neben der narkotisierten Maureen saß? Er fuhr erst einmal nachhause. Der kleine neue Erdenbürger interessierte ihn nicht.

Erst um einiges später stellte sich heraus, dass Maureen durch die Schnittentbindung unfruchtbar geworden war. Weitere eigene Kinder zu bekommen, blieb dem Paar somit versagt, und Joachim war gezwungen, sich mit diesem einen Kind, dem Sohn, von dem er nicht wusste, wer der Vater war, zu begnügen. ...

Kapitel 6: Salve Josef Gaius Antonin.

Erholsamer Schlaf wollte sich bei Joachim einfach nicht einstellen, er wälzte sich im Bett hin und her. Widersprüchliche Gedanken und Gefühle schwirrten durch seinen Kopf, einerseits liebte er Maureen weiterhin, andererseits hasste er sie, weil sie ein Kind bekommen hatte, welches nicht von ihm stammte. Seine Gedanken drehten sich darum, das Kind zur Adoption freizugeben, Maureen verweigerte das aber konsequent. Es gab Streit darüber, aber sie hatte sich durchgesetzt.
Er döste ein paar Stunden vor sich hin, erkannte die Sinnlosigkeit sich in den Schlaf zu zwingen, und stand gegen 8 Uhr morgens wieder auf. Er machte sich frisch, nahm lustlos ein Sandwich zu sich, und begab sich auf den Weg zurück ins Krankenhaus.
Gegen 9:30 Uhr erreichte er sein Ziel. Im kleinen Kiosk im Foyer gab es allerlei Nützliches, zur Versorgung der Patienten und Besucher.
Dort beschaffte er einen entzückenden Blumenstrauß, fragte an der Anmeldung nach der Zimmernummer und wandelte, irgendwie leer im Kopf, durch die Hospitalhallen und Gänge, bis er das Zimmer fand.
Als er die Zimmertür öffnete, strahlte dem verbitterten Mann das pure Glück entgegen. Maureen hatte ihr Baby soeben im Arm, und ließ ihm seine erste Nuckel-Nahrung zukommen. Joachim dachte nur, na toll, das habe ich ebenfalls schon lange nicht mehr angestellt, und blieb im Eingangsbereich des Zimmers, mit den Blumen in der Hand und einer nicht einzuordnenden Miene stehen:
„Hallo Maureen, wie geht es dir, soll ich lieber später wieder kommen, wenn ihr fertig seid?"
Maureen strahlte vor Glück, da sie sich wegen ihrer Bauchwunde in ihrer Bewegungsfreiheit eingeschränkt fühlte, winkte sie Joachim mit der freien Hand her:
„Quatsch, Schatz, komm her, näher, wir beißen nicht ..., noch näher".
Als er nahe genug neben ihrem Gesicht stand, drückte sie ihm einen Kuss auf die Wange.
Dabei verzog sie leicht ihr Antlitz, da sie doch ihre Bauchmuskeln, wenn auch nur ein wenig, angestrengt hatte.
Der Kleine nuckelte unbeirrt mit geschlossenen Augen weiter.
Maureen strahlte wieder:

„Sieh ihn dir an, ist er nicht süß?"
Joachim antwortete nicht, er bemerkte das schlohweiße Haar unter der Kapuze des Kleinen, und hielt ihr den Blumenstrauß hin. Sie nahm das Bukett freudig entgegen:
„Sieh mal, was der Papa mitgebracht hat, einen schönen Blumenstrauß, nur für uns."
„Im Schrank dort drüben stehen ein paar Vasen, da kannst du die Blumen hineingeben und auf der Fensterbank abstellen, sei so gut Schatz."
Joachim gehorchte wie geheißen, und setzte sich dann auf einen unbequemen Stuhl neben Maureens Bett. Er sah den beiden eine kleine Weile zu, ohne sich seiner Gefühle klar zu werden, ohne einen ungetrübten Gedanken zu fassen, bis ihm dann doch etwas einfiel:
„Hast du dir schon überlegt, wie der Kleine heißen soll? Ich dachte, wir nennen ihn nach meinem Großvater. Der lebte in Bayern und hieß Josef Gaius. Soviel ich weiß, war Bayern in grauer Vorzeit einmal ein Teil des Römischen Reiches. Vermutlich hatte mein Opa deshalb diesen römischen Zweitnamen."
Maureen war glücklich, es lag wahrscheinlich an der Dopamin-Ausschüttung ihres Gehirns, die das saugende Baby verursachte, und sie freute sich, weil Joachim weiterhin zu ihr hielt. Auf keinen Fall wollte sie ihn jetzt nerven. Wenn er den Wunsch äußerte, ihn nach diesem Großvater zu benennen, dann sollte es eben so sein:
„Wenn du meinst Schatz, Josef ist ein anständiger, christlicher Name, und Gaius ..., na gut, wieso nicht, den kann er ja dann später einmal mit einem großen G abkürzen. Salve Josef Gaius Antonin."
Es war beschlossene Sache, den Namen in dieser Form in die Geburtsurkunde eintragen zu lassen. Eine Bedingung bat sich Maureen aber aus:
„Wir werden ihn also wie besprochen nennen, ich will aber nicht, dass er katholisch getauft wird. Ich möchte nicht, dass er irgendetwas mit der Kirche zutun hat. Schon gar nicht mit Pater O`Toole. Er soll später, wenn er reif genug dafür ist, selbst entscheiden, ob und in welchen Glauben er eintreten will."
Das Erstaunen war Joachim ins Gesicht geschrieben:

„Bist du dir sicher? Wenn er nicht den Konventionen der Gesellschaft entspricht, wird er Schwierigkeiten haben, im Kindergarten, in der Schule und wer weiß wo sonst noch."
Maureen bestand darauf:
„Ich will nicht, dass Pater O`Toole ihn in seine aufgedunsenen Griffel kriegt, auf keinen Fall, und andere Kirchen, kenne ich nicht. Er soll einfach selbst entscheiden. Es ist mir dann auch egal ob er Buddhist, Moslem, Hindu, Baptist oder am Ende sogar doch Katholik werden will. Von mir aus muss er jedenfalls nicht in die Kirche eintreten. Er kann auch einfach so an Gott glauben.
Wer glaubt, ein Christ zu sein, nur weil er in ein Gotteshaus rennt, ist sowieso auf dem Holzweg. Ich werde ja auch nicht zu einem Auto, wenn ich mich in die Garage stelle, oder?"
„Wenn du das so siehst, mir ist es egal, ob Josef getauft wird oder nicht".
Joachim fuhr fort:
„Und ich habe mir noch Folgendes überlegt, kannst du mich künftig Joe nennen? Ich möchte gern Joe genannt werden. So haben mich die Jungs getauft, kurz bevor sie starben. Ich will sie so in Erinnerung behalten, die Jungs, damit auf meine Weise ehren, geht das in Ordnung für dich?"
Maureen wusste, dass er schwer an diesem Unfall zu tragen hatte, dass dieser Vorfall ihn weiterhin quälte, auf der Seele lag und ihn belastete. Um ihn darin zu unterstützen, auf irgendeine Weise, die alte Geschichte zu verarbeiten, stimmte sie zu:
„Ja, Joe, kein Problem, Joe, ich darf aber trotzdem noch Schatz zu dir sagen, oder Joe?"
Sie alberten weiter etwas herum und Joe verbrachte den halben Tag bei ihr. Er fühlte sich jetzt ein wenig besser, was dabei half, nachts wieder zur Ruhe zu finden, und er besuchte Maureen jeden einzelnen, darauffolgenden Tag.
Gewiss hatte er weiterhin seine Sorgen, ebenfalls finanzieller Art, die Not-OP und der Krankenhaus-Aufenthalt kosteten ein kleines Vermögen, aber dann nahmen sie eben eine Hypothek auf das Haus auf. Einen sicheren Arbeitsplatz hatte er ja. Es dauerte 12 Tage bis zu Maureens Krankenhausentlassung. Die Ärzte wollten sie nicht ziehen lassen, bevor sie die Fäden entfernt hatten.

Genug Zeit für Joe, um sich beim hilfsbereiten Officer zu bedanken. Da er weder einen Namen, noch die Kenn-Nummer des Streifenwagens wusste, besuchte Joe die beiden Polizeireviere der Stadt, Port Ryan East und West. Jedes Mal, wenn er sein Anliegen vortrug, waren die Polizisten in der Anmeldung angetan und hilfsbereit. Sie hörten sich Ort, Datum, Uhrzeit, und Beschreibung des Officers an, checkten die Dienstpläne, zeigten ihm die Bildertafeln mit allen Beamten des Reviers, es lagen jedoch keinerlei Übereinstimmungen vor.

Einen großen, dünnen, blassen Officer gab es nicht, und zu der angegebenen Zeit war kein Streifenwagen an dieser Kreuzung unterwegs gewesen.

Er fand nur Ratlosigkeit, und jeder Besuch endete mit der Frage, ob er Anzeige gegen Unbekannt wegen Amtsanmaßung und Missbrauch einer offiziellen Uniform erstatten wolle. Um Maureen nicht weiter zu beunruhigen, informierte er sie besser nicht über diese seltsame Begebenheit.

In der Zwischenzeit hatte Joe das Kinderzimmer kindgerecht renoviert, ein großes „Willkommen Zuhause" Schild gebastelt und über der Haustür befestigt.

Nach außen hin wirkte das alles wie eine glückliche Familie, aber im Innersten von Joe sah es völlig anders aus.

Innerlich war er durch das erlebte Trauma mit den Kollegen, die verletzte Liebe zu Maureen und dem, aus seiner Sicht, unerwünschten Nachwuchs mit den seltsam schlohweißen Haaren, völlig zerrissen.

Nach außen zeigte er gute Miene zum bösen Spiel. Er zog sich aus seiner väterlichen Verantwortung, um die er freilich nicht gebeten hatte, sukzessive zurück. Mit der Erziehung von Josef wollte er nichts am Hut haben.

Sein Arbeitsplatz erschien ihm dabei als geeignetes Exil, und so stürzte er sich in die Arbeit, engagierte sich mehr als jeder andere für die Firma, nahm nur zu gern Überstunden in Kauf, und drückte sich dadurch effektiv vor dem Familienleben. Verantwortung übernahm er demnach nur in finanzieller Hinsicht, das war seiner Meinung nach genug für das unerwünschte Blag.

Josef dagegen war ein liebenswertes Kind.

Er schrie nur selten, und wenn, dann mit Recht. Hunger, volle Windel, Blähungen, das Übliche eben, meistens lachte er, insbesondere in Gegenwart seiner Mutter. Kinderlachen bringt Herzen zum Schmelzen. Außer, wenn sie aus Stein sind.
In Anwesenheit seines Vaters bevorzugte er es, still zu bleiben. Vermutlich fühlte er von klein auf instinktiv, dass sein Dad ihn nicht liebte. Kinder leben in ihrer eigenen Welt, und in dieser Welt dachte Josef, er habe etwas falsch gemacht, er trage die Schuld am Verhalten seines Vaters.
Schon als Kleinkind hatte er sich darum bemüht, keinerlei Fehler zu fabrizieren, seinem Vater zu gefallen. Mit seiner Mutter hatte er da keine Probleme. Maureen wusste natürlich, weshalb Joe sich abweisend verhielt. Alle Versuche ihn umzustimmen hatten nicht gefruchtet. Deshalb versuchte Maureen dem kleinen Josef alle Zuneigung, die sie zur Verfügung hatte, alle Liebe, die sie in der Lage war zu geben, zukommen zu lassen. Die Kehrseite davon war, dass Maureen nur umso weniger Liebe für Joe übrig hatte.
Unterbewusst eifersüchtig, distanzierte sich Joe gegenüber dem Jungen deshalb immer weiter.
Für den kleinen Josef war das ein Wechselbad der Gefühle. Überbordende Liebe von Seiten der Mutter, und eiskalte Ablehnung von Seiten des Vaters.
Kein Wunder, dass bei Josef, bereits in dieser frühen Lebensphase, der Grundstock für später auftretende psychische Probleme gelegt war. ...

Kapitel 7: Der junge Ant.

1. Kindergarten

Josef entwickelte sich in diesem zwiespältigen Milieu zu einem Kindergartenanwärter. Wie prophezeit war es für einen „ungetauften Satansbraten" unmöglich, in dem katholischen Kindergarten in der Nähe unterzukommen. Pater O`Toole hatte sein Gift über Joe verspritzt, ihn erst bedrängt, Josef unbedingt taufen zu lassen, ihn sogar aufgefordert, sich von Maureen, die offenbar vom Glauben abfiel, zu trennen.
Er erinnerte sich noch an Maureens Beichtgeschichte, die er für blanken Unsinn hielt. Diese Geschichte benutzte er um Joe wegen der Taufe zu bedrängen. Es sei doch gar nicht bekannt, wer der Vater sei, und wer wisse schon, was einer kleinen Seele alles passierte, wenn der Universalschutz der Taufe, des heiligen Sakraments, nicht gegeben sei.
Er trieb es so weit, dass Joe ein leichtes Unwohlsein entwickelte. Joe nahm heimlich ein leeres Flaconfläschchen mit in die Kirche, und füllte es mit Weihwasser. Zuhause träufelte er etwas davon auf seinen Daumen, und benetzte damit Josefs Stirn in Kreuzform.
Die Reaktion fiel aber anders aus als befürchtet. Das aufgemalte Kreuz fing nicht an, zu rauchen und nach Schwefel zu stinken. Josef verwandelte sich nicht in einen Dämon, um dann in Joes Gesicht zu springen und sich zu seinem Gehirn durchzufressen. Sein weißes Haar verbarg keine kleinen Hörner, nein, Josef war nur ein wenig nass auf der Stirn, und lachte Joe herzlich ins Gesicht.
Er freute sich über das seltene bisschen Nähe, als sein Vater ihn berührte, obwohl er ihm nicht übers Haar streichelte oder ihn auf die Stirn küsste.
Ab diesem Zeitpunkt entschied sich Joe ebenfalls dafür, Pater O'Toole nicht mehr aufzusuchen.
Faktisch gab es ebenso einen konfessionsfreien Kindergarten in Port Ryan. Die Höhe der Monatsgebühr dort, unterschied sich nur unwesentlich, aber sie waren gezwungen eine größere Entfernung in Kauf zu nehmen. Es erschien nur schwerlich möglich, diese Strecke zu Fuß zu schaffen.

Durch seinen übermenschlichen Fleiß, und die überdurchschnittlich bezahlten Überstunden, hatte Joe es geschafft, innerhalb der vergangenen vier Jahre, die für die Krankenhauskosten aufgenommene Hypothek abzuzahlen und zusätzlich eine kleine Summe anzusparen.
Die Beförderung zum Vorarbeiter half ihm dabei erheblich weiter.
Für die beruflichen Fahrten bekam er einen Firmenwagen zur Verfügung gestellt, einen Ford Ranger Pick-up-Truck.
Damit war er in der Lage, notfalls etwas Baumaterial oder Werkzeug zu transportieren. Den alten Corolla, gab er beim Toyota-Händler in Zahlung. Woanders hätte er ihn sicher niemals losgebracht. Dafür kaufte er für Maureen einen nagelneuen Corolla Kombi. Damit war sie unabhängig, selbst wenn Joe in die Arbeit fuhr, und besaß die Möglichkeit, den kleinen Josef in den Kindergarten zu bringen, zum Kinderarzt, zum Einkaufen zu fahren und so weiter.
Josef war kleiner als die anderen Kinder seines Alters. Im Kindergarten hatte es insbesondere, der einen Kopf größere Bartholomäus Band, von den Kindern BamBam genannt, auf ihn abgesehen.
In jedem Kindergarten und an jedweder Schule, gibt es immer einen großen, kräftigen Trottel, der seine körperliche Überlegenheit dazu nutzt, die kleineren Kinder zu terrorisieren. Da diese Riesenbabys de facto immer feige sind, suchen sie sich die Winzigsten aus, um sich abzureagieren. Da Josef auch als Zwerg bezeichnet werden konnte, hatte er seine liebe Mühe mit BamBam.
Die meiste Zeit im Kindergarten verbrachte er damit, in gebückter Haltung, immer auf der Hut vor BamBam, von Aufsichtsperson zu Aufsichtsperson zu schleichen oder sich, wenn sich keine Kindergärtnerin in der Nähe aufhielt, zu verstecken.
In der Kita fand er deshalb keine Freunde. Die übrigen Kinder hielten sich vorzugsweise fern von Josef, um nicht ebenfalls auf das Radar von BamBam zu geraten.
Da die Familien keinerlei Kirchengemeinde besuchte und ebenso sonst, wegen Joes Arbeitswut, keine großartigen Kontakte pflegte, wuchs Josef nicht nur als Einzelkind auf, er entwickelte sich in Einsamkeit, als Außenseiter. Eine traurige, zerrissene und angstvolle kleine Welt, die er da durchlebte.

Gelegentlich kam er vom Kindergarten mit einem Veilchen, aufgeschürften Ellenbogen oder anderen blauen Flecken nachhause. Maureen beschwerte sich bei den Kindergärtnerinnen und erinnerte sie an ihre Aufsichtspflicht, was die Damen aber ungerührt an sich abperlen ließen. Im Gegenteil, jetzt passten sie extra weniger auf. Maureen hatte vor, Josef deshalb aus dem Kindergarten zu nehmen, die Niederlage im Kampf um die Sozialkompetenz einzugestehen, was Joe aber verhinderte. Er legte sein Veto ein. Da müsse der Junge eben durch, das sei eine Lehre für das weitere Leben.
Josef freute sich, als er zum Schulanwärter avancierte, und der Horrorgarten endlich vorbei war.
Er dachte, dass dort alles besser sei. Welch eine Fehleinschätzung. ...

2. Grundschule

Am ersten Schultag war Joe wie immer unabkömmlich in der Arbeit. Maureen hatte Zeit, sie nahm sich ständig Zeit für ihren Josef, bereits seit 6 Jahren, jeden Tag. Die Einschulung in der staatlichen Thomas Jefferson Elementary School fand am 03. September 1990 statt.
Maureen richtete ihren weiterhin zu kleinen Josef allerliebst her und drückte ihm eine wesentlich zu große Papiertüte, gefüllt mit Süßkram, in die Patschehändchen. Vermutlich als eine Vorabentschädigung für die bitteren Stunden, die er wohl zu erwarten hatte. Josef dachte nur darüber nach, die Süßigkeiten genüsslich zu verputzen. Er war auch etwas aufgeregt, das lag aber vermutlich eher daran, dass seine Mutter ihn damit ansteckte.
Es herrschten immer noch sommerliche Temperaturen in Port Ryan. Maureen und Josef machten sich zu Fuß auf den Weg, die drei Häuserblocks, bis zur Schule zurückzulegen. Der Kleine freute sich, nicht mehr verpflichtet zu sein, in den Garten des Terrors abzubiegen. Auf dem Weg zur Schule musste er aber registrieren, dass die meisten anderen Schüler gar keine Erstklässler zu sein schienen, sondern ältere Jahrgänge, die ihn auslachten, weil er mit einem riesigen Schulranzen auf dem Rücken, an der Hand von Mama zur Schule geführt wurde.
Wieder zog er sein Genick ein, das typische Opferverhalten eben. In der Klasse angekommen, hörten die unangenehmen Überraschungen nicht auf. Als er bemerkte, dass BamBam einer seiner neuen Klassenkameraden war, wollte er am liebsten wieder heim. BamBam grinste bösartig, hielt sich aber zurück, da alle Eltern, bis auf den fehlenden Joe, ihn im Fokus hatten.
Das würde sich aber im Laufe des Schuljahres sicher ändern, wusste Josef.
Maureen hatte ihn zwar mit Liebe überschüttet, mit Schulwissen aber nicht. Als Lehrerin mochte sie sich auf jeden Fall nie aufspielen. Ihrer Meinung nach hatte er eine unbekümmerte Vorschulzeit verdient. Sie wollte ihn nicht schon vorher mit Leseübungen quälen, das überließ sie voll und ganz der Institution Schule.
Die Lehrerin, Mrs. Kathleen Hoffer, ein übriggebliebenes älteres Fräulein mit dauergewellter Omafrisur, hielt den ersten Schultag kurz.

Sie stellte sich vor, erklärte den anwesenden Eltern, was im ersten Schuljahr alles auf dem Lehrplan stand, und informierte sie mittels einer vorgefertigten Liste, welche Utensilien, Hefte, Blöcke, Stifte und so weiter, die Kinder dafür benötigten.
An der Schultafel hatte sie Post-it-Zettel angebracht, auf welchen in Druckschrift, die Vornamen aller neuen Schülerinnen und Schüler geschrieben standen.
Dann bat sie die Schulkinder der Reihe nach zur Tafel, wo sie den Zettel mit ihrem Namen abnehmen sollten. Damit testete sie vermutlich, ob die Eltern ihre Kinder vorher gedrillt hatten, und welche Schüler zumindest in der Lage waren, ihren eigenen Namen zu lesen.
Die Eltern der vorgedrillten Kinder schauten erhobenen Hauptes in die Runde, wenn ihr Sprössling clever genug war, den richtigen Zettel zu greifen.
Josef kam als einer der Letzten an die Reihe, und griff sich den Wisch mit der Aufschrift „Julia Franziska". Die protestierte lautstark im Hintergrund und alle lachten, nur Josef und Maureen amüsierten sich nicht.
Maureen überspielte das mit einem Schmunzeln. Er wird es ihnen schon noch zeigen, dachte sie.
Josef zog wieder einmal sein Genick ein, kein erhebendes Gefühl ausgelacht zu werden, eine Karriere als Komiker kam für ihn nicht in Betracht.
Mrs. Hoffer lächelte nur milde, nahm ihm das falsche Papier ab, und zeigte ihm den richtigen Zettel, auf dem Josef G. geschrieben stand. Zum Glück G., und nicht Gaius. Mit diesem Stück Papier in der Hand stapfte er zurück zu Maureen, und versteckte sich verschämt hinter ihr.
Danach endete der erste Schultag, sie wanderten nachhause, wo es Josef kaum erwarten konnte, die Tüte mit den Süßigkeiten zu plündern. Als Maureen ihn fragte, wie ihm der erste Schultag gefallen hatte, antwortete er mit schokoladeverschmiertem Mund:
„Die Naschtüte gefällt mir, aber sonst mag ich in der Schule nichts."
Es nützte nichts, ab heute war es vorbei mit dem Lotterleben, jetzt herrschten Disziplin und Ordnung, soweit das an einer Schule überhaupt möglich war.

Auf jeden Fall bereitete ihm die Penne erstmal keinen Spaß, was sich untrüglich auf seine Noten auswirkte.
Maureen begleitete ihn tagtäglich auf dem Schulweg, und holte ihn ebenfalls wieder ab. So hatte Josef zumindest in dieser Zeit seine Ruhe vor den Rowdys, wie BamBam und Chester Li.
Chester Li, der Abkömmling asiatischer Einwanderer, hatte langes schwarzes Haar, und besuchte schon die dritte Klasse. Eine psychopathische Ausgeburt der Hölle. Seine gesamte Erscheinung, knochig, wie ein Assistent von Gevatter Tod, entsprach der eines Sensenmannes. Ebenfalls ein feiges Schwein, wie alle Rowdys. Er war immer mit einem Dartpfeil bewaffnet, und überfiel damit die Kleineren auf ihrem Schulweg.
Das Quälen von Tieren hatte ihn schon lange gelangweilt. Er richtete seither seine volle Aufmerksamkeit auf die kleineren Mitschüler.
Außerdem erzählte er überall, dass er einen schwarzen Gürtel in Karate habe. Als Beweis schnappte er sich des Öfteren einen jüngeren Schüler, um ihn als Dummy für seine Pseudo-Karateübungen zu missbrauchen. Er schlug und trat auf die Kleinen ein, bis sie weinend zusammenbrachen.
Das Chester zuhause täglich von seinem Vater verprügelt wurde, wusste außer ihm und seiner alkoholabhängigen Mutter niemand.
Maureen beschützte Josef zwar auf dem Schulweg, auf dem Pausenhof war er aber allein auf sich gestellt. Es gab zwar eine schlafmützige Pausenaufsicht, der dazu eingeteilte Lehrkörper war jedoch regelmäßig völlig unmotiviert, seine Aufsichtspflicht ordentlich auszuüben.
Josef, war kleiner als alle Anderen. Er hatte keine herausragenden Noten, und besaß des Weiteren keinerlei Freunde an der Schule. Über ältere Geschwister, wie sie die meisten anderen Pennälerinnen und Pennäler vorzuweisen hatten, die als Schutzengel fungierten, verfügte er ebenfalls nicht. Völlig ohne Protektion führte er, wie zuvor im Kindergarten, gleichfalls in der Grundschule, das Leben einer grauen, oder wegen seiner Haare, eher weißen Maus, ständig auf der Flucht vor den Prädatoren.
Die Mädchen lachten ihn höchstens aus, vermutlich wegen seines Kleinwuchses. Und dann diese weißen Haare, fürchterlich.

Selbst die Lehrer vermochten ihn nicht sonderlich zu leiden. In der zweiten Klasse waren die Schüler gehalten, sich an das immer noch ungewohnte Schreibutensiel zu gewöhnen; einen Füller. Die Hausaufgaben beinhalteten unter anderem, einen Text in Schönschrift abzuschreiben. Josef hatte damals genug Motivation übrig, gab sich Mühe, das Aussehen seiner Arbeit, stimmte ihn aber nicht zufrieden. Er strich die Seite sorgsam, unter Verwendung eines Lineals durch, und schrieb den Text wesentlich penibler noch einmal neu, auf das nächste Blatt.
Am folgenden Tag fand die Kontrolle der Hausaufgabenhefte statt. Die Lehrerin dackelte von Tisch zu Tisch, bis sie bei Josef angelangte. Sie öffnete das Heft und sah die durchgestrichene Arbeit. Unvermittelt gab sie Josef eine Backpfeife. Die Lehrerin empörte sich, dass offensichtlich ein Erziehungsberechtigter seine unzureichende Arbeit durchgestrichen hatte, und Josef allem Anschein nach zu faul war, die Hausaufgabe richtigzustellen.
Josef blätterte die Seite um, und seine makellose Arbeit kam zum Vorschein. Die Lehrerin traute zunächst ihren Augen nicht, schämte sich, für ihre unsinnige und überzogene Reaktion, sah sich aber nicht in der Lage, sich zu einer Entschuldigung durchzuringen.
Eine typische Pädagogin dieser Zeit eben, immer darauf erpicht, Recht zu haben, und niemals eigene Fehler einzugestehen.
Josef sah seine Lehrerin verbittert an, und gab nur eine kurze Stellungnahme ab:
„Ja, ja, erst hauen, dann schauen."
Die Lehrerin malte schnell ihren Haken unter seine wohlgeratene Arbeit, und wandte sich peinlich berührt ab. Kein Wort verließ ihre Lippen, dazu schämte sie sich wohl zu sehr. Seit dieser Zeit ließ Josefs Fleiß in der Schule merklich nach. Die Lehrerin vermochte er ohne Frage nicht mehr zu leiden. Für sie strengte er sich nicht mehr an.
BamBam war schon als Erstklässler genauso groß, wie der zwei Jahre ältere Chester. Die beiden ließen sich gegenseitig in Ruhe, und teilten den Pausenhof in ihre Reviere auf.
Josef hatte mehrere Taktiken entwickelt, um nicht täglich etwas abzubekommen, hilfreiche Verstecke inklusive.

Seine Haarfarbe hatte sich nicht verändert, zu auffällig, um sich zwischen den anderen Schülern zu verstecken.
Deshalb trug er immer eine Baseball-Kappe oder Mütze.
Wenn ihn trotzdem einer der Rowdys aufspürte, rannte er in das Revier des anderen Psychos. Wenn er dort ebenfalls keine Ruhe fand, lief er im Eiltempo um die Pausenaufsicht herum.
Eine effektive Lösung. Es schien völlig egal, ob ein Kind geschubst, verprügelt oder mit einem Dartpfeil gestochen wurde, aber wenn ein Kind rannte, oder im Winter einen Schneeball warf, dann griff die Pausenaufsicht auf jeden Fall ein. Rennen und Schneeballwerfen auf dem Pausenhof, dafür gab es ein Verbot in der Schulordnung.
Jedes Mal, wenn Josef an dem Lehrkörper vorbeirannte, erlangte er dessen Aufmerksamkeit. Entweder erhielt er eine verbale Ermahnung, oder der Lehrer hielt ihn auf, was die Rowdys dann abschreckte, ihn weiter zu verfolgen. Das frustrierte beide Rüpel. Da sie ausgerechnet den kleinsten Mitschüler nicht erwischten um ihn zu quälen, schmiedeten sie eine Allianz des Terrors, und gingen in den folgenden großen Pausen gemeinsam auf die Jagd.
Nach Halloween passierte es dann. Josef hatte seinen Spitznamen „Ant" von den anderen Schülern bereits bekommen, da er sich immer klein und flink, fast unsichtbar über den Pausenhof schlich. Wie eine Ameise. Jetzt, Anfang November, waren seine bevorzugten Verstecke, die Büsche entlang der Schulgebäude, völlig kahl. Die Rowdys arbeiteten revierübergreifend zusammen, und so blieb dem kleinen Ant kein Refugium mehr für den Rückzug.
An diesem Schultag hatte leider Mrs. Segler, die phlegmatischste aller Pausenaufsichten die Obhut.
Maureen hatte sie zuhause einmal „Prinzessin Valium" genannt. Josef verstand nicht, weshalb seine Mutter Mrs. Segler mit einer Prinzessin verglich. Maureen ging damals nicht näher darauf ein und kicherte nur leise. Am Freitag, den 02.11.1990, änderte sich Einiges. Chester Li schlich sich mit dem Steel-Dartpfeil in der Hand von hinten an den kleinen Ant heran, um ihm den Spicker in die Pobacke zu rammen.
Juliette, ein Mädchen aus seiner Klasse wusste, dass Ant immer auf der Flucht vor Chester war, sah das Unheil kommen, und warnte Ant mit einem kurzen: „Vorsicht Ant!"

Da Ant immer angespannt und auf der Hut war, zischte er sofort ab. Chester stach ins Leere und nahm schnell die Verfolgung auf. Ant floh im Slalom durch die anderen Schüler, und sah sich währenddessen nach Chester um, als er abrupt gebremst wurde. BamBam stand im Weg, und hatte ihn in vollem Eiltempo erwischt. Ant prallte an ihm ab, und landete auf dem Hosenboden. Der Rowdy grinste den leicht benommen vor ihm sitzenden Ant an, griff ihn am Kragen und hob ihn hoch:
„Hab ich dich endlich, du kleine Ratte!"
Seine Hand hielt Ant fest wie ein Schraubstock, mit der anderen Hand boxte er ihm in den Magen. Nur einmal, aber Ant wurde vor Schmerzen fast übel. Dann gesellte sich schon Chester hinzu:
„Du hast gedacht, du kannst uns ewig zum Narren halten, was? Dafür wird es jetzt umso schlimmer für dich!"
Der Drittklässler lachte, als ob er für einen Job bei der Geisterbahn vorlachen würde, und zeigte Ant seinen Darts-Pfeil:
„Wie heißt das kleine Wiesel eigentlich?"
BamBam, der hinter Ant stand, und ihn fest umklammerte, antwortete:
„Er heißt Josef Antonin, aber wir nennen ihn alle Ant, weil er so klein ist."
Chester kniff seine Augen zu dunklen, schmalen Schlitzen zusammen:
„Ah..., Ant..., gut, mal sehen, ob ich eine Ameise mit meinem Steel-Dartpfeil treffen kann."
Er stellte sich in schätzungsweise drei Metern Entfernung auf, und nahm Maß.
Ants Magen schmerzte noch immer, er sah die Pfeilspitze an, wie das Kaninchen die Schlange. Chester zielte auf Ants Schulter-Brust-Bereich, wippte beim Anvisieren den Dartpfeil vor und zurück, als sich nach dem letzten zurückwippen seine Augen etwas weiteten, wusste Ant, dass es jetzt so weit war.
Er hatte sich vorbereitet, im Vorfeld seinen rechten Fuß angehoben, und ließ jetzt den Absatz, wie einen Dampfhammer, auf BamBams Zehen herunterkrachen.
Der ungehobelte Klotz lockerte, überrascht vom explodierenden Schmerz, seinen Schraubstockgriff, womit Ant die Möglichkeit hatte, sich während Chesters Wurfbewegung zu bücken.

BamBam beugte sich ebenfalls nach vorn, um nach seinen pochenden Zehen zu greifen.
Der Pfeil flog über Ant hinweg, und traf BamBam direkt in das linke Auge. BamBam, dessen rechter großer Zeh soeben gebrochen worden war, hatte den Steel-Dartspfeil im Auge stecken, und brüllte wie am Spieß.
Ant gelang es, sich jetzt vollkommen aus dem Griff zu befreien, er dachte aber nicht mehr an Flucht. Er blieb, genauso wie Chester, mit offenem Mund stehen, und sie konnten ihre Blicke nicht abwenden von dem blanken Grauen, als BamBams Auge langsam aus der Augenhöhle lief, wie eine zähe Flüssigkeit.
Prinzessin Valium hatte davon natürlich nichts mitbekommen. Erst als einige andere Schüler sie an ihrer Jacke zum Ort des Geschehens zerrten, richtete sie ihre Aufmerksamkeit auf diesen Schulhofhorror.
Nach einer Weile kam die Ambulanz. Die Sanitäter sedierten BamBam und transportierten ihn ins Krankenhaus ab.
Der Rektor befragte danach Chester und Ant, sowie ein paar Augenzeugen.
Sämtliche versuche Chesters, alles Ant in die Schuhe zu schieben, scheiterten an seiner unglaubwürdigen Geschichte und den vorhandenen Augenzeugen.
Ant wurde rehabilitiert, BamBams gebrochene Zehe als Notwehr ausgelegt.
Das Lehrerkollegium verwies Chester von der Schule, und seine Eltern waren gezwungen, eine andere Grundschule für ihn zu suchen. Kurz danach lieferten die Sanitäter auch Chester in das Krankenhaus ein. Jemand hatte ihn grün und blau geschlagen und seinen Unterkiefer gebrochen.
Vermutlich hatte sich sein Vater an ihm ausgetobt, wofür es aber keine Beweise gab, da Chester und seine Mutter schwiegen. BamBam kam erst nach den Weihnachtsferien wieder zurück in die Klasse.
Er war zwar weiterhin größer und stärker als seine Mitschüler, aber irgendetwas hatte ihm die Lust genommen, die Schulkameraden zu quälen. Im Gegenteil, jetzt steckte er ein. Er hatte ein Auge verloren, und die Schüler nannten ihn seither abwechselnd Zyklop oder Polyphem.

Sie lachten ihn aus, hänselten ihn, und wenn er frech wurde, stampften sie nur einmal hart mit dem rechten Fuß auf den Boden, wie es sein persönlicher Odysseus vorher vorgeführt hatte. Dann zuckte Polyphem zusammen und zog sich winselnd zurück.

Odysseus Ant hatte seither keinerlei Probleme mehr in der Grundschule. Das genügte ihm, Hauptsache er hatte seine Ruhe.

Obwohl sich sein Selbstbewusstsein positiv veränderte, fand er auch an der Grundschule keine richtigen Freunde. Da er sich seither cooler und stärker fühlte, brachte er den Mut auf, im Pausenhof Schneebälle zu werfen. Trotzdem galt er für die anderen Schüler weiterhin als Außenseiter. Er bemerkte schnell, dass es nicht reichte, wenn er selbst glaubte, cool zu sein.

Das mit dem Werfen beherrschte er vortrefflich. Im Januar formte er sich wieder einen Schneeball auf dem Pausenhof, um ihn im hohen Bogen, aus weiter Entfernung, in eine Gruppe von Mädchen zu schleudern. Er warf. In diesem Moment schlenderte die Pausenaufsicht, die diesmal aus dem aufmerksamen und strengen Turnlehrer, Mister Rumpler bestand, genau in die Flugbahn des Schneeballes. Dieser Lehrer maß über zwei Meter Länge, und hatte einen massiven Körperbau. Ein großes Ziel eben. Der Schneeball klatschte diesem Hünen direkt auf den Hinterkopf. Ant folgte schockiert dem Schauspiel. Erst als er das eisige Wurfgeschoss auf dem Kopf zerplatzen sah, drehte er sich um, und schlich sich unauffällig zwischen die anderen Pausenhofkinder. Mr. Rumpler, sah sich wutentbrannt um. Befragte die umstehenden Schüler, ob sie gesehen hätten, wer diesen Schneeball warf. Aber Ant, wie immer unauffällig und allein, fiel niemandem auf, keiner wusste etwas. Er war erleichtert. Glücklicherweise fand Mr. Rumpler nicht heraus, wer für diese Attacke verantwortlich war, sonst hätte er Ant sicher an Ort und Stelle die Hammelbeine lang gezogen.

Im nächsten Schuljahr bat er seine Mutter, ihn nicht mehr auf dem Schulweg zu begleiten, da er sich jetzt groß genug fühlte, und ihn die anderen Schüler sonst nur ärgerten.

Es ängstigte ihn jetzt nicht mehr, zur Penne zu gehen. Sein Selbstbewusstsein und sein Körper wuchsen, da stand ebenso sein Geist nicht zurück, und seine Noten verbesserten sich etwas.

Die Leistungen lagen seither über dem Durchschnitt, aber zum Klassenprimus reichte es lange nicht.
Die Jahre an der Grundschule vergingen Ant nicht schnell genug. Die Penne bereitete ihm noch immer keinen ausgesprochenen Spaß, das Lernen fiel ihm schwer, und er sah sich lieber seine bevorzugten Science-Fiction-Serien, am liebsten Star Trek an.
Er verschlang die Enterprise regelrecht, in allen gebotenen Variationen. Ob Captain Kirk, die Zeichentrick Serie, oder Captain Picard, solche Abenteuer wollte er einmal selbst erleben, nicht nur Astronaut in einer Rakete sein, er wollte in einem echten Raumschiff reisen, fremde Planeten und Aliens erforschen. Den Film „Alien" durfte er damals nicht ansehen, dazu war er zu jung. Vielleicht hätte ihn diese Gruselvariante einer Science-Fiction-Geschichte von seinen Weltraumfantasien abgebracht. Ab und zu sah er sich sogar einen Nachrichtensender an. Obwohl er nicht massig Zeit für den Schulkram verschwendete, kam er immer mit einem überdurchschnittlichen Zeugnis nachhause. Einem Wechsel in die Junior-High-School stand nichts mehr im Wege.
Die Ferien verbrachte er fast immer allein. Er streunte über die Spielplätze oder durch die Parks. Meistens sah er fern. Die aktuellen Nachrichten ängstigten ihn regelmäßig. Im Sommer 1995 verschwanden wieder einmal zwei Menschen spurlos. Diesmal handelte es sich um einen Studenten mit seiner Freundin, die in einem Nationalpark unauffindbar verschüttgingen. Er schaltete lieber um, und zog sich eine weitere Science-Fiction-Sendung rein. Der Sommer verging für ihn ohne großartige Erlebnisse, und der Herbst stand an, sowie der Wechsel in die Junior-High. ...

3. Junior High-School

Die Thomas Jefferson High-School, kurz Jefferson High, war zu weit von der Hill Street entfernt, um sie zu Fuß zu erreichen, es sei denn, man stand um sechs Uhr morgens auf.
Selbst mit dem Zweirad dauerte es über eine halbe Stunde, was nicht zu empfehlen war, da sich vor dieser Schule abgestellte Fahrräder, entweder in Luft auflösten, oder die Eigentümer sie womöglich ungewöhnlich deformiert vorfanden.
Praktischerweise hielt der Schulbus nur einen Steinwurf entfernt, an der Ecke Hill und Summer Street. Mama Maureen begleitete Josef nur am ersten Schultag zur Schulbus-Haltestelle, sie warteten bis der Bus anrauschte, und dann drückte sie ihm zum Abschied einen Kuss auf die Stirn.
Maureen überkam eine gewisse Traurigkeit, als sie ihren Kleinen abfahren sah, wieder ein Schritt mehr in seinem Leben, einer von zahlreichen unvermeidlichen Abschnitten, bis sich ihr Baby eines Tages so viele Schritte von ihr entfernte, dass es unmöglich erschien es zu erreichen.
Andererseits war Maureen stolz, dass Josef, im Gegensatz zu Polyphem, den Sprung an die Junior-High-School geschafft hatte.
Sogar sein Vater hatte es seither unterlassen, ihn bei jeder Gelegenheit herunterzuputzen.
Ant genoss die Liebe seiner Mutter, aber die öffentliche Zurschaustellung des Abschiedskusses hatte ihn eher peinlich berührt.
Obwohl er stetig wuchs, war er weiterhin den Kleinsten im Bus zuzuschreiben.
Dort begrüßten ihn schon einige Schüler feixend, und zeigten dabei einen Kussmund.
Niemand ließ ihn neben sich Platz nehmen, deshalb setzte er sich auf eine freie Zweisitzerbank ans Fenster. Der Bus hielt als Nächstes in der Dudley Street. Dort stiegen einige größere Schüler zu, die wesentlich älter als der erst 11 Jahre alte Ant waren.
Die Jefferson High bestand aus zwei Schulgebäuden, eines für die Junior High, das andere für die Senior High.

Die älteren Schüler der Senior High besaßen schon einen Führerschein und teilweise eigene Autos. Aber die 15 bis 16 Jährigen, waren gezwungen, mit dem Schulbus vorliebzunehmen. Sie schlenderten den schmalen Gang zwischen den Sitzreihen nach hinten, und sahen Ant überrascht an:
„Hey Knirps, du hast dich wohl verlaufen, oder weshalb sitzt du auf unserer Bank?"
Die übrigen Businsassen drehten sich um, und grinsten in seine Richtung.
Ant zog wieder instinktiv das Genick ein, und stammelte:
„Es, es tut mir Leid, ich ... ich ... wußte ja nicht, dass das euer Platz ist."
Die großen Kerle hatten kein Interesse daran, sich mit einem Knirps abzugeben:
„Es, es tut mir Leid, ich ... ich ...", äfften sie ihn nach, „ok, weil du neu bist, lassen wir nur dieses eine Mal Nachsicht walten, und jetzt verpiß dich, Knirps, such dir einen Knirps-Platz!"
Ein bebrilltes, dunkelhaariges Mädchen, ein paar Reihen davor, hatte Mitleid mit Ant bekommen und winkte ihn wortlos zu sich her.
Als Ant zu ihr nach vorn stolperte, klopfte sie nur schweigend mit der flachen Hand auf den freien Platz neben ihr. Er blieb stehen, und zögerte einen kurzen Augenblick.
„Nun setz dich schon hin, bevor ich es mir anders überlege", zischte sie ihn an.
Blitzschnell saß Ant neben ihr, und streckte ihr freundlich lächelnd die Hand zum Gruß entgegen:
„Danke, vielen Dank, mein Name ist Josef G. Antonin, aber du kannst mich Ant nennen."
Sie sah seine weiterhin ausgestreckte Hand nur geringschätzig an, um dann ihre Augen langsam den Arm entlang, über die Schulter, nach oben in sein Gesicht zu richten. Ein fragend gelangweilter Blick entgegnete ihm:
„Wen interessiert das? Das G. in deinem Namen, steht das für Gump? Forrest Gump? Bist du irgendwie behindert oder dumm? Und sag jetzt nicht, dumm ist nur, wer Dummes tut."
Ant nahm zögerlich seine Hand zurück:

„Nein, nein ..., sorry, ich wollte dich nicht belästigen, aber man sollte sich doch erstmal vorstellen, oder?"
Sie sah ihn jetzt verächtlich an:
„Erstmal? Was heißt hier erstmal? Na gut, mein Name ist Ramona Heinz, ja Heinz, wie das Ketchup, und ich besuche bereits die siebte Klasse, das hat dich jedoch alles nicht zu interessieren. Du kannst hier auf diesem Platz sitzen, solange du deinen Mund hältst, und mich in Ruhe lässt, comprende? ... Verstanden?"
Beschwichtigend hob Ant beide Hände auf Brusthöhe, als ob er sich ergäbe:
„Ok, verstanden Ramona, ich werde still sein."
Sie hatte sich, wie beleidigt, zum Fenster gedreht und konzentrierte sich darauf, das geruhsam am Bus vorbeiziehenden Außenleben zu beobachten.
An der Jefferson High angekommen erblickte Ant eine völlig neue Welt, wesentlich größer, überhaupt alles imposanter und moderner, als in der Grundschule, und wieder gehörte er zu den Kleinsten.
Junior- und Seniorschüler strömten über den gemeinsamen Pausenhof, und teilten sich dann entsprechend auf. Die Sechstklässler mühten sich erstmal, sich zurechtzufinden, trafen nach und nach in der Aula ein, wo sie eine erste Einweisung erhielten.
Jeder bekam einen Spind zugewiesen, eine kleine Führung fand statt, vorbei an Mensa, Turnhallen, Physik-/Chemie-Raum, Klassenzimmern, und sie wurden verpflichtet, die Hausordnung durchzulesen. Danach erhielten sie Bücher und eine Liste mit Schulutensilien, die zur Besorgung anstanden. Alles wahnsinnig prickelnd, gähn, dachte Ant.
Im Klassenzimmer hatte er vor, sich ganz nach hinten, in die letzte Reihe zu setzen, schaffte es aber nicht rechtzeitig, weshalb ihm nur übrig blieb, einen Platz in der zweiten Linie, direkt hinter den Strebern zu wählen. Alle Schüler saßen an Einzeltischen. Zu Ants Zufriedenheit, dann war er wenigstens nicht gezwungen, sich von einem aufdringlichen Tischnachbarn ein Ohr abkauen zu lassen.
Sie beschäftigten sich den ganzen Vormittag ausnahmslos mit Formalien. Mittags gab es einen Lunch in der Mensa. Typischer Kantinenfraß, mehr nahrhaft als gesund.

Ant stellte sich in die Reihe, die an der Essensausgabe anstand, schnappte sich ein Tablett und Besteck, und wartete darauf, dass er mit Hackbraten, Kartoffelbrei und Rosenkohl versorgt wurde.
Die komplette Zeit, die er dort in der Reihe stand, fühlte er sich auf irgendeine Art unwohl, beobachtet. Er vermochte, faßt körperlich eine Präsenz zu fühlen, als ob jemand vorhatte, ihn mittels Psychokinese zu durchbohren ... Psychokinese? Psycho-Chinese, schoß es ihm blitzartig durch den Verstand.
Er ließ hektisch sein Augenpaar durch die Mensa schweifen, und tatsächlich, hinten im Eck saß er, der Psycho-Chinese, Chester Li, der ihn mit seinen abgrundtief bösartigen Mandelaugen beobachtete.
Chester hatte sich ebenfalls weiterentwickelt, sah jetzt wesentlich teuflischer aus, als zuvor in der Grundschule. Überall hatte er Piercings, in Ohren, Augenbrauen und in der Lippe, die Augen und der Mund waren dunkel geschminkt. Sogar die Kleidung, war schwarz wie seine Seele.
Er saß an einem Tisch zusammen mit lauter anderen Gothic-Typen, und er starrte Ant an, wie ein Löwe, der auf der Jagd eine Gazelle fixiert. Und genauso fühlte sich Ant.
Chester stieß seine Tischnachbarn an, und lenkte ihre Aufmerksamkeit auf Ant. Jetzt starrten sie alle in Josefs Richtung.
Ant lief es zugleich heiß und kalt den Rücken hinunter, das konnte nichts Gutes bedeuten. Einer seiner neuen Klassenkameraden, Zach Bloom, der direkt hinter ihm in der Reihe stand bemerkte Ants Nervosität, und dass er sich öfter in Richtung Zombie-Tisch umdrehte:
„Was hast du? Hast du Angst vor diesen kranken Typen dort?"
Ant sah an Zach vorbei, in Richtung Psycho, als er antwortete:
„Ja, natürlich, wenn du wüßtest. Der Eine da, der Asiate, Chester Li, den kenne ich schon aus der Grundschule. Da gab es Ärger zwischen ihm und mir, weswegen Chester dann von der Schule flog."
„Ach ja! Davon habe ich schon einmal etwas gehört, du bist also der Typ mit der irischen Mama, die dich immer begleitet hat. Nimm das Leben doch nicht so ernst, du kommst eh nicht lebend raus."
Zach lachte. Ant gefiel der Gedanke gar nicht.
„Soll mich das jetzt beruhigen, oder was?"
Zach schmunzelte:

„Nö, ich nehm dich doch nur ein bisschen hoch, bleib geschmeidig Bursche, sieh dir doch mal diese Typen an, da weiß man doch gleich, warum manche Tiere ihre Jungen fressen, oder?
Aber du hast Recht, freundlich sehen die nicht gerade aus. Wenn ich du wäre, dann wäre ich jetzt lieber ich."
Nun sah Ant sich Zach doch etwas genauer an. Der war genauso blass und dünn wie Ant, aber um einen halben Kopf größer.
Er hatte viele Sommersprossen, fast das Pendant zu Alfred E. Neumann, und genauso kam ihm Zach vor. Er schnauzte ihn an:
„Hast du vor mal Komiker zu werden, oder willst du mir nur auf die Nerven gehen"?
Ant drehte sich wieder nach vorn, bekam sein „Festmahl" auf den Teller geklatscht, und suchte sich einen freien Tisch. Zach trottete hinter ihm her, und setzte sich neben ihn:
„Laß es dir schmecken ... äh, wie ist doch gleich dein Name nochmal?"
„Ant, nenn mich einfach Ant."
„Ok, Ant, cool, ich bin Zach."
Sie gaben sich die Hand. Zach deutete mit einer Kopfbewegung in Richtung der dunklen Typen:.
„Diese Zombie-Idioten wollen dir sicher dein Trinkgeld abnehmen."
„Du meinst mein Essens- oder Taschengeld?"
„Na ja, ich habe eben gedacht, da du irischer Abstammung bist, bekommst du Trinkgeld."
Er grinste, und spielte ihm dazu eine Schluck-Geste vor.
Ant reagierte nicht sauer, eher etwas amüsiert:
„Gar nicht übel. Und du Zach, du bist vermutlich jüdischer Abstammung und willst Standup-Komiker werden."
Beide schauten sich gegenseitig ernst ins Gesicht, brachen aber dann gleichzeitig in Gelächter aus.
Bis Ant eine Hand auf seiner Schulter spürte. Chester, und die anderen schwarz gekleideten Idioten, standen hinter ihm. Der Psycho sah ihn wieder mit diesem durchdringenden, bösartigen Blick an.
„Hallo, kleine Ameise, du kennst mich sicher noch? Wir haben noch eine Rechnung offen."

Mr. Silvio Maghetti, der die Science-Fächer wie Physik, Chemie und Biologie unterrichtete, von den Schülern despektierlich Mr. Spaghetti genannt, hatte die Saalaufsicht. Er nahm die Szenerie wahr und hatte vor ihr beizuwohnen. Deshalb eilte er zum Tisch:
„Aha, Chester Li, willst du schon wieder Ärger machen? Wie gefällt es dir nachzusitzen, oder wie sieht es mit einem Verweis aus, dein Vater freut sich sicher darüber, oder?"
„Nein Mr. Spa ... Maghetti, ich will doch keinen Ärger machen, ich kenne diesen Jungen hier nur von früher, und wollte ihn begrüßen", jetzt klang Chester etwas kleinlauter. Während der Rabauke und seine Bande sich trollten, drehte er sich nochmal in Richtung Ant um:
„Wir sehen uns noch, Ant."
Mr. Maghetti sah der Gothic-Gruppe hinterher, und gab ihnen mit auf den Weg:
„Und ich sehe euch auch, ich beobachte euch, speziell dich, Chester Li."
Dann wandte er sich Ant und Zach zu:
„Ihr könnt jetzt in Ruhe weiteressen, Jungs. Solange ich Dienst habe, herrschen Zucht und Ordnung in diesem Saal, und Chester Li, der muss nur noch einmal falsch husten, dann fliegt er auch hier von der Schule."
Er drehte sich um, und verschwand in Richtung eines Tisches, an dem es recht laut zuging.
Ant und Zach sahen sich nur stumm an, und aßen weiter. Ant gefiel der Gedanke daran, dass Chester Li auf der Abschussliste stand. Und die Pausenaufsichten schienen hier an der High-School merklich motivierter zu sein. Das beruhigte ihn etwas. Er wusste natürlich, dass dieser Psychopath vermutlich niemals Ruhe gibt, aber so leicht wie an der Grundschule, hatte es Chester hier nicht mehr.
Die Junior-High-School verlief ohne große Zwischenfälle. Kleinere Rangeleien gab es logischerweise, aber nichts Weltbewegendes.
Überall wachten Aufsichten, im Speisesaal, auf dem Pausenhof, sogar die Wege zwischen der Schule und den Schulbussen oblagen der Überwachung. Chester hatte bereits in die Senior-High-School übergewechselt. Psychopathen sind meist hochintelligent, nur ihr soziales Verhalten ist tiefgreifend gestört.
Er trieb sich ausschließlich mit diesen dunklen Gestalten herum.

Jene Gruppe fand sogar ein Versteck auf dem Schulgelände, wo sie sich außerhalb des Radars wähnten und ungestört rauchten, oder überdies Drogen konsumierten.
Aus diesem Bereich hielt sich Ant schon aus Eigenschutz fern. Die High-School verlangte ihm alles ab. Er verbrachte den ganzen Tag an der Schule, und musste sich danach täglich weitere Stunden hinsetzen, um Hausaufgaben zu erledigen oder zu büffeln. Trotz des großen Aufwandes, den er sich selbst aufbürdete, reichte es immer nur für ein durchschnittliches Zeugnis. Zumindest erreichte er zuverlässig das Klassenziel. Für seine Science-Fiction-Serien blieb ihm immer noch genug Muße. So viel Zeit musste sein.
Weiteren Stoff für seine Fantasie gab ihm das alte Gerücht, das der Namensgeber der High-School, Thomas Jefferson, damals über eine UFO-Sichtung, in der Gegend von Baton Rouge, berichtet haben soll.
Zach, in dieser Hinsicht genauso ein Freak wie Ant, vermochte sich ewig mit ihm über Weltraumabenteuer, verschiedene Raumschiffe und Aliens auszutauschen. Mädels spielten da bis dato keine Rolle.
Außer seine Busnachbarin, Ketchup, hatte Ant weiter kein Mädchen kennengelernt. Und Ramona ignorierte ihn weiterhin, der Kontakt beschränkte sich nur auf kurze Begrüßungsfloskeln wie, „hi, hallo", oder „man sieht sich." Sie orientierte sich vornehmlich an den Senior-High-Schülern.
Eines Tages, saß dann plötzlich ein anderes Mädchen auf seinem Platz neben Ramona.
Das andere Mädchen, etwa ein Jahr jünger als Ant, hatte freundliche, lustige Augen, ein Gesichtchen wie eine Barbiepuppe und ebenso langes, dichtes, blondes Haar. Als er an seinen Platz herantrat, strahlte sie ihn an. Es war ihm gar nicht möglich, den Erbosten zu mimen, oder sie gar in irgendeiner Weise zurechtzuweisen, er stand nur da, und wusste nicht, was er sagen sollte.
Ramona dagegen fiel es nicht schwer, gleich wieder gemein zu werden: „Das ist nicht mehr dein Platz, Gump. Da sitzt, ab jetzt meine Schwester, Andrea. Was stehst du hier noch herum? Such dir einen anderen Platz, Forrest. Lauf, Forrest, lauf!"
Ant kniff die Lippen zusammen, und überlegte sich eine passende Antwort.

Irgendetwas mit einer Brillenschlange, oder Ähnliches.
Da ihm auf die Schnelle nichts einfiel, schüttelte er nur enttäuscht den Kopf, verdrehte strafend seine Augen, und setzte sich in die freie Reihe, von der ihn damals die älteren Schüler vertrieben hatten.
Die fuhren nicht mehr mit dem Bus, sie saßen sicher schon im eigenen Auto, oder so.
In die kleine Ketchup, Andrea, hatte er sich sofort etwas verguckt. Mit gerade mal 13 Jahren auf dem Buckel, und sie lag vermutlich bei 12. Da Mädchen in diesem Alter weiter entwickelt sind als Jungs, war kein Größenunterschied festzustellen. Er träumte oft von dem bezaubernden Mädchen, traute sich aber nicht, sie anzusprechen, da sie sich immer in der Nähe ihrer zickigen, älteren Schwester aufhielt. Im Bus, beim Essen und in den Pausen. Ständig diese nervige Ramona.
Die Zeit verging, und Ant schmachtete Andrea Heinz weiterhin nach. Während sie heranwuchsen, entwickelte sie sich zu einem immer hübscheren Mädchen, bis sie in das Radar der größeren, sportlichen Jungs, aus der Senior-High geriet, und sich mit den Footballkerlen abgab. Ant sah seine Felle davonschwimmen. Er hätte sich in den Arsch beißen können, weil er nie den Mut gefasst hatte, mit ihr in Kontakt zu treten.
Er verbrachte einsame, traurige Nächte voller Herzensleid, im Gedanken an die verlorene kleine Ketchup, und er entdeckte neue Dinge an sich, Zubehör, wie es Donna Schneider bereits seinem Vater erklärt hatte, etwas, das jeder Mann irgendwann an sich entdeckt. Einmal, als er sich wieder auf Forschungsreise, südlich seines Äquators begab, drang Maureen, ohne anzuklopfen, in das Refugium ihres kleinen Jungen ein. Sie schreckte sichtlich geschockt zurück, kehrte wortlos auf dem Absatz um und sah zu, dass sie das Zimmer schnellstens wieder verließ.
Wenn Jungs anfangen zu riechen, sollte man nicht mehr unangekündigt in ihrem Zimmer auftauchen, dachte sich Maureen peinlich berührt.
Seine Noten verbesserten sich durch diese Selbstversuche beileibe nicht, aber es reichte, um in die Senior-High aufzusteigen. ...

4. Senior High-School

Es hatte sich nichts geändert. Außer, dass Ant jetzt die 15. Jahresmarke erreicht hatte, und trotzdem weiterhin mit dem Schulbus fuhr. Nur, dass ihn jetzt die kleinen 11 und 12 Jährigen mit ihrem lauten Geschrei nervten. Zumal der Kalender schon das Jahr 1999 anzeigte, kurz vor dem Millennium, an dem der Weltuntergang prophezeit war, und er hatte immer noch keine Freundin, obwohl er doch über solch eine abgefahrene Haarfarbe verfügte.
Alles nervte ihn. Die Liebe seiner Mutter fand er schon lange nicht mehr cool. Freilich liebte er Mom, ihr das zu zeigen, lag ihm aber fern. Er hasste es, wenn sie ihn wie ein Baby behandelte.
Gegen die Gleichgültigkeit und Verbitterung des Vaters hatte er sich gewöhnt, doch die kleinen Busmitfahrer nervten ihn gewaltig. Im Bus setzte er sich deshalb seit neuestem die Kopfhörer des Walkmans auf, den ihm seine Mutter als Geburtstagsgeschenk überreicht hatte.
Der Mainstream, wie Brit-Pop oder anderes kommerzielles Gedudel, interessierte ihn nicht weiter.
Er hörte eher Musik von Independent Labels, die ansonsten kaum jemand kannte, wie die „Sandrubies" oder „Rich Hopkins and the Luminarios". Von diesen Gruppen hörte er die Songs herauf und herunter. Er liebte sie alle, insbesondere seine Lieblingslieder wie „Never" von den Sandrubies, „Paraguay", „Love and Death" und „Tender Mercies" von Rich Hopkins & Luminarios. Wenn er diese Mucke hörte, vergaß er alles Nervige um sich herum, dann lebte er in seiner eigenen, schöneren Welt. Mit dieser Art von Musik schaffte er sich ein Alleinstellungsmerkmal, hob er sich von der Masse ab, versuchte er anderszusein, als die übrigen Honks aus der Schule.
Die beiden Ketchups, fuhren nicht mehr mit dem Bus. Ramona war schon 16 Jahre alt, und hatte den Führerschein bestanden. Vermutlich besaß sie einen Vater, der sich für sie interessierte, sie liebte, und ihr ein Auto zur Verfügung stellte.
Seither fuhren Ramona und die goldige Andrea zusammen, mit dem Ketchup-Mobil, zur Gehirnmühle. Witzigerweise handelte es sich um einen roten Kleinwagen.

Andrea wuchs langsam zum schönsten Mädchen der Schule heran, auf jeden Fall wie Ant es beurteilte.

Trotz ihrer erst 14 Jahre verfügte sie über eine beachtliche und anmutige Figur. Mit den übrigen arroganten Tussen hatte sie nichts am Hut. Das ständige Gezicke fiel ihr auf die Nerven.

Ant hielt sie für zu betörend, um wahr zu sein, für unerreichbar.

Damals wusste er nicht, dass ausgerechnet die bezauberndsten Mädchen, die von den Jungs aus Angst vor Zurückweisung gemieden werden, oft einsam sind. Bei Andrea traf das ebenfalls zu. Da sich kein Junge in ihre Nähe traute, haderte sie mit sich selbst, bauschte die noch so geringsten ihrer eingebildeten Unzulänglichkeiten soweit auf, bis sie fast ihr Selbstvertrauen verlor.

Deshalb warf sie sich, in ihrer Unerfahrenheit, dem Senior-High Football-Crack, Ronald Tromp, an den Hals, dem Kapitän des Teams. Er fuhr einen Ford Mustang, hatte reiche Eltern, und bekam alles in den Arsch geblasen, was er sich nur wünschte. Ein mieser Charakter, und ein großmäuliger, angeberischer Misogyn. Mädchen benutzte er nur als Zierde seines Egos oder als Sexobjekt.

Die Angelegenheit hatte sich für Ant damit erledigt.

Er schmachtete Andrea zwar weiter heimlich hinterher, machte sich aber keinerlei Illusionen mehr, hatte sie sich doch für den obersten aller Idioten entschieden.

Ein anderes Hobby interessierte ihn zur Zeit mehr. Zusammen mit Zach Bloom, seinem Klassenkameraden, hatte er sich eine Zwille besorgt. Eine echt professionelle, mit Stahlkugeln als Zubehör. Diese Munition nachzukaufen kam etwas teuer, weshalb sie es vorzogen, mit Steinen zu üben.

Sie fuhren dazu mit den Fahrrädern aus der Stadt heraus, und schossen dort aus einiger Entfernung auf Dosen und Flaschen. Ant hatte seine Zwille immer bei sich, und er stellte sich als wahres Bewegungstalent heraus. Er besaß hohe, fast übermenschlich entwickelte Fähigkeiten, bezüglich seiner Hand-Augen-Koordination. Die Distanz zu den Zielobjekten erweiterten die beiden sukzessive immer mehr, aber Ant pustete sogar noch aus 100 Metern Entfernung jede Dose weg.

Zach schaffte das nicht einmal aus 20 Metern Abstand, was ihn etwas frustrierte.

Ein weiterer Beweis für Ants Talente, stellte sich im Sportunterricht, beim Basketball heraus. Für einen Basketballspieler war Ant um Einiges zu klein, in der Turnhalle versenkte er jedoch absolut jeden Ball, von der Freiwurflinie aus, im Korb. Wieder die phänomenale Hand-Augen-Koordination.
So hatte er einige Wetten gegen die großen Jungs gewonnen, die es vorher nicht ums Verrecken glauben wollten.
Die Zeit verging, Ronald Tromps Senior-High-School-Zeit neigte sich dem Ende zu, und er bekam ein Stipendium als College-Football-Spieler, weit weg von Port Ryan. Nicht, dass er die Studienförderung nötig hätte, aber jetzt bekam er überflüssigerweise zusätzlich dieses Geld hinterher geschmissen.
Der arme Kerl, vermutlich juckt es fürchterlich, wenn man sein Leben lang alles in den Arsch geblasen bekommt.
Er vermochte einem schon leidzutun, mit den unterdurchschnittlichen schulischen Leistungen, die er ablieferte. Aber er war von Haus aus reich, hatte dadurch lukrative Beziehungen zur Oberschicht und war leidlich in der Lage, Football zu spielen. Irgendwann wird er aufwachen, in einem Fußstapfen seines Vaters stehen und nicht wissen, wie er da herauszuklettern vermag.
Er stand kurz vor dem 19. Lebensjahr und seine Freundin, Andrea, hatte soeben erst ihren 15. Geburtstag erreicht.
Freilich plante Ronald, anständig zu feiern, bevor er sich in sein neues Collegedasein verabschiedete.
Da er sich jederzeit wie ein großkotziger Idiot benahm, sah Andrea nie recht glücklich aus, wenn er sie im Arm hielt. Sie hatte sich immer einen liebevollen, verständnisvollen und aufmerksamen Freund gewünscht.
Da lag sie mit Ronald aber gründlich daneben.
Als großmäuliger Angeber hatte er ihre Schönheit nur benutzt, um sich selbst in ein besseres Licht zu setzen, um somit wiederum imstande zu sein, noch mehr zu prahlen. Sie stellte quasi die Energiequelle für sein Arschloch-Perpetuum-Mobile dar.
Er bedrängte sie immer mehr, und hatte vor, wie er sich in ihrer Abwesenheit bei seinen Kumpels ausdrückte, noch eine Nummer mit ihr zu schieben, bevor er verschwindet.

Doch je mehr er Andrea bedrängte, desto enttäuschter und abweisender reagierte sie. Ronald quittierte das, indem er sich an Wanda Dern hielt. Sie war zwei Jahre älter als Andrea, und ließ sich gern vom edel betuchten Mister Football-Star rammeln.
Als Andrea das mitbekam, gab es einen großen Streit, in aller Öffentlichkeit, vor der Schule. Sie schrie ihn an und heulte, er servierte sie, vor den Augen seiner Kumpel und Wanda, eiskalt lachend ab.
Ant sah zu, wie sie weinend davonlief, und Ronald ihr, mit der Schlampe Wanda im Arm, idiotisch und verächtlich hinterher lachte. Andrea tat Ant leid, aber irgendwie verspürte er gleichermaßen etwas Zuversicht.
Dieses zarte Hochgefühl währte aber nicht lange, nur bis Ant bemerkte, dass sich Andrea folglich, aus ihrer Verbitterung und aus Trotz, im Dunstkreis der Satanisten um Chester Li aufhielt. Der Psycho und seine Jünger waren begeistert von ihrem neuen Mitglied, einer unschuldigen Jungfrau, und Ant ahnte nichts Gutes.
Chester Li bekam eine Ehrenrunde an der Senior-High auferlegt. Er fungierte seither als Vorsitzender dieser Zombie-Truppe. Unter den Schülern war er auch als Drogendealer bekannt. Von Chester erhielt man nicht alles an Drogen, was auf dem Markt kursierte, aber Marihuana, Ecstasy-Pillen, Ketamin oder Crystal-Meth, verkaufte er auf jeden Fall.
Ant sorgte sich deshalb in hohem Maße um Andrea, aber was vermochte er schon auszurichten?
Wozu weibliche Unvernunft imstande ist, hat sich bereits in grauer Vorzeit herausgestellt, als sich Eva von einer Schlange Diätvorschriften machen ließ. Er hatte nur die Möglichkeit zu versuchen, sie soweit wie umsetzbar im Auge zu behalten.
Einmal gelang es ihm, die kleine Ketchup alleine abzupassen:
„Hi, Andrea, kennst du mich noch?"
Sie sah sich ihn etwas akribischer an:
„Bist du nicht der Junge, der aus dem Schulbus, ja genau ... die weißen Haare."
Er fuhr fort, wohlwissend, dass ihm nicht jede Menge Zeit für dieses Gespräch blieb:
„Ja, der bin ich, du kannst mich Ant nennen."

Sie sah ihn etwas ungeduldiger an:
„Ok... Ant, was willst du?"
„Ich habe bemerkt, dass du dich mit der Gruppe um Chester Li abgibst. Ich kenne ihn bereits seit der Grundschule, er ist ein Psychopath und ein Drogendealer, ich hatte nur vor dich zu warnen, sei bitte vorsichtig, das wollte ich dir nur sagen."
Das nervte sie jetzt etwas, was bildete sich dieser Typ ein, ihr Vorschriften aufzudrücken, andererseits war sie clever genug, die oberflächliche Wut zu unterdrücken. Er hatte es ja gut gemeint, ihre Antwort fiel deshalb kurz und trocken aus:
„Kümmere dich um deinen eigenen Scheiß!"
Dann schwebte sie davon.
Ant schaute ihr hinterher, wie sie zu den in schwarz gekleideten Freaks tippelte und sie begrüßte. Was hatte er sich erhofft? Dass sie sich weinend in seine Arme warf? Es lief ab, wie er es sich schon vorher gedacht hatte, aber er hielt es für die ihm auferlegte Pflicht, sie zu warnen, selbst wenn er jetzt blöde dastand. Er nahm sich vor, weiter ein wachsames Auge auf sie zu haben.
Gegen Ende des Schuljahres, kurz bevor die Schulferien anfingen, und die Abende hell und warm zu Ausflügen einluden, hatte sich Ant nach der Schule auf sein Mountainbike geschwungen, um mit der Zwille weitere Schießübungen abzuhalten.
Er hatte einfach Spaß daran, traf er doch jedes Mal alles, worauf er zielte.
Seiner Überzeugung nach, träfe er sicher genauso bewegliche Ziele, aber auf Vögel, Eichhörnchen oder Katzen zu schießen, vermochte er nicht mit seinem Gewissen zu vereinbaren.
Obwohl allein, genoss er den Ausflug, draußen im Gelände, vor der Stadt.
Vater verbrachte vermutlich die ganze Woche an seinem Arbeitsplatz, und Mutter sorgte sich nicht mehr großartig, wenn er einmal später nachhause kam. In Ants Alter von fast 17 Jahren ging das so in Ordnung. Einen Führerschein hatte er freilich bisher nicht, das brachte ohnedies nichts, da ihm sein Vater sicher kein Auto kaufte. Trotzdem fühlte er sich zufrieden.

Insbesondere jetzt, in der warmen Jahreszeit, störte es ihn nicht, mit dem Mountainbike durch die laue Luft zu radeln. So blieb er wenigstens fit.

Als es dämmerte, begab er sich auf den Heimweg. Der Friedhof lag auf dem Weg, und die Dämmerung verbreitete ihr letztes Restlicht, als er die Ruhestätte der Toten passierte.

Auf dem Gehweg erkannte er eine Gruppe dunkler Gestalten, Chester und seine Jünger.

Als er entdeckte, dass sie Andrea in ihrer Mitte, gestützt von beiden Seiten, in Richtung Friedhofstor führten, bremste er, stieg ab und folgte ihnen, geduckt hinter der Reihe geparkter Autos, wie ein indianischer Späher.

Andrea schien abwesend zu sein, wie betäubt oder unter Drogen gesetzt. Die Gruppe checkte die Gegend, um sich zu vergewissern, dass ihnen niemand folgte oder sie beobachtete.

Als sie sich sicher waren, allein zu sein, öffneten sie das quietschende Eingangstor, um die Friedhofsmauer zu durchschreiten und in den Friedhof zu gelangen. Dort hielt sich keine Menschenseele mehr auf.

Da sie das alte Tor hinter sich wieder geschlossen hatten, kletterte Ant an einem Baum hoch, und sprang dort über die Mauer. Er vermied damit, durch das Quietschen des Tores auf sich aufmerksam zu machen. Dann beobachtete er das Treiben, aus sicherer Entfernung, aus einem Gebüsch heraus.

Chester sah keine Veranlassung, leise zu sprechen, weshalb Ant sogar aus 30 Metern Entfernung ausgezeichnet verstand, was der Satanistenanführer dort von sich gab. Chester und seine Anhänger fingen an, vor einem massiven Mausoleum, etwas wie einen Beschwörungsplatz vorzubereiten. Mit einem Stock zeichnete Li einen großen Kreis in den Splittbelag des Vorplatzes. Etwas weiter vorn ein Dreieck. Die Anderen bestückten die in den Splitt geritzten Linien gleichmäßig mit Teelichtern.

Ein romantischer Anblick, dachte Ant, wenn nicht unbedingt Chester Li in der Nähe abhing.

Die gesamte Gruppe, einschließlich Andrea, standen jetzt innerhalb des Kreises. Nur Chester agierte außerhalb, und hielt so etwas wie einen Teufelsdienst ab:

„Liebe gleichgesinnte Freunde, wir haben uns heute hier versammelt, um über unseren großen Herren und Meister zu sprechen, und um unsere Gottheit heraufzubeschwören. Und nun sprecht mir nach.
Satan bedeutet Sinnesfreude, statt Abstinenz."
Die Anderen wiederholten den zuletzt gesprochenen Satz in einer sakralen Weise, genauso wie sie die nächsten Sätze, fast wie in einem Singsang, nachsprachen.
„Satan bedeutet Lebenskraft, statt Hirngespinste.
Satan bedeutet unverfälschte Weisheit, statt heuchlerischen Selbstbetrug.
Satan bedeutet Güte gegenüber denen, die sie verdienen, statt Liebe an Undankbare zu verschwenden.
Satan bedeutet Rache, statt Hinhalten der anderen Wange.
Satan bedeutet Verantwortung für die Verantwortungsbewussten, statt Fürsorge für psychische Vampire.
Satan bedeutet, dass der Mensch lediglich ein Tier unter anderen Tieren ist, manchmal besser, häufig jedoch schlechter als die Vierbeiner, da er auf Grund seiner göttlichen, geistigen und intellektuellen Entwicklung zum bösartigsten aller Tiere geworden ist.
Satan bedeutet alle sogenannten Sünden, denn sie alle führen zu physischer, geistiger und emotionaler Erfüllung.
Und zuletzt meine Freunde, Satan ist der beste Freund, den die Kirche jemals hatte, denn er hat sie über all die Jahrhunderte am Leben gehalten."
Chester öffnete seinen Rucksack, holte ein großes Army-Messer, und einen grün schimmernden, metallischen Becher heraus, legte beides in das Dreieck, und bewegte sich mit ausgestreckten Armen auf Andrea zu, die nach wie vor von zwei Handlangern gestützt wurde.
Ant fiel es schwer, das alles genau einzuordnen, aber soweit wusste er Bescheid, im Gegensatz zu den zahlreichen Schauergeschichten in Filmen und Büchern, ehren Satanisten das Leben. Echte Satanisten opfern niemals ein Lebewesen, um eine Beschwörung auszuführen, das ist ein Tabu für sie, ein No Go.
Aber wer wusste schon, wie echt Chester Li war?
Deshalb holte Ant vorsichtshalber die Zwille hervor, die er am Rücken im Hosenbund aufbewahrte.

Eine der drei Stahlkugeln, die er mitführte, legte er in das Abschussleder, und sah weiter gespannt zu, was Chester alles zu bieten hatte.

Der Psycho schritt jetzt ebenfalls in den Kreis, nahm die etwas taumelige Andrea in die Arme, und trug sie zum Dreieck.

Da sie nicht in der Lage war, alleine zu stehen, setzte er sie auf dem Splittbelag vor dem Trigon ab.

Er holte sich den Becher und das Messer.

Es sah alles aus, wie im Theater bei einer Shakespeare-Aufführung. Er nahm den Dolch und ritzte sich damit, theatralisch, in die Handfläche. Dann bildete er mit der verletzten Hand eine Faust, und presste ein paar Blutstropfen heraus, die er in dem Becher sammelte. Das Gefäß schimmerte elysisch in den verschiedensten Grüntönen. Als er mit dem Blut in Berührung kam, fing er an zu summen. Die Anderen im Kreis, drückten ihre Begeisterung durch ein Frohlocken aus, ihre Ahs und Ohs spiegelten ihre aufgeregte Faszination wider.

Chester fuhr fort:

„Satan, deine Diener rufen dich, wir bitten dich unterwürfig, zeige dich dort im Dreieck und segne damit unsere Zunft. Ich habe hier einen Becher für dich, gefüllt mit dem Blut eines Verdammten, und nun werde ich noch das Blut einer unschuldigen Jungfrau dazugeben."

Er nahm Andreas Hand in seine, hob das Messer wieder theatralisch in die Luft, und ritzte ebenso die Haut in ihrer Handfläche auf.

Andrea reagierte nicht, kein Zucken, kein Wehklagen, gar nichts, wie in Trance.

Ant wurde es langsam zu bunt, er suchte sich einen Platz mit freier Schussbahn, behielt die Zwille aber schussbereit unten, und beobachtete weiter.

Chester ließ ebenfalls Andreas Blut in den Kelch tröpfeln. Der Becher fing sofort an ein paar Oktaven höher zu summen und die übrigen Teilnehmer frohlockten wieder. Dann stellte er das Gefäß mit den Opfergaben im Dreieck ab:

„Satan, deine Diener bitten dich, nimm dieses Blutopfer an. Zeige dich, unser Herr und Meister, wir bitten dich unterwürfig, zeige dich und unterweise uns!"

Nichts.

Satan schwieg. Nur der Becher hörte auf zu summen. Chester fuhr ein Adrenalinschub durch den Körper. Was bedeutete das?
Er hatte leichte, schwarze Stoffhandschuhe angezogen, und nahm den Becher wieder in die Hand.
Aufgeregt lief er zu den Anderen im Kreis, und ließ sie fühlen. Der Behälter, außen warm, das Blut darin zu rotem Eis gefroren, vibrierte nicht mehr. Großes Erstaunen verbreitete sich unter den Anwesenden, Chester sah sich bestätigt:
„Das ist eine Antwort, Freunde, wir haben eine Reaktion erhalten! Das Opfer ist nicht groß genug. Ich glaube fest daran, dass Satan erscheinen wird, wenn nur das Opfer würdig genug ist, wenn wir ein Leben hingeben, das Leben einer Jungfrau!"
Allgemeines Gemurmel folgte, einige Stimmen sagten Dinge wie, „das können wir nicht machen" oder „das geht zu weit" oder „bei sowas mache ich nicht mit." Chester hörte sich dieses Durcheinander eine Weile an, dann brüllte er los:
„Schweigt ihr feiges Pack! Wollt ihr nun Satan heraufbeschwören oder nicht!? Wenn ihr Verlierer zu mutlos seit, dann mache ich es eben alleine! Wer mir in die Quere kommt, bekommt mein Messer zu spüren, aus dem Weg!"
Einige zogen es vor, den Schauplatz zu verlassen, die Anderen blieben und harrten entsetzt der Dinge, die da kommen mochten. Chester beugte sich über Andrea, nahm das Messer in beide Hände, führte die Klinge nach oben, bis über seinen Kopf, um genügend Schwung in den Todesstoß zu bekommen:
„Wir haben dich verstanden, oh Satan, wir sind bereit, nimm das Leben dieser Jungfrau als Opfergabe, nimm ihre reine Seele auf in deinem Höllenreich, nimm sie als Zeichen unserer Dankbarkeit für deine Führung, nimm dieses Opfer und zeige dich uns in dem Dreieck dort."
Ant konnte es nicht fassen, der Psychopath, der Irre, hatte echt vor, Andrea zu töten, und niemand hielt ihn davon ab.
Chester kam nicht mehr dazu, den Todesstoß auszuführen, eine Stahlkugel zerfetzte die beiden Hände, mit denen er das Messer umschlossen hielt.
Das Schneidegerät flog in hohem Bogen, begleitet von einigen abgerissenen Fingern, durch den Grufteingang in das Mausoleum.

Chester schrie vor Schmerzen wie ein Kleinkind, seine Jünger schrien ebenfalls durcheinander und flüchteten in alle Himmelsrichtungen.
Nur die arme Andrea und der verstümmelte, wimmernde Chester, blieben übrig und lagen im Kies, als Ant aus dem Schatten trat, mit der Zwille und einer weiteren Stahlkugel im Anschlag:
„Du bist und bleibst ein Irrer, Chester! Was hast du gerade vorgehabt, wolltest du dieses Mädchen ermorden? Hast du gedacht, du kommst damit durch? Ich zähle jetzt bis drei, wenn du dann noch kein Land gewonnen hast, zerfetzt die nächste Kugel deinen Schwanz, und die übernächste dann deine verkackte Drecksfresse!"
„Eins"..., Chester stand jammernd auf und strafte Ant wieder mit diesem abgrundtief bösenartigen Blick.
„Zwei", Chester realisierte, dass er sich jetzt schleunigst verpissen sollte, und fing an zu laufen.
Bei „Drei" verschwand Chester fluchend, sein wundes Fleisch an sich drückend, in der Dunkelheit. Das funkelnde Gefäß und eine Blutspur ließ er zurück.
Vollgepumpt mit Adrenalin aber zufrieden, packte Ant seine Zwille zurück in den Hosenbund, und stapfte zur betäubten Andrea, um ihr aufzuhelfen.
Als er den grünen Metallbehälter sah, hob er ihn fasziniert auf. Der Becher war außen warm, handwarm und innen lag das gefrorene Blut. Als er den Behälter neigte, glitt das Blut sofort heraus, fiel auf den Boden und taute auf. Der Becher fing wieder an, leise zu vibrieren und zu summen.
Wegen der geringen Abmessungen hatte das Gefäß genug Platz, in der Hosentasche seiner weiten Trekkinghose, ergo steckte Ant es ein.
Obwohl er nicht unbedingt der Kräftigste war, schaffte er es, Andrea problemlos auf den Arm zu nehmen (im physischen Sinn), und aus dem Friedhof tragen.
Andrea, leicht wie eine Feder, hatte ihre Arme um seinen Hals gelegt, und ihren Kopf an die Schulter gelehnt.
Ant platzte fast vor Stolz, er kam sich vor wie ein Superheld, das Adrenalin im Blut bewirkte sein Übriges.

Er setzte Andrea auf eine Parkbank neben dem Friedhofseingang und blieb bei ihr, bis sie sich besser fühlte. Es dauerte eine Weile, bis sie völlig zu sich kam, bis sie wieder klar denken konnte.
Ant hatte soeben vor, ihr alles zu erklären, weshalb sie hier zusammen auf dieser Bank saßen, was vorher geschah, warum ihre Hand eine Verletzung aufwies, aber Andrea hörte nicht zu und unterbrach ihn:
„Ich weiß, was vorhin passierte, was Chester vorhatte, ich kann mich an alles erinnern, wie an einen bösen Traum. Es fühlte sich an, als hätte mich jemand in Watte gepackt, seltsam weit weg und doch nah. Ich hatte, wie im Schlaf, gar keine Chance mich zu bewegen, verstehst du? Ich habe alles mitgekriegt, konnte mich aber nicht wehren."
Ant nickte nur, als er leicht den Mund öffnete, um zu antworten, griff sie an seinen Hinterkopf um ihn festzuhalten, und küsste ihn etwas bange auf den Mund. Es hatte sie schlicht und einfach überkommen, und sie zuckte sofort wieder verlegen zurück.
Offensichtlich überrascht, saß Ant nur da, und reagierte zunächst nicht. Andrea fing an zu stammeln:
„Entschuldige, ich ... ich wollte nicht ..."
Ant ließ sie nicht entkommen, er ergriff endlich die Initiative, folgte ihrem schüchtern fliehenden Mund mit seinem, und küsste sie, erst ebenso zögerlich, dann immer bestimmter und leidenschaftlicher.
Andrea ließ sich das nur zu gern gefallen. Dann strahlte sie ihn an:
„Ich hoffe, das harte Teil da in deiner Hose ist der Becher, den du vorhin eingesteckt hast."
Ant griff sofort peinlich berührt an die Ausbeulung in seiner Hose, dann holte er den Behälter aus der Hosentasche.
Der Becher summte fröhlich vor sich hin, als er ihn in der Hand hielt. Bezaubert von der schlichten Schönheit, dem in allen Abstufungen schimmernden, warmen Grün der Außenseite, dem kühlen, metallischen, golden, messingfarbenen Innenleben, starrten sie gemeinsam auf das Gefäß.
Das Vibrieren des Gegenstandes kitzelte Ant ein wenig an den Fingern:
„Ein seltsames Teil, fast wie ein Kühlbehälter, oder ein Becher mit eingebauter Getränkekühlung, wo hat Chester den wohl geklaut?"
Andrea starrte weiter auf den Becher:

„Chester hat etwas erzählt, wie..., ich glaube, es ist ein altes Familienerbstück, dass sein Vater aus China mitbrachte."
Ant betrachtete das Teil etwas genauer, mit skeptischer Miene:
„China? Die Zeichen auf dem Becher können aber definitiv nicht chinesisch sein, die kann ich überhaupt nicht zuordnen. Könnten Verzierungen sein, aber chinesisch ..., chinesisch ist das nicht.
Man kann Chester eben kein bisschen glauben, der lügt doch, wenn er den Mund aufmacht."
Andrea wandte ihr Augenpaar wieder direkt auf Ants Gesicht. Ihre Augen sprühten vor Lebensfreude, strahlten ihn an. Sie legte ihre Hand auf den Becher, und drückte ihn sanft hinunter, ihre vollen Lippen kamen wieder näher, durchbrachen Ants Sicherheitsbereich:
„Laß uns nicht weiter über diese Dose nachdenken, ich könnte mir im Moment etwas Schöneres vorstellen."
Eine Antwort war nicht mehr nötig, sie presste ihre Lippen auf Ants, und so schüchtern und unerfahren die beiden waren, es fühlte sich richtig an, besser als jemals zuvor.
Während des berückend langen Kusses griff sie Ant an den Schritt seiner Trekkinghose, und diesmal handelte es sich bei dem harten Teil in der Hose sicher nicht um einen Becher. In diesem Augenblick wusste sie längst, dass Ant der Erste sein würde. Eben der Richtige, kein frauenfeindliches Arschloch, ein schüchterner Junge, ein Bursche, der ihr heldenhaft das Leben gerettet hatte. Ihr Retter, ihr Ritter, ein Habenichts, ein armer Schlucker mit seltsam weißem Haar, aber ein anständiger, liebenswerter Junge, der ihr sicher niemals Schmerzen oder Leid bereitete, vielleicht sogar ein Seelenverwandter.
Ein paar hypnotische Blicke, ein paar leidenschaftliche Küsse, und beide hatten sich Hals über Kopf ineinander verliebt. Für Ant, der sich das niemals zu hoffen wagte, erfüllte sich ein langersehnter Traum, ...Andrea. Man sagt, Hoffnung ist ein erstklassiges Frühstück, aber ein bescheidenes Abendbrot, und Ant hatte lange gehofft.
Ihre Herzen schlugen im Gleichklang, hatten einen gemeinsamen Rhythmus gefunden, und das durfte, wenn es nach Ant ging, für immer so weitergehen.
Logischerweise nicht!

Sie war die erste große Liebe, und es dauerte nicht lange, bis er über eine sturmfreie Bude verfügte. Nach seinem 17. Geburtstag hatte sein Vater wieder alle Hände voll zu tun, und blieb die Woche über auf der Baustelle.
Maureen, die mit ihrer Freundin Judith vereinbarte, einen gemeinsamen Kurztrip nach Atlantic City zu unternehmen, was die Tage vor dem Wochenende einschloß, war ebenfalls nicht zuhause.
Die elternlose Zeit dauerte demnach von Donnerstag morgens bis Freitags abends, wenn sein Vater wieder auf der Bildfläche erscheinen würde.
So eine Gelegenheit gab es nicht oft. Die inzwischen 16-jährige Andrea schwindelte ihre Eltern an, versicherte ihnen, dass sie zu einem Barbecue bei ihrer Freundin eingeladen sei, und dann dort übernachten werde. Sie sah inzwischen die Zeit gekommen, diesen Schritt zu wagen. Die Pille nahm sie bereits seit einer ausreichenden Zeitspanne, und jetzt wollte sie es wissen.
Die Nacht verlief liebevoll und zärtlich, aber leider hatten beide keinerlei Erfahrungen in dieser Hinsicht. Sie wussten nicht, wie das mit der Defloration am praktikabelsten abzulaufen hatte. Beide benahmen sich etwas verkrampft. Ant hatte andauernd Angst, seiner Geliebten Schmerzen zuzufügen. Andrea verspannte sich, in Erwartung der Pein, und wegen Ants Nervosität derart, dass sie de facto tatsächlich diese Schmerzen erlitt.
Wie gesagt, beide hatten keine Erfahrung, und die große Vorfreude wich bald der Realität und verblasste.
Beide enttäuschten sich sozusagen selbst, hatten sich persönlich zu sehr unter Druck gesetzt, weshalb die großartige Erfüllung ausblieb, das liebevolle Verschmelzen ihrer Körper nicht stattfand. Sicher hatten sie später weitere Gelegenheiten, sich zu verbessern, aber dieses hilflose Gezappel brannte sich für immer als „Erstes Mal" in ihr Gedächtnis ein. Sie ließen sich ihre Enttäuschung nicht anmerken, und verbrachten eine Nacht voller schüchterner und unbeholfener Berührungen miteinander, aber irgendetwas hatte sich verändert. Die große, absolute Liebe, sie hatte einen ersten Riss bekommen. Es sollte nie mehr so sein, wie zuvor.

Nach diesem Sommer brach für Ant ebenfalls das letzte High-School-Jahr an. Wie in den Jahren zuvor, lagen die Noten des vergangenen Schuljahres nicht im berauschenden Bereich.
Er hatte allen Grund anzunehmen, dass sich das beim kommenden Abschlussjahr nicht grundlegend änderte.
Aber erstens, kommt es anders, und zweitens, als man denkt.
Eine ausgeprägte Sportlichkeit vermochte er nicht für sich in Anspruch zu nehmen, außer was seine Koordinationsfähigkeit anging, wofür es aber keine Stipendien gab.
Die Bereitschaft seines Vaters, eine teure Collegeausbildung zu finanzieren, hielt sich in Grenzen und so hatte Ant eine weiterführende Schullaufbahn abgeschrieben. Er hatte die Möglichkeit, als Hochbaulehrling beim Arbeitgeber seines Vaters einzusteigen, in Betracht gezogen. Keine verlockenden Aussichten, als Azubi, mit seinem schikanösen Vater als Vorarbeiter.
Unter diesen Voraussetzungen kam fraglos keine großartige Motivation für Ants letztes Schuljahr auf.
Als einziger Lichtblick an der Schule diente ihm Andrea. Außerdem Zach Bloom, der Witzbold, der die Zweisamkeit von Ant und seiner Freundin so beschrieb:
„Wo die Liebe hinfällt ..., da bekommt sie blaue Flecken und eine blutige Nase."...

5. Chester Li

Chester Lis Eltern hatten schon in China keinen leichten Stand. Damals genossen sie zwar den Status als ehrbare Bürger, sein Vater hatte aber Probleme mit der Partei. Als angesehener Kernphysiker arbeitete er in China im Umfeld von waffenfähigem Plutonium.
Leider brachten die Behörden einen Seitenarm der Familie Li mit der chinesischen Mafia in Verbindung. Darunter hatte Vater Li erheblich zu leiden. Die Vorgesetzten stellten ihn kalt und er bekam keinerlei leitende Aufgaben mehr zugewiesen. Von da an ging es bergab. Die Staatspolizei verhaftete Vater Li regelmäßig, verhörte ihn und setzte ihn dann wieder auf freien Fuß, da ihm nichts nachzuweisen war.
Seine Ehefrau und er, flohen deshalb aus China. Die USA erkannten beide als politische Flüchtlinge an.
Es gelang ihm aber nie, ernsthaft Fuß zu fassen, er bekam keine entsprechenden Stellenangebote. In den Staaten brachte man ihn wiederum mit den Triaden in Verbindung, weshalb ein Job bei einer staatlichen Einrichtung, einem Kernkraftwerk, einer Aufbereitungsanlage oder gar in der Nuklear-Waffen-Produktion, nicht in Frage kam.
Die beiden Lis hielten sich längere Zeit mit Gelegenheitsjobs über Wasser.
Als Chester Li auf die Welt kam, fiel Frau Li als Verdienerin aus, und die Familie war von einem einzigen Einkommen abhängig. Die Arbeitsmarktlage in Port Ryan verschärfte sich im Laufe der Zeit immer mehr, und Gelegenheitsjobs waren Mangelware auf dem hiesigen Arbeitsmarkt. Die Lis stürzten kontinuierlich weiter ab, Chesters Mutter fing an zu trinken, um sich wenigstens zeitweise aus der schwierigen Lage herauszubeamen. Vater Li hatte nicht vor, genauso wie andere Verwandte für die Triaden zu arbeiten, er vermied geflissentlich, es ihnen gleichzutun und ebenfalls in die Kriminalität abzurutschen. Deshalb arbeitete er, so hart wie möglich, aber es reichte nie. Er grübelte jede Menge, Aggressivität staute sich in ihm auf und er hasste die ganze Welt, aber ausschließlich seine Frau und sein Sohn hatten die feindseligen Stimmungen auszubaden.

Regelmäßig setzte es Prügel. Chester wuchs im heruntergekommenen Viertel, Lower Company Area, um die alte Fischfabrik herum, in einem überaus gewalttätigen Umfeld auf.
Vermutlich wäre er zum Wunderkind mutiert, wenn er sich in einer liebevollen Umgebung entwickelt hätte.
Sein Denkapparat war von Geburt an als Psychopathengehirn angelegt.
In einem besseren Umfeld hätte er es sicher geschafft, genauso wie viele andere potentielle Psychopathen, als hochintelligenter, egozentrischer, feindseliger Vorgesetzter durch sein weiteres Leben zu schreiten.
In seinem speziellen Fall stellte sich dieser Weg aber als unbeschreibar heraus.
Um die aufgestauten Aggressionen zu kompensieren, fing er an Tiere zu quälen, bis zum Tod, die ein oder andere Mülltonne in Brand zu stecken, und später in der Grundschule Mitschüler mit seinem Steel-Dartspfeil zu traktieren. Insbesondere dieses Gefühl, Menschen zu beherrschen, sie zu foltern, ihre Angst zu sehen, fand er erhebend.
Als er dem Mitschüler Bartholomäus Band damit ein Auge ausstach, verwies man ihn der Schule, und deshalb richtete sein Vater in übel zu. Die daraus entstandenen Krankenhauskosten, trieben die Familie endgültig in den Ruin.
Erwartungsgemäß gab Vater Li dafür Chester die Schuld. Der Psycho war gezwungen, die restlichen Grundschuljahre in einer weit entfernten Schule abzusitzen.
Er fehlte oft, vermutlich wegen der Prügelattacken seines Vaters, die Intelligenz blieb ihm aber erhalten.
Selbst wenn er tagelang den Unterricht verpasst hatte, brauchte er nur einen Tag, um den vermittelten Stoff zu verstehen und geistig nachzuholen.
Als er an die High-School wechselte, änderte sich daran nichts. Er galt weiterhin als überdurchschnittlicher Schüler, hatte fortwährend viele Fehltage aufzuweisen, und mutierte zu einem angesehenen Mitglied einer Gothic-Gruppe. Gezwungenermaßen wiederholte er ein Schuljahr, als er vermutlich von seinem Vater übel zugerichtet, eine lange Zeit im Krankenhaus verbrachte. Später gründete er eine Satanisten-Schar.

Die ihm eigenen, manipulativen Fähigkeiten, versetzten ihn in die Lage, zahlreiche Mitglieder zu werben.
Er hatte Kontakt zu seiner älteren Cousine aufgenommen, die als Drogen-Bezirksleiterin der ortsansässigen Triade arbeitete, und stieg als ein kleiner Einzelhändler für Rauschmittel in das Geschäft ein.
Damit verpflichtete er sich, regelmäßig ein gewisses Kontingent abzunehmen und zu verticken.
Probleme hatte er hierdurch nicht. Im Viertel gab es genügend Süchtige, und an der Schule verkaufte er ebenfalls große Mengen an reiche Vollidioten wie Ronald Tromp, George U. Bosch und Bill Plimpton. Allein diese drei Bonzenkinder genügten, um seine Umsatzziele vollends zu erfüllen.
Für deren Großparties hatte Chester das exklusive Belieferungsrecht, insbesondere die Vergewaltigungsdroge Rufis verkaufte er dort im Übermaß.
Für Chester bedeuteten andere Personen nichts, meistens nahm er sie gar nicht dinglich wahr, es interessierte ihn nicht, was seine Drogen bei ihnen anrichteten.
Als er dann, beim Friedhofszwischenfall, jeweils zwei Finger von jeder seiner Hände verlor, und er genötigt wurde, ohne diese Körperteile zu fliehen, traute er sich nicht mehr nachhause.
Sein Vater hätte ihn, ob der entstehenden Krankenhauskosten umgebracht, so sicher wie das Amen in der Kirche. Durch das Verticken der Drogen war er in der Lage, eine gewisse Summe anzusparen.
Damit er als erfolgreicher Einzelhändler nicht für längere Zeit ausfiel, half ihm seine Chinesenmafia-Cousine, freilich gegen Bezahlung, und vermittelte ihn zu einem früheren Tierarzt, der für die Triaden illegal Schuss- und Schnittverletzungen verarztete.
Dieser Tierarzt desinfizierte und vernähte die Stummel an Chesters Händen. Eine richtige Betäubung hatte er dabei nicht erhalten. Die Schmerzen waren sicher unmenschlich, genauso inhuman wie Chester selbst. Er hatte dabei weder gejammert noch geschrien, er biss nur die Zähne zusammen und seine bösenartigen, dunklen Augen, ließen nichts Gutes erahnen.
In diesem Augenblick fasste Chester Li einen festen Entschluss. Er würde nicht ruhen, bis er Ant endlich erwischte.

Er stellte sich vor, wie er von hinten an ihn herantritt, und ihm genüsslich die Kehle durchschneidet, so wahr ihm Satan helfe.

Chester startete danach eine Junkiekarriere, fing an, selbst immer mehr von seiner eigenen Handelsware zu konsumieren. Hauptsächlich das Crystal Meth, verwandelte sein zuvor schon schauderhaftes Aussehen weiter, bis hin zum Monströsen. Die Droge vermochte sein Innenleben auf seine äußere Hülle zu übertragen.

Ein sechsfingeriges Psychopathen-Monster schlich seither in der Stadt umher, und er hatte um die dreißig, in schwarz gekleidete Satanisten um sich geschart, die ihm folgten.

Mit Hilfe dieser Organisation stieg er bald zum Großabnehmer von Triaden-Drogen auf, und seine Gefolgsleute verkauften ebenfalls fleißig. Er stieg in der Hierarchie weiter auf. Bis er am Ende das „Geschäft" seiner Base feindlich übernahm.

Bei der Cousine und dem gewalttätigen Vater, handelte es sich um die ersten Menschenopfer, die Chester eigenhändig mit seinem japanischen Samurai-Schwert um die Ecke brachte.

Und er hatte jedes Mal aufgeregte Ekstase empfunden, wenn er mit seinem Katana Körperteile oder einen Kopf abschlug, und das Blut in Massen strömte. Verdammte Verwandte. Das hatten sie davon.

Ein hochintelligenter, völlig irrer Chester, der am Ende nur das Ergebnis seiner genetischen Veranlagung und des Umfeldes war, in dem er aufwuchs, herrschte gewalttätig über ein kleines Drogenreich. Diesen Ant, würde er sich zeitnah ebenfalls vornehmen, so viel stand fest. ...

6. Der Test

Joe hatte gelangweilt in einer Zeitschrift geblättert, bis ihm die Werbung eines Gen-Labors auffiel. Soweit der kurze Artikel besagte, benötigte er nur irgendwelche Proben, wie Haare oder Zahnbürsten, von beiden Elternteilen und vom Kind, um sie einzusenden. Das versetzte ihn in die Lage, die Abstammung des Sprösslings für wenige hundert Dollar abzuklären.
Joe wusste, dass er unmöglich der Vater sein konnte. Auf jeden Fall hielt er sich in tausenden von Meilen Entfernung auf, als Josefs Zeugung stattfand. Die mysteriösen Umstände dieser Schwangerschaft, veranlassten ihn aber wieder, darüber nachzudenken. Wenn Maureens Ausrede nur ein Quäntchen Wahrheit enthielt, wer weiß, was ein solches Labor in Josefs Genen entdeckte?
Er überlegte lange hin und her, welchen Sinn es hätte, jetzt noch einen Gentest zu veranlassen? Brächte es ihn weiter, stellte es ihn zufrieden, wenn er es schwarz auf weiß hätte, dass er nicht als biologischer Vater in Frage kam?
Trotzdem, mit dem Jungen stimmte etwas nicht, allein schon dieses weiße, völlig pigmentlose Haar. Er kannte niemanden, der solches Haar hatte, außer die pornoblond gefärbten Mädchen aus manchen Magazinen. Geld stand ihm genug zur Verfügung, um sich das Labor zu leisten. Als Vorarbeiter hatte er für zwei geschuftet, und die Überstunden wurden großzügig entlohnt.
Eine große Neugier überkam ihn, und insgeheim hatte er vor, sein schlechtes Gewissen zu beruhigen, sich eine Bestätigung für sein abweisendes Verhalten zu holen. Er ignorierte den Jungen zeit seines Lebens, spielte nie mit ihm, brachte ihm nie etwas bei oder unterstützte ihn und ließ ihm nie Liebe zukommen. Mit einem Gentest verschaffte er sich Gewissheit, Klarheit, dass er sich nichts vorzuwerfen hatte. Nur halt für sich selbst.
Er entnahm Maureens und Josefs Zahnbürsten aus ihren Bechern, packte sie getrennt in Plastiktütchen ab, und legte seine dazu.
Dann sandte er das Paket an das XY-Gen-Lab, mit dem Auftrag, die Elternschaft abzuklären und Josefs DNA auf ungewöhnliche Abweichungen zu untersuchen.

Das Ergebnis fiel überraschenderweise anders aus, als Joe es erwartet hatte.
Dem Antwortschreiben entnahm er, dass die Übereinstimmung der Mutter bei 99,9 % lag. Die Übereinstimmung des Vaters bei 99,3%. Damit sei die Elternschaft beider Elternteile praktisch als gegeben anzusehen. Das Labor hatte nur in geringem Maße abweichende Basenpaare entdeckt.
Die hätten genauso durch natürliche Mutationen entstehen können.
Genauere Angaben diesbezüglich vermied das Labor. Als Joe dieses Ergebnis las, fiel ihm mit offenstehendem Mund der Brief aus der Hand. Seine schwächelnden Beine zwangen ihn dazu, sich erst einmal zu setzen, er sackte schwerfällig nach hinten auf den Sessel.
Er fühlte sich fast schwindelig, benommen. Die Gedanken schlugen Purzelbäume in seinem Hirn. Wie konnte das sein? Wie konnte er der Vater von Josef sein? Er hielt sich nicht einmal in der Nähe seiner Ehefrau auf, als die Zeugung stattfand. Hatte sich sein Sperma aus Donnas Gebärmutter in Maureens Unterleib gebeamt? Es gab schlicht keine Erklärung. Verwirrung überkam ihn.
Ein miserables Gewissen kam hinzu, und schlug in seiner Brust ein, wie ein Dampfhammer. Was hatte er dem Kind angetan? Wie hatte er ihn über all die Jahre behandelt? Seinen Jungen. Und Maureen, die geliebte Frau, hatte er es ebenfalls spüren lassen.
Er hatte sich mit Hilfe der Arbeit zunehmend von ihr distanziert. Seit feststand, dass Maureen nicht mehr in der Lage war, weitere Kinder zu gebären, unterbreitete er ihr wieder unterschwellige Vorwürfe. Was war ich nur für ein Idiot, dachte er. Er hatte die perfekte Familie, direkt vor seiner verlogenen Nasenspitze, einen Sohn, der zumindest anfangs zu ihm aufsah, eine liebevolle, anmutige, treue Frau, und er hatte nichts Besseres vor, als dieses Familienidyll emotional zu vernichten.
Fast hätte er die beiden für immer verloren. Das musste er erst einmal verdauen, verarbeiten, bevor er soweit war, mit Maureen darüber zu sprechen. ...

Kapitel 8. Die erste Begegnung.

Der aufkommende Herbst kühlte nicht nur die Atmosphäre, sondern auch die Liebesbeziehung von Andrea und Ant langsam ab. Abends, nach der Schule, trafen sie sich immer seltener, und wenn sie sich im Arm hielten, stellten sie fest, dass dieses überschwängliche Herzklopfen, das pure, reine Verliebtsein, einer gewissen Gelassenheit und Selbstverständlichkeit wich.
An einem einsamen Abend saß Ant alleine in seinem Zimmer, und zockte ein langweiliges, schon x-mal durchgespieltes Computerspiel, um sich die Zeit zu vertreiben.
Ans Lernen dachte er nicht. Das hatte er aufgegeben, da er ja doch keine Chance bekam, sich auf einem College zu bewerben, egal wie er sich dafür anstrengte. Dann besser Langeweile und Computer spielen. Es war der Samstag nach Halloween, der 3. November 2001.
Am Tag zuvor hatte es den ersten Streit mit Andrea gegeben. Er verhielt sich wie ein Gentleman, hatte nichts herumerzählt, über ihre sexuellen Abenteuer. Vermutlich erwähnte Andrea unterschwellig etwas bei einer Freundin, dann machte es bei den Mädchen an der Schule die Runde, welch ein einfühlsamer Liebhaber Ant sein musste.
Andrea gab vermutlich sich selbst die Schuld, für dieses unangenehme erste Mal, und stellte den Ablauf etwas beschönigt dar, um nicht doof und unerfahren dazustehen.
Die Mädchen sahen Ant deshalb mit anderen Augen, und warfen ihm verführerische Blicke zu. Er hatte Andrea nicht betrogen, nur vielleicht etwas zurück gekuckt, was sie sofort mit Eifersucht quittierte.
Er versuchte indes sie zu beschwichtigen, aber sie stieß ihn weg und rauschte ab. Seither hatte er nichts mehr von Andrea gehört. Scheiß Samstag, dachte er, und trat mit dem Fuß gegen das Bücherregal. Ein paar Bücher fielen um, und schubsten den kleinen grünen Metallbecher von seinem Ablageort. Der Becher fiel metallisch klingend auf den Boden, ihm direkt vor die Füße, und rollte aus.
Als er ihn hochhob, fing das schimmernde Teil wieder an, leise zu summen. Ant erinnerte sich jetzt abermals, an das gefrorene Blut.
Der Behälter schien seinem jeweiligen Inhalt sämtliche Wärme zu entziehen, und sie nach außen abzuleiten.

Jetzt hatte er einen geeigneten Zeitvertreib gefunden. Er schaffte dieses verkappte Kühlgerät zu seinem Schreibtisch, stellte es ab, und schüttete etwas Cola hinein.
Der Becher strahlte augenblicklich, wie schon vorher, die Wärme ab, während das Cola im Inneren gefror. Das interessierte ihn und er hatte vor, das genauer zu testen.
Er stellte sich die Frage, bis auf welche Temperatur dieses abgefahrene Teil potentiell seinen Inhalt herunterkühlt.
Um Antworten zu finden, nahm er den Becher und trottete die Treppen nach unten. Ein Fieberthermometer brachte nichts, damit war es unmöglich Messungen im Minusbereich durchzuführen. Übrig blieb das fest verschraubte Außenthermometer, nein, zuviel Montageaufwand, und das misst auch nur bis minus 20 Grad Celsius. Das genügte zwar für die Außentemperatur, denn kälter wurde es in Port Ryan ohnehin kaum, aber für seine Zwecke reichte das für den Fall der Fälle nicht aus.
Dann erinnerte er sich an ein Werkzeug seines Vaters:
„Hey, Dad, hattest du nicht einmal ein elektronisches Temperaturmessgerät, dass du im Winter zur Messung verschiedener Baumaterialien benutzt hast?"
Joe benahm sich seit letzter Zeit ihm gegenüber anders als früher, wie ausgewechselt:
„Ja, richtig mein Junge, für was brauchst du es?"
„Ach, ich will nur etwas testen, für die Schule, kann ich es mir ausleihen?"
Joe blieb vor dem Fernseher sitzen:
„Ok, kein Problem, es muß irgendwo im Kellerregal verstaut sein, da wo auch das übrige alte Werkzeug herumliegt, soll ich dir suchen helfen"?
„Nein, nicht nötig Dad, ich werde es schon finden".
Ant öffnete die Kellertür, schaltete das funzelige Licht ein, und stapfte die knarrende Holztreppe nach unten. Der Becher in seiner Hand fing daraufhin an stärker zu vibrieren, und im Halbdunkel des Kellerlichts fiel Ant auf, dass die Verzierungen, oder die Schrift, anfingen, rötlich zu schimmern. Als er unten ankam und zum Regal schritt, sah er in der dunkelsten Ecke des Kellers, genau dieses rötliche Leuchten, als ob sich sein Becher an einem reflektierenden Gegenstand widerspiegelte.

Er entschloss sich, das genauer anzusehen. Dort hing aber kein Spiegel, er fand in einem Regal ein baugleiches Teil, dessen identische Verzierung ebenso leuchtete.

Ein makelloses Teil. Alle anderen Gegenstände dort hatten Staub angesetzt, aber dieses Teil glänzte und schimmerte, als ob es jeglichen Schmutz wie Staub, Spinnennetze oder Mäusedreck, von sich fernhielt oder abwies.

Gegenstände wie diese hatte er vorher, vor dem Friedhofsvorfall, niemals gesehen. Und jetzt hatte er zwei Stück davon, in jeder Hand einen. Je näher er sie zusammenbrachte, desto mehr gerieten diese beiden Teile in helle Aufregung, als freuten sie sich, nach ewiger Zeit der Trennung wieder aufeinanderzutreffen.

Ants innewohnender Forscherdrang entfachte sich augenblicklich vollends. Er dachte gar nicht mehr daran, die Kühlleistung der Teile zu testen, er wollte nur sehen was passiert, wenn er sie zusammenfügte.

Zuerst versuchte er, einen der Becher in den anderen zu stellen, als ob man Gläser stapelt.

Die Becher wehrten sich aber dagegen, wie zwei gleichpolige Magnete, ließen sie sich in dieser Weise nicht zusammenfügen, sie stießen sich regelrecht gegenseitig ab. Interessiert forschte Ant weiter, und fügte die zwei offenen Enden zusammen, sodass aus beiden Hälften gemeinsam ein Zylinder entstand.

Wie gebannt entdeckte er, wie die rötlich schimmernden Zeichen, rings um beide Hälften, nacheinander hell aufleuchteten. Fast wie ein Countdown dachte er, aber er blieb wie gelähmt stehen. Hätte es sich um einen Countdown für eine Explosion gehandelt, gäbe es für ihn aller Voraussicht nach kein entrinnen.

Als alle Zeichen aufleuchteten, verschwand die Fuge, die sich in der Mitte zwischen den Zylinderhälften befand, allmählich. Die beiden Hälften verschmolzen miteinander.

Die smaragdgrüne Außenhaut wechselte die Farbe in ein schimmerndes Rubinrot.

Das vorher sanfte, schnurrende Vibrieren, fühlte sich jetzt an wie fließender, elektrischer Strom, als ob Ant die Finger in eine Steckdose hielte.

Da sich die Schmerzen in seinen Händen durch diese pulsierenden Energiestöße ins Unerträgliche verstärkten, vermochte er die zusammengefügten Becher nicht mehr festzuhalten und ließ los.
Der Zylinder fiel aber nicht zu Boden, er schwebte vor seinem Gesicht, fing an immer heller in diesem Rubinrot zu leuchten.
Ants Intuition drängte ihn, sich einige Schritte zu entfernen, instinktiv versuchte er, einen Sicherheitsabstand einzunehmen, sein Körper gehorchte aber nicht, ließ sich nicht bewegen.
Kreisförmig rasten donnernd und grell Energiewellen auf den Zylinder zu, wie Dünungen, die man beim Betrachten eines Videos über einen Stein sieht, der in ein friedliches Gewässer geworfen wird, aber den Film dabei rückwärts laufen lässt. Das gesamte Haus hob und senkte sich mit lautem Rumsen, als ob ein Erdbebenstoß sich direkt durch die Erdkruste, unterhalb des Gebäudes, seinen Weg brach.
Diese Welle schleuderte Ant durch den Kellerraum. Er blieb benommen vor der Treppe liegen. Die Kellerfenster barsten nach innen, wie von einem Vakuum angezogen, und im Moment, als die Glassplitter durch den Raum flogen, blieb die Zeit stehen.
Von draußen drangen keinerlei Geräusche mehr in den Keller. Absolut nichts gelangte in den Raum. Der Zylinder stand wie festgeschweißt weiterhin da, wo er ihn vorher losgelassen hatte, leuchtete jetzt aber nicht mehr, er schimmerte nur noch fahl in diesem Rubinrot.
Ant richtete sich verängstigt auf, die Glassplitter hatten mitten im Flug angehalten, seine Armbanduhr stand still, er verspürte keinen Luftzug mehr.
Vorsichtig schlich er auf einen der schwebenden Glassplitter zu, und versuchte ihn zu bewegen.
Ant war gleichwohl nicht in der Lage, die Position des Splitters nur um einen Millimeter zu verändern. Das zerbrochene Glas klebte förmlich in der Luft, wie mit Atomkleber fixiert, fest in der Zeit verankert. Er versuchte es mit Kraft, ritzte sich währenddessen aber nur an den scharfen Glaskanten. Dabei zog er sich einen winzigen Schnitt in seinem Finger zu.
Als er ihn in den Mund steckte, um die Blutstropfen wegzulutschen, nahm er aus den Augenwinkeln eine Bewegung in der dunklen Kellerecke wahr.

Eine lange, dürre Gestalt trat aus dem Schatten. Ant hätte sich vor Schreck fast den Finger abgebissen.
Der Kerl, leichenblass, mit komplett schwarzen Augen, trug einen dunklen, langen Mantel, der eine Tiefe zu haben schien, wie ein Ausblick in die Unendlichkeit, in einen bodenlosen Abgrund.
Wenn sich der Mantel bewegte, schien er in seiner Dunkelheit alle Regenbogenfarben widerzuspiegeln, als sammelte er das Licht zunächst auf, um es dann zu brechen und alle aufgespaltenen Farben zu verschlucken. Der große Schlapphut auf seinem Kopf, hatte die gleiche Beschaffenheit. Ant geriet in Schockstarre, stand da wie angewurzelt, als sich diese Gestalt, schlangengleich und zügig in seine Richtung bewegte, sich vor ihm aufbaute, und in gemächlichem, aber bedrohlichem Ton, anfing zu sprechen:
„Hallo, Josef Gaius Antonin ..., warum bist du so nervös? Ach ja ..., du hast nicht mit mir gerechnet ..., das solltest du aber ... du hast mich doch schließlich gerufen."
Er fixierte den erstarrten Ant mit den schwarzen Augen, seine Bewegungen erinnerten an eine riesige Giftschlange:
„S.. Sie gerufen, wieso, was ..., wer sind Sie?"
„Ich bin, wer ich bin ..., ich habe viele Namen, ihr haarlosen Affen seid so phantasievoll, wenn es um meinen Namen geht ..., wie willst du mich nennen, Josef?"
„I.. ich weiß nicht, sind sie der Teufel ..., Satan?"
„Was soll das, Josef? Ich habe dich nicht danach gefragt, wie mich andere Idioten nennen, ich habe dich gefragt, wie du mich nennen willst. Ich wiederhole mich nicht gern, dass beleidigt meine und deine, wenn überhaupt vorhandene, Intelligenz! Aber halt, dass haben wir gleich."
Er legte die weiße, eiskalte Hand auf Ants Stirn, und drang mit seinem Geist in Ants Bewusstsein ein.
Für Ant fühlte sich das an, wie eine Schlange, die sich langsam durch seine Gehirnwindungen schlängelt.
„Nein, so haben sie mich auch schon genannt."
Der Eindringling fuhr fort, und mit jeder Sekunde, die er sich in Ants Kopf aufhielt, quälte es ihn mehr.

Er grübelte über nichts anderes mehr, als eine Schlange, eine Giftschlange, die langsam sein Gehirn vergiftete ..., er dachte an tödliches Gift ..., er heißt Poison, Mr. Poison.
Die Gestalt nahm seine Hand von Ants Stirn:
„Ahhh ..., es funktioniert doch ..., mit ein bisschen gutem Willen ..., also gut, so soll es sein, mein Name ist Poison ..., Mister Poison für dich."
Er grinste teuflisch, dabei kamen seine gelblichen, spitzen Zähne zum Vorschein.
Ant schauderte, als er in dieses raubtierhafte Antlitz sah:
„W.. was wollen Sie von mir Poison? Was ist das für ein Zylinder dort drüben? Wieso können wir uns bewegen, alles andere um uns herum ist aber erstarrt, wie eingefroren?"
„Mister Poison, so viel Respekt muß sein! Du hast mich doch gerufen, du hast doch die beiden Zylinderhälften zusammengefügt ..., ach sooo ..., du weißt also gar nichts, du hantierst mit unbekannten Gegenständen herum, und weißt gar nichts ..., na gut ..., ich erzähle es dir, wir haben ja Zeit, jede Menge Zeit, wie du bereits bemerkt haben dürftest.
Ich habe einige Zylinderhälften verteilt, Transportbehälter, für gekühltes Frachtgut, mehr musst du darüber nicht wissen. Ich habe sie vielerorts verteilt, überall wo ich es für erfolgversprechend hielt, also auch hier, über den ganzen Planeten.
Auf den Behältern steht geschrieben, dass es sich um mein Eigentum handelt, und dass man mich herbeirufen könne, wenn man zwei Hälften zusammenfügt. Diese Handlung setzt einen gewissen Verstand voraus, und Intelligenz interessiert mich nun mal. Aber wenn ich dich ansehe, Josef, denke ich, dass du kleiner Primat nicht einmal in der Lage warst, diese Aufschrift zu entziffern.
Früher gab es bereits viele, schlauere Köpfe als dich, die genau wussten, was sie taten. Sie haben die Schriftzeichen dechiffriert, sich auf die lange Suche nach einem Gegenstück gemacht und sie zusammengefügt, weil sie wussten, dass sie eine Belohnung, ein Finderlohn erwartete. Bei dir scheint das alles eher Zufall zu sein, habe ich Recht, Josef?
Viele hielten mich für so etwas wie einen Dschinn, sie wünschten sich irgendeinen Scheiß, wie Reichtum, Besitz, Frauen.

Jeder Mensch kommt mit einer großen Sehnsucht nach Herrschaft, Reichtum und Vergnügen, sowie einem starken Hang zum Nichtstun auf die Welt, das verstehe ich.
Ich will aber, dass ihr euch entwickelt, nicht dass ihr euch zurücklehnt. Die Menschheit ist der Abschaum aller Lebewesen, eine Herausforderung für mich, ihr treibt unaufhaltsam den Fluss der Zeit hinunter. Was nützt es euch denn dann, wenn ihr eine der oberen hohlen Luftblasen in diesem Abschaum seid? Diejenigen, die solche Wünsche äußerten, habe ich sofort vernichtet."
Er streichelte Ant mit seiner spillerigen kalten Hand über die Wange, und grinste ihn wieder an:
„Oh ..., jetzt habe ich dir doch glatt einen Vorteil verschafft, ich Plappermaul ..., nun gut, dann ist es eben so. Ich hoffe, ich langweile dich nicht. Das Geheimnis der Langeweile liegt darin, alles zu erzählen, was man weiß. Also ..., einige Wenige hatten andere Ansprüche, bessere Wünsche, sie wollten sich weiterentwickeln, die Welt verändern, genau das ist meine Intension, ich will euch Hominiden weiterhelfen.
Ihr sollt euch die Erde nicht untertan machen, ihr sollt lernen, die Zusammenhänge im sogenannten Universum zu erkennen, das finde ich spannend, das will ich unterstützen.
Denkst du, das ist schlecht, möchtest du nicht auch gern einer dieser Weltveränderer werden? ... Ihr macht es euch zu einfach, die meisten von euch Primaten denken, um Spuren auf der Welt zu hinterlassen, müssen sie nur in einen Haufen Hundescheiße treten, aber nein, ich will mehr von euch, ich will ..., genug davon.
Ich muss dir nicht erzählen, wen ich über die letzten Jahrtausende protegiert habe, du kannst dir vorstellen, welche Leutchen ich meine. ... Das ist Vergangenheit. ...
Also nun zu dir, Josef, wie kann ich dir helfen, was möchtest du gern verändern?"
Ant hatte Panik, sein Kopf fühlte sich leer an, er überlegte krampfhaft, welcher geistreiche Wunsch in davor bewahrte, der Vernichtung anheimzufallen. Nach einer Weile legte er zaghaft los zu formulieren, was ihm durch den Kopf ging:
„W ... was, i ... ich mir schon immer ..., ich wollte schon immer mit einem Raumschiff das All erforschen."

Poison wurde hellhörig, sah ihn weiter fragend an.
Ant fuhr fort:
„Ja, das wollte ich schon immer, aber das wird wahrscheinlich nicht möglich sein, es wird sicher noch hunderte von Jahren dauern, bis die Menschheit soweit ist."
Poison grinste ihn dämonisch an:
„Ja ..., da könntest du Recht behalten ..., aber wo liegt das Problem?"
„W.. wie, wo liegt das Problem. Soll das heißen ich ..., ist es möglich, dass ich so alt werde, so alt, das alles noch mitzuerleben?"
Poison schob die Finger beider Hände ineinander, als ob er betete, beugte sich nach vorn, und nahm eine lauernde Haltung ein:
„Natürlich. Wie alt möchtest du denn werden, Josef? Noah, zum Beispiel, wurde 600 Jahre alt, und von Methusalem will ich gar nicht erst anfangen. Eine unbegrenzte Anzahl von Lebensjahren kann ich dir jedoch nicht gewähren, das liegt nicht in meiner Macht, aber was denkst du ..., wie viele Jahre brauchst du um Captain Kirk zu werden?"
Ant stand baff, mit offenstehendem Mund vor dem nach wie vor bedrohlich wirkenden Poison:
„Gibt es denn da draußen im All etwas zu entdecken, für einen Kapitän?"
„Ach Josef, willst du mir jetzt Löcher in den Bauch fragen? Das wirst du schon selbst herausfinden müssen.
Nur soviel will ich dir sagen, in diesem kleinen Biotop, in dem ihr Menschen existiert, das ihr fälschlicher Weise Universum nennt, gibt es Milliarden von Planeten, die ihre Sterne in einer habitablen Zone umkreisen. Viele Millionen davon haben Leben entwickelt, auch intelligentes Leben. Du wirst doch nicht glauben, dass ihr Menschen, eine virale Planetenerkrankung wie ihr ..., so verhaltet ihr euch nämlich ..., dass ihr die Krone der Schöpfung seid? Genug davon, also ... wie viele Jahre?"
„1.000 Jahre, das reicht mir aus, 1.000 Jahre, ist das möglich, steht das in deiner Macht?
Aber ich möchte weder meine Seele dafür verkaufen, noch 900 Jahre davon eingefroren, aber lebend, im All schweben oder irgendwo verschüttet sein ..., äh ich meine ... bitte, Mr. Poison."
Poison lachte erschreckend laut auf:

„Für wen oder was hältst du mich? Seele, was will ich mit einer Seele anfangen?

Und welchen Sinn sollte es haben, deine kostbare Lebenszeit zu verplempern, indem ich dir schade? Ich bin nicht dein Feind, Josef, dein größter Feind ist dein eigenes Ich.

Es versteckt sich in dir und sagt dir, was du zu tun hast, wer dein Feind ist. Aber äußere Feinde gibt es nicht. Sie sind nur die Erfindung dieses Ichs. Feinde gibt es also nur in deiner Phantasie, und genauso steht es um alle anderen Menschen, nur deshalb gibt es Feinde und Gewalt. Dein Ich, diese Stimme in deinem Kopf ist der Teufel, glaube mir.

Ich will dir nicht schaden, wirklich nicht, ich kann dich aber auch nicht 1.000 Jahre lang mit deinem beschränkten Spatzengehirn durch die Zeit trödeln lassen, das bringt die Menschheit nicht voran. Ich sage dir etwas, du kannst 999 Jahre haben. Allein die Zahl gefällt mir schon viel besser. Abzüglich der verplemperten 17 Jahre, die du bereits hinter dir hast.

Für diese Abzüge werde ich im Gegenzug, einen bisher verschlossenen Teil deines Gehirns freischalten.

Du weißt das nicht, aber dein Verstand läuft zur Zeit nur auf jämmerlichen 14%.

Ich entferne ein paar Begrenzungsstufen, pimpe sozusagen dein Gehirn ..., sagen wir mal ..., auf 60%, mehr könntest du eh nicht verkraften. Eine allumfassende Kommunikationsfähigkeit ist dabei inklusive. Na, wie ist das?

Du könntest jedes kommunikative Lebewesen verstehen, und du solltest dann klug genug sein, die menschliche Neandertaler-Weltraumforschung auf Vordermann zu bringen, klug genug, dir die Erfüllung deines Wunsches selbst zu erarbeiten. Ich habe nur die Bedingung, dass du dir Mühe gibst, dran bleibst an der Verwirklichung und noch Eines ..., ich möchte nicht, dass du dich reproduzierst. Du hast interessant veränderte Gene, die sollten einmalig bleiben.

Ich werde dir deine Eier nicht abschneiden, keine Angst. Die Verantwortung, meine Forderung einzuhalten, überlasse ich dir selbst. Aber ich warne dich, einen kleinen Ant werde ich nicht zulassen!"

Ant zögerte nicht mehr so lange wie vorher, er hatte sowieso nicht vor, jemals Kinder zu haben, Milchzahnterroristen. Seine Augen glänzten regelrecht, als er antwortete:
„Deal!"
„Guter Junge."
„Kann ich Jemandem davon erzählen, ich weiß nicht ob ich …, was ist, wenn ich einmal versehentlich etwas davon erwähne, was passiert dann?"
„Du kannst alles erzählen, was du willst, aber du mußt dir darüber im Klaren sein, dass dir niemand glauben wird.
Diese haarlosen Affen werden dich höchstens wegsperren, in die Klapsmühle, verstehst du, das wäre doch höchst unproduktiv, wenn du deine kostbare Lebenszeit im Irrenhaus verbringen müsstest, dass wollen wir doch beide nicht, oder? Aber jetzt frisch ans Werk."
Poison lachte dämonisch, nahm den schwebenden Zylinder an sich, und schob den linken Ärmel seines Mantels hoch.
Ant erkannte dabei deutlich Poisons knochige, weiße Hände. Um seinen ebenso ausgezehrten Unterarm trug er einen saphirblauen Armreif, auf welchem ebenfalls diese roten Symbole leuchteten.
Er berührte einige Schriftzeichen mit dem Zeigefinger der rechten Hand, und der Zylinder, der jetzt seine Farbe auf blau wechselte, fing an den Kellerraum taghell, in diesem kalten Blau, zu erleuchten.
Ant hielt, geblendet vom Licht, schützend seine Hände vor die Augen.
Die vorher schwebenden Glassplitter setzten ihre Bewegung fort, und fielen klirrend auf den Betonfußboden. Ants Armbanduhr fing wieder an zu ticken.
Wie Kondensstreifen hinter einem Jet schlängelten sich zwei grünlich leuchtende Rauchschwaden, die Kellertreppe hinab, in Richtung Ant.
Zusätzlich drangen durch die geborstenen Kellerfenster immer mehr dieser Gebilde in den Raum, umzingelten und umschmeichelten Ant, wie Geister, um plötzlich in seine Brust zu penetrieren.
Ant fühlte sich, als grillte ihm jemand die Organe, Energie überflutete ihn, immer zahlreicher drangen diese Gebilde in ihn ein. Er spürte, wie er anfing zu wachsen, die Muskeln, Knochen, dehnten und blähten sich, seine zu klein werdende Kleidung platzte auf, er spürte Wachstumsschmerzen, zuviel Energie.

Ant schrie vor Schmerzen ..., dann war es plötzlich vorbei. Letzte Energiefunken flackerten auf seiner Brust, und der Körper absorbierte sie.
Um 10 Zentimeter gewachsen, stellte Ant jetzt eher einen Ant-Eater, einen Ameisenbären dar.
Als er an sich herabblickte, fand er Muskeln vor, die er gegenwärtig, wegen der zerfetzten Kleidung, deutlich zu erkennen vermochte. Echt ausgeprägte Muskeln, und die empfindlichen Zonen, südlich seines Äquators, waren ebenfalls mitgewachsen. Er fühlte sich taff, enorm leistungsstark und aufgedreht.
Vermutlich eine Nebenwirkung, der vielen Lebensenergie, die er abbekommen hatte, die er dringend brauchte, um die nächsten knapp 982 Jahre zu überstehen. Zumindest eines wusste er jetzt, sein Todestag stand fest, festgeschrieben auf den 1. August 2.983, was ihm aber keine Angst bereitete.
Über die Verluste, die während dieser langen Zeit gewiss zu verbuchen waren, Freunde und Verwandte, die seine Welt verließen, hatte er bisher noch nicht nachgedacht.
Vollgepumpt mit Adrenalin, leuchtete ihm die pure Lebensenergie aus den Augen. Mr. Poison und sein Behälter hatten sich in Luft aufgelöst, verschwanden unbemerkt. Ant war gespannt, ob dieser Gruselheini Wort hielt.
Als er dabei war, die Kellertreppe hochzulaufen, begann es in seinem Kopf zu stechen, zu verarbeitende Daten überfluteten das Gehirn, er griff sich mit beiden Händen an den Kopf und krümmte sich vor Pein, Blut lief ihm aus der Nase ..., plötzlich erschien ihm das volle Programm klar wie Kloßbrühe.
Sämtliche Fakten, die er je im Schulunterricht gehört und gesehen hatte, klärten sich jetzt auf, standen zur Einsicht bereit, er verstand es, alles was er an Mathematik und Physik zuvor nie kapiert hatte, die beiden Fremdsprachen, die er belegt hatte, jede Vokabel und mehr, standen ihm abrufbar zur Verfügung.
Jedes Bild, das er jemals zuvor bewusst oder unbewusst betrachtet hatte, Bücherseiten, ja sogar seine eigene Kaiserschnittgeburt, an alles erinnerte er sich.
Der Kopfschmerz ließ so schnell nach, wie er auftauchte.

Völlig überdreht von dem Hochgefühl, das ihn überkam, rannte er nach oben um sein Glück in die Welt hinauszuschreien, den Eltern alles zu erzählen, selbst wenn sie ihn für verrückt erklärten und wenn er völlig derangiert aussah.

Er wunderte sich noch, weshalb seine Eltern keinen Aufstand anzettelten, sie mussten doch bemerkt haben, dass das Haus gebebt hatte, und diverse Scheiben barsten. Er lief nach oben, direkt zum Wohnzimmer, der Fernseher lief, und die beiden saßen davor. Schon im Flur hörte er, dass eine Sondersendung lief, die über ein Erdbeben, mit Epizentrum in Port Ryan, berichtete.

Als er jubelnd in das Zimmer sprang, reagierten sie nicht. Langsam kam er näher und als er bei ihnen ankam, blieb ihm sein Jubel im Hals stecken. Der blanke Horror überkam ihn, als ihn eiskalte Schauer der Vorahnung streiften. Er beugte sich behutsam über seine Eltern und sah fassungslos, was von ihnen übrig geblieben war.

Sie saßen da, mit offenen Mündern, wie ausgesaugt, völlig ausgetrocknet, mumifiziert, kurz davor, zu Staub zu zerfallen ..., die liebevolle Mutter, Maureen, der ignorante Vater, Joachim, beide tot.

Ant taumelte weinend zu seiner Mom, um sie zu umarmen, doch ihr Kopf löste sich von ihren Schultern, krachte auf den Holzboden und rollte über den Fußboden. Dann brach Ant zusammen, der Schock, die emotionale Belastung, zuviel für ihn, alles wurde schwarz um ihn herum. ...

Kapitel 9. Nach-Tod-Erlebnisse.

1. Krankenhaus

„Josef!" Er hörte die Stimme seiner Mutter rufen, sie klang etwas aufgeregt, vermutlich hatte er verschlafen.
„Josef!"
„Laß mich noch schlafen, Mom, ich bin noch müde, bitte, einen Tag mehr oder weniger in der Schule, bitte ..."
„Josef Antonin! Wachen sie auf, Josef!"
Er spürte, wie jemand an ihm rüttelte, die Stimme wandelte sich in eine ihm völlig unbekannte Tonart, und irgendwer hielt ihm eine chemische Substanz unter die Nase. Seine Nase wollte flüchten, dem unerträglichen Geruch entwischen, schlagartig wachte er auf. Verwirrt schaute er sich um, wusste nicht, wo er war. Eine Frau mit Gummihandschuhen, Mundschutz, in einem weißen Kittel, hatte ihm Riechsalz unter die Nase gehalten, und entfernte jetzt das Fläschchen aus seinem Gesichtsbereich:
„Josef, sind sie zurück?"
Die Frau, offensichtlich eine Ärztin, hatte bemerkt, dass Ant etwas panisch reagierte, und drückte seine Schulter zurück auf die Matratze, um ihn am Aufstehen zu hindern:
„Ja, ist ja gut, immer ruhig mit den Pferden. Ruhen sie sich noch ein bisschen aus, Josef. Sie liegen in der Notaufnahme des Medical Centers, im Isolierraum. Mein Name ist Dr. Spooner. Sie wurden bewusstlos, und mit zerfetzter Kleidung, zuhause aufgefunden. Ich konnte keinerlei Verletzungen an ihnen feststellen. Können sie mir sagen, was passiert ist?"
Ant fühlte sich nach wie vor groggy. Das Licht über seinem Krankenbett blendete ihn. Er hielt sich beide Handflächen vor die Augen und die Stirn, als ob er vorhätte sein Gesicht zu verstecken.
Erwartungsvolle Stille, Dunkelheit, wie ein Blitzeinschlag durchfuhr es seinen Verstand ..., Mr. Poison ..., Mom, Mom?!
„Mom, was ist mit meiner Mutter?!"
Die Tränen kullerten in Bächen aus seinen Augenwinkeln:

„Ich weiß nicht, was geschehen ist, ich wollte zu meiner Mom ..., ihr Kopf fiel herunter ... und, verdammt ..., Scheiße, was ist passiert? Ich will zu meiner Mom!"
Ant versuchte, sich dem Griff von Dr. Spooner zu entwinden, sich aufzurichten, als er einen kleinen Stich in seiner Schulter verspürte. Er versuchte aufzustehen, wegzurennen, aber er wurde schwach, hilflos und müde. Das verabreichte Beruhigungsmittel verfehlte nicht seine Wirkung und er schlief wieder ein.
„Sie können ihn nicht ewig betäuben, Dr. Spooner, irgendwann wird Mr. Antonin einige Fragen beantworten müssen", meckerte Detective Stone. Er stand draußen vor der verglasten Eingangstür des Isolierraumes und hatte über die Sprechanlage gesprochen. Dr. Spooner verließ den Raum und trat dem Detective gegenüber:
„Sie standen doch gerade vor der Tür, oder? Sie haben doch gesehen, dass er eben eine Panikattacke bekam. Es blieb mir nichts anderes übrig, als ihn zu sedieren. Alles was er jetzt braucht, ist Ruhe. Er hat ein schweres Trauma erlebt, das muss er jetzt erst einmal verarbeiten. Außerdem wissen wir noch nicht, ob er eine ansteckende Krankheit hat. Es sind noch einige Untersuchungen nötig, die ich erst durchführen muss".
„Ich brauche aber Antworten. Oder können sie mir erklären, weshalb dieser Kerl, als einziger Überlebender völlig unverletzt blieb, während sich, in einem Umkreis von einer viertel Meile, ein Berg von mumifizierten Leichen um ihn herum stapelte. Er wollte vermutlich auch einmal im Mittelpunkt stehen, oder? Also, jetzt schnallen sie ihn fest, und wenn er später wieder aufwacht, dann kann er ruhig etwas Panik haben."
„Das ist alles, was die Polizei kann. Wenn euch etwas nicht in den Kram paßt, dann wird es eingesperrt oder festgeschnallt, auf jeden Fall läuft es niemals ohne Gewalt ab, macht ihnen das Spaß, Detective Stone?"
„Ach, hören sie doch auf zu labern, Dr. Spooner. Ihr Job ist es, den Patienten zu stabilisieren. Damit ist ihre Arbeit erledigt. Offensichtlich ist er nicht verletzt, und sollte er ein sogenanntes Trauma oder Panikattacken oder Gehirnlähmungen haben, dann überlassen sie ihn doch ab jetzt den Gehirnklempnern. Für mich ist er jedenfalls zunächst einmal ein Verdächtiger.

Schließlich sprechen wir hier über ein Vorkommnis mit 32 Leichen, dass ich aufzuklären habe. Also fixieren sie ihn am Bett, und lassen sie mich meine Arbeit machen!"
Ohne Detective Stone eines weiteren Blickes zu würdigen, kehrte Dr. Spooner auf dem Absatz um und verschwand in Richtung Schwesternzimmer. Auf dem Weg dorthin traf sie eine der Krankenschwestern, widerwillig und wütend gab sie die Anweisung: „Schwester Formosa, fixieren sie bitte den Jungen im Isolierraum. Der große Massa Polizeidirektor hat die Anordnung gegeben!" Dann verschwand Dr. Spooner, um sich um andere Notfälle zu kümmern. ...

2. Die Polizei

Detective Sam Stone blieb eine Weile vor dem Isolierraum stehen, um sicher zu stellen, dass der schlafende Ant auch wirklich mit Gurten an das Krankenbett gefesselt wurde. Als Schwester Formosa die Anordnung ordnungsgemäß ausführte, verschwand er.
Nachdenklich und weltvergessen schlich er durch die langen Flure des Krankenhauses. Als er draußen angelangte, und in seinen Dienstwagen stieg, erinnerte er sich schon nicht mehr, wie er das Auto erreicht hatte. Sein Verstand hatte ihn derart abgelenkt, als er versuchte, wie mit Mühlensteinen, den mysteriösen Mumien-Fall aufzudröseln, dass er den Weg vom Krankenbett zum Wagen, wie in Trance, geleitet durch sein Unterbewusstsein, zurückgelegt hatte. Als er diesen Umstand letztlich bemerkte, schüttelte er nur lächelnd den Kopf und drehte den Zündschlüssel.
Es schien etwas dran zu sein, an diesem Forschungsbericht, den er erst gestern gesehen hatte. Danach treffen Menschen in nur 10% aller Fälle, ihre Entscheidungen bewusst. Die anderen 90% hat das Unterbewusstsein schon entschieden, bevor sie glauben, darüber nachgedacht zu haben. Sie laufen herum wie Roboter, geleitet von einem automatischen Navigationssystem, da ihr Verstand nicht in der Lage ist, größere Datenmengen zu verarbeiten.
Vielleicht hatten die Spitzbuben, gegen die er ermittelte, ihre Verbrechen ebenfalls in geistiger Umnachtung, im automatischen Zustand, unbewusst begangen, dachte er.
Er ließ diese Gedanken los, wie er sie aufgegriffen hatte, und konzentrierte sich auf die Fahrt zum Revier. Dachte er zumindest, denn diese Tour lief genauso unbewusst ab, wie fast unser gesamtes Leben.
Er parkte im Hinterhof des Komplexes und betrat die Polizeiwache über die Hintertür, so ersparte er sich die tumultartigen Szenen am Empfang des Reviers.
Sam Stone galt als gewiefter, erfahrener Detektiv, etwas übergewichtig und untrainiert, wie ein dicker, betagter Fuchs, was sich aber für sein Alter und die langen Dienstzeiten, die er zu schieben hatte, im normalen Rahmen bewegte.

Es blieb eben keine Zeit mehr für Sport, nach einer 18 Stunden-Schicht. Er ließ die Treppen links liegen, und nahm den Aufzug, hoch zu seinem Arbeitsplatz, im 2. Stockwerk. Dort schlenderte er durch die Tür mit der Aufschrift „Mordkommission", strebte widerwillig durch das Großbüro, in Richtung der Aktenberge auf dem Schreibtisch.

Mit der Schreibarbeit hatte er es nicht so, was aber dank seiner Aufklärungsrate, von den Vorgesetzten toleriert wurde. Noch bevor er den Schreibtisch erreichte, trat Lieutenant Bell vor die verglaste Tür seines Einzelbüros, und winkte Detektive Stone wortlos zu sich ins Dienstzimmer:

„Also, Stone, was gibt es Neues im Mumien-Fall? Dieser Fall brennt mir unter den Nägeln. Mein Telefon steht nicht mehr still, alle wollen Berichte und Ergebnisse von mir. Sagen sie mir etwas, irgendetwas, was ich den Hyänen zum Fraß vorwerfen kann."

Sam Stone griff sich mit der Hand an den Hinterkopf, streichelte damit über seine Glatze und wand sich dabei ein wenig, fast wie ein Wurm:

„Tut mir leid, Lieutenant, es gibt noch nichts Konkretes. Der einzige Überlebende, ob Zeuge oder Verdächtiger sei dahingestellt, konnte noch nicht befragt werden. Er wurde von der Ärztin betäubt. Ansonsten kann ich nur sagen, dass keinerlei Spuren gefunden werden konnten. Die Spurensicherung durchsuchte das komplette Antonin-Haus. Natürlich unter erschwerten Umständen, sie mussten die ganze Zeit Schutzanzüge und Atemschutzmasken tragen. Bisher konnten sie nichts finden. Nur an einem Glassplitter im Keller des Antonin-Hauses, haben sie Blutspuren des Sohnes ... vom Betäubten, sie wissen schon ..., gefunden.

Der Glassplitter lag im Keller, ein entsprechender Schnitt konnte an seinem Zeigefinger festgestellt werden.

Die Eltern haben wir aber nicht im Keller, sondern im Erdgeschoß gefunden.

Die toten Nachbarn haben wir überall in ihren Häusern und Wohnungen verteilt gefunden, als ob es sie alle, völlig unvermittelt, bei ihren alltäglichen Freizeittätigkeiten erwischt hätte. Männer, Frauen, Kinder, verschiedener Rassen und Religionen, in jedem Alter, hat es getroffen. Es gibt also kein Muster.

Todesursache ist überall eine völlige Dehydrierung der Körper. Wie so etwas erreicht werden kann, eine Tatwaffe, ein Motiv, ist bisher völlig unbekannt. Wir konnten keinerlei Spuren an den Leichen feststellen. Ein Gas oder andere ungewöhnliche Substanzen waren nicht vorhanden.
Die Gegend ist vom Katastrophenschutz abgesperrt worden. Es soll zunächst ausgeschlossen werden, dass es sich um eine Krankheit handelt. Die sind aber noch nicht soweit, diese Ergebnisse bekomme ich erst noch. Ich glaube aber nicht, dass es irgendein Erreger sein kann. Sobald ich grünes Licht von dort erhalte, sehe ich mir das Haus selbst nochmal an.
Aber wie gesagt, meiner Meinung nach handelt es sich nicht um eine Krankheit.
Weshalb hätte ein solcher Erreger plötzlich stoppen sollen, an dieser ominösen Viertel-Meilen-Grenze, rundherum um das Antonin Haus? Nein, hier ist vieles unklar, alles hängt an der Aussage dieses einen Zeugen, des Antonin Jungen."
Lieutenant Bell schien unzufrieden zu sein, wie immer:
„Na das ist ja schon einmal eine Menge. Wir wissen also bisher, dass wir nichts wissen. Nicht gut. Gar nicht gut. Ich bin auch der Meinung, sie sollten sich diesen Zeugen vornehmen. Bleiben sie dran Stone, die machen uns sonst die Hölle heiß. Vermutlich scharrt schon das FBI mit den Hufen. Und schreiben sie endlich ihre Berichte."
„Natürlich Boss, ich werde sofort vom Krankenhaus verständigt, sobald der Junge aufwacht. Ich habe ihn am Bett fixieren lassen, der läuft mir schon nicht weg. Diesen Fall lasse ich mir nicht vom FBI wegnehmen, das kommt nicht in Frage."
Das Telefon klingelte und Lieutenant Bell schüttelte genervt den Kopf:
„Das wär`s Stone, bleiben sie dran, schließen sie die Tür, wenn sie draußen sind."
Detective Stone verließ das Büro des Lieutenants und schloss hinter sich, wie geheißen, die Tür. Er murmelte dabei missmutig leise vor sich hin, als er wieder die Aktenstapel auf seinem Schreibtisch erblickte:
„Als wenn ich nicht schon genug anderen Scheiß zu erledigen hätte".
Dann saß er sich zu seinem Aktenberg, fuhr den Computer hoch und fing an, wenigstens einen Teil des Schreibkrams zu erledigen. ...

3. Isolierraum

Ant hatte Alpträume. Seine Augen zuckten unter den Lidern wild umher, er wand sich im Bett hin und her, als er sah, wie Mr. Poison, geisteskrank lachend, die knochige weiße Hand in die Brust seiner Mutter stieß. Das Blut spritzte eimerweise aus ihrem Torso, als Poison ihr das Herz aus dem Leib riss, es ableckte und es dabei zu Staub zerfiel, genauso wie seine leblose Mutter, deren Kopf von ihren Schultern rollte, ihr mumifizierter Kopf, der dann die Augen aufmachte und in der Stimme seiner Mom hauchte:
„Wach auf Josef, wach jetzt auf."
Ant öffnete verwirrt und geschockt die Augen, versuchte sofort, vom Bett hochzuspringen, schaffte es aber nicht, er war gefesselt, am Bett fixiert.
Als erste, natürliche Reaktion, rüttelte er an den Fesseln, probierte, sich zu befreien, was aber nicht gelang.
Der Lärm, den er hierbei verursachte, und die lauten Flüche, die er dabei ausstieß, erregten die Aufmerksamkeit von Dr. Spooner, die sich im Flur mit einem Patienten unterhielt. Sie eilte zum Bett und stellte sich neben Ant.
Um ihn zu bändigen, drückte sie wieder mit der flachen Hand seine Schulter herunter:
„Josef, beruhigen sie sich. Sie sind am Bett fixiert, sie werden es nicht fertigbringen sich loszureißen, also können sie sich ebenso gut beruhigen und mir zuhören. Es tut mir leid, was geschehen ist, glauben sie mir. Es tut mir auch leid, dass sie hier festgebunden sind. Das ist aber nicht auf meinem Mist gewachsen, das hat die Polizei angeordnet."
Ant hörte auf sich zu wehren, und sich wie ein Irrer, verschnürt in einer Zwangsjacke, in einer Gummizelle, aufzuführen:
„Wer sind sie überhaupt?"
„Dr. Spooner, mein Name ist Dr. Spooner."
„Ok, Dr. Spooner, ich habe nichts verbrochen, ich weiß auch gar nicht, was die Polizei von mir will, wie ich hierher komme. Bitte machen sie mich los, ich muß unbedingt auf die Toilette."
„Es tut mir wirklich Leid, Josef, das liegt nicht in meiner Macht.

Ich muss den Detective benachrichtigen, erst wenn er hier ist, und die Fixierungs-Anordnung zurücknimmt, dann kann ich sie befreien. Wir haben jetzt nur zwei Optionen, entweder sie lassen es einfach laufen, oder ich helfe ihnen dabei in die Bettpfanne zu pinkeln."
„Während ich festgebunden bin? Wirklich, Dr. Spooner?"
Sie streifte die Gummihandschuhe über, holte die Bettpfanne hervor, und breitete fragend ihre Hände aus.
Es war Ant anzusehen, wie ihm seine Lage zusetzte:
„Na gut, ich kann mich nicht selbst bepissen, ich habe nie verstanden, wie sich überhaupt jemand selbst bepissen kann."
Dr. Spooner sah ihn nach wie vor fragend an:
„Also ..., was jetzt? ... Sie müssen es mir sagen."
Ant vollführte eine devote Geste, soweit das in seinem fixierten Zustand überhaupt möglich war:
„Ok, Dr. Spooner, bitte helfen sie mir beim Pinkeln, ich bitte sie unterwürfigst, halten sie meinen Schwanz, damit ich ordnungsgemäß Wasser lassen kann."
Dr. Spooner zögerte etwas, schüttelte ihren Kopf:
„Wollen sie mich verarschen? Meinen sie, mir macht das Spaß?"
Ant hatte etwas Frust abgebaut und der Schalk blitzte aus seinen Augen.
Dieses für Dr. Spooner provozierende Verhalten gestaltete den folgenden Arbeitsablauf etwas ruppiger.
Sie entfernte die Zudecke in einem Ruck, knallte die Bettpfanne neben Ants Unterleib auf das Bett:
„Drehen sie sich rüber, soweit sie können!"
Ant gelang es, seinen Körper etwas in Richtung der Bettpfanne zu drehen.
Dr. Spooner hob sein Nachthemd an, legte seinen Unterkörper völlig frei, packte mit festem Griff den Pimmel und schob ihn in die Zulauföffnung der Pfanne:
„Laufen lassen, jetzt fangen sie schon an!"
Ant hatte einen brutalen Druck auf der Blase, die peinlichen Umstände erschwerten ihm trotzdem das Loslassen.
Dr. Spooner wurde ungeduldig:

„Müssen sie nun pissen oder nicht? Hat noch nie ein Mädchen ihren Penis gehalten? Ich kann ihnen versichern, sie können mir keinen neuen Anblick bieten."
Ant ließ los, und es plätscherte munter in den Pissbehälter, sicher ein Liter oder mehr.
Dr. Spooner hatte sich etwas geärgert über Ant. Deshalb entfernte sie sich, als Ant endlich fertig war, mit der vollen Bettpfanne, um sie zu entleeren.
Als sie fast an der Zimmertür angekommen war, reagierte Ant etwas panisch:
„Dr. Spooner, Dr. Spooner, Mrs., bitte, sie können mich doch nicht so liegen lassen. Bitte bedecken sie mich wieder, bitte!"
Dr. Spooner lächelte in sich hinein. Sie drehte sich nicht einmal mehr um, als sie antwortete:
„Das nächste Mal überlegen sie sich, wen sie verarschen, Josef!"
Und Schwups, verschwand sie.
Sie stellte den Behälter mit dem Urininhalt im Schwesternzimmer ab und gab die Anweisung, den Urin auf Medikamenten- und Drogenrückstände, sowie auf krankheitsbedingte Ausscheidungen zu untersuchen.
Sollen sich die Schwestern und das Labor darum kümmern, dachte sie, als sie sich den Flur hinunter, zum Arztzimmer begab, um zu telefonieren.
Als sie Detective Stone über Ants Wachzustand informierte, hatte sie das Gefühl, als freute sich der Cop, endlich in der Lage zu sein, von seinem Schreibtisch zu flüchten. ...

4. Stones Verhör

Sam Stone machte sich auf den Weg ins Krankenhaus. Da die Presse mitgekriegt hatte, dass er der ermittelnde Beamte im Mumienfall war, hatte er wieder den Hinterausgang des Reviers genommen. So war es ihm möglich unerkannt und in Ruhe das Krankenhaus zu erreichen.
Bisher wussten die Plapperrazzi nicht, dass es einen Überlebenden gab. Ein Großauflauf einer plappernden, fotografierenden und filmenden Pavianbande, hätte ihn sonst sicher vor dem Krankenhaus überfallen.
Genauso sah er die Medien, als eine gelangweilte Affenhorde, ständig auf der Suche nach etwas zum Spielen, irgendetwas zum Verzehren oder sogar zum Töten. Es dürfte aber nicht mehr lange dauern, bis es passieren würde. Irgendeiner der klügeren Mitglieder dieser Bande fände gewiss bald heraus, dass es einen Überlebenden, einen Zeugen oder Verdächtigen gab, da war sich Stone sicher.
Als er den Isolierraum erreichte, erwartete Dr. Spooner ihn schon. Sie konnte Detective Stone noch immer nicht ausstehen, was er deutlich an ihrem Tonfall vernahm:
„Na sieh mal Einer an, der große, berühmte Ermittler. Sie hatten es aber eilig."
„Ich habe sie auch lieb, Dr. Spooner. Kann ich nun mit dem Jungen sprechen?"
Dr. Spooner stutzte ein bisschen, blieb dann aber gelassen und professionell in ihrer Antwort:
„Der Junge, Josef Antonin, ist jetzt seit einiger Zeit wach, und immer noch fixiert. Wir haben unsere Untersuchungen und Tests abgeschlossen. Wir konnten absolut nichts finden, außer einer kleinen Verbrennung im Genick, sieht aus wie ein Zeichen, ein Branding, aber bunt. Fragen sie mich nicht, wie Farbe in die Haut gebrannt werden kann, ein Tattoo ist es jedenfalls nicht. Ja, und dann ist da noch dieser kleine Schnitt in seinem rechten Zeigefinger. Ansonsten liegen keinerlei Verletzungen vor."
Stone sah die Ärztin fragend an:
„Sonst noch etwas? Drogen, Alkohol, Vergiftungen oder ein Krankheitserreger, irgendetwas?"
„Nein, nichts, nur sein Gemütszustand ist als labil zu bezeichnen. Kein Wunder nach so einem Trauma."

„Ja, ja, das Trauma. Kann ich ihn nun vernehmen oder nicht?"
„Sonst hätte ich sie kaum angerufen, oder? Sie können ohne weitere Schutzmaßnahmen in den Raum, es besteht keine Gefahr. Sollten wir den jungen Mann nicht von seinen Fesseln befreien?"
„Wir werden sehen. Es kommt darauf an, wie er sich verhält und was er mir erzählt. Sie bleiben bitte draußen, Dr. Spooner."
Sie sah Stone beleidigt an.
„Diese Vernehmung interessiert mich absolut nicht, Detective. Damit meine ich aber nur den Inhalt des Gespräches. Ich werde hier vor der Tür bleiben, und wenn ich bemerken sollte, dass sie den Patienten zu sehr aufregen, werde ich eingreifen. Der Junge ist wie gesagt noch labil. Ich weiß nicht, was ihr alle von diesem Burschen wollt. Übertreiben sie es nicht, ansonsten werden sie ihn so schnell nicht wieder zu Gesicht bekommen, verstanden?"
Stone winkte nur stumm ab, und hatte vor in den Isolierraum einzutreten. Dr. Spooner hielt ihn aber an der Jacke fest, und fragte ihn nochmals ernst und nachdrücklich:
„Haben sie mich verstanden, Detective?"
Stone sah ihr direkt in die Augen, schnappte sich ihre Hand, und löste langsam ihren Griff:
„Schon gut, Dr. Spooner. Ich habe sie klar und deutlich verstanden. Ich glaube, sie haben immer noch nicht kapiert, um was es sich hier handelt.
Ich sage es ihnen deshalb nur noch einmal, zum Mitschreiben. 32 Mitbürger, unserer ruhigen Stadt, kamen gleichzeitig ums kostbare Leben. Sollten sie meine Ermittlungen in irgendeiner Weise behindern, haben sie die Konsequenzen zu tragen. Und jetzt lassen sie mich endlich meine Arbeit machen."
Als Stone das Zimmer betrat, sah er als erstes Ants unbedecktes Unterleib. Er verkniff sich ein Schmunzeln, griff die Zudecke, die zerknüllt am Fußende des Bettes lag, und deckte Ant damit zu.
„Sie sind auch ein Opfer von Dr. Spooner, oder?"
Ant sah verzweifelt aus. Man sah ihm an, wie er seinen Verstand angestrengt hatte, sich unendliche Male die gleichen sinnlosen Fragen stellte, ohne je eine Antwort gefunden zu haben:

„Vielen Dank Mister, danke dass sie mich aus dieser peinlichen Lage befreien. Aber ... weshalb sind sie hier, wenn ich fragen darf?"
Stone zeigte seine an der Gürtelschnalle angebrachte Dienstmarke:
„Ich bin Detective Sam Stone, du weißt, weshalb ich hier bin Josef, stimmt`s?"
„Ich kann es mir vorstellen. Ihnen habe ich also diese Fesseln zu verdanken."
„Das mußt du verstehen Josef."
„Keiner hier will, dass du wieder randalierst, dabei Inventar beschädigst oder die Gesundheit, von wem auch immer gefährdest. Außerdem brauche ich erst einige Antworten von dir, dann kann ich entscheiden, ob du losgemacht wirst oder nicht."
Ant hatte nach wie vor Tränen in den Augen. Die gefesselten Hände hinderten ihn daran, sich das Augenwasser abzuwischen. Sein Gesichtsausdruck verdüsterte sich:
„Das können Sie vergessen, Detective Stone. Ich kann hier noch ewig so liegen. Ich werde gefüttert, versorgt, gewaschen, und wenn ich pissen muss, hält mir eine der Damen meinen Schwanz. Was will ich mehr? Aber sie Detective, sie haben keine Zeit. Sie brauchen Antworten. Sicher haben sie bereits ihren Vorgesetzten, das FBI oder die Medien im Genick. Also ..., solange sie mich hier fixiert festhalten, werden sie kein einziges Wort aus mir heraus bekommen. Machen sie mich jetzt los, oder verschwinden sie wieder, mir egal!"
Es war Sam Stone anzusehen, wie sein Verstand ratterte. Wie war es möglich, dass dieser kleine Bastard das alles wusste? Von wegen Trauma, der hatte es faustdick hinter den Ohren. Den darf ich nicht unterschätzen, dachte er:
„Gut Josef, ich lasse dich sofort losmachen, wenn du mir versprichst, dich anständig zu benehmen. Kein Randalieren, kein Aufspringen, du bleibst schön im Bett sitzen."
„Ich verspreche es."
Stone winkte der vor der Tür lauernden Dr. Spooner. Die sah sich außerstande, sich ein Grinsen zu verkneifen, als sie von der Tür zum Bett marschierte:
„Was gibt es denn, Detective? Soll ich ihn jetzt doch von seinen Fesseln befreien? Sind sie endlich vernünftig geworden?"

Stone wirkte genervt. Ihm reichte es jetzt langsam:
„Nun schnallen sie ihn endlich los! Und dann können sie wieder brav vor der Tür Platz machen."
Logischerweise erntete er dafür einen strafenden Blick, der aber an ihm abprallte wie von einer Gummiwand.
Dr. Spooners Befreiungsaktion nahm einige Zeit in Anspruch. Nachdem sie Ant seiner Fesseln entledigt hatte, verließ sie sofort den Raum, nicht ohne ein beleidigtes, „guten Tag", zu hinterlassen.
Stone antwortete lächelnd nur mit einem:
„Wuff!"
Während Ant sich erleichtert die befreiten Handgelenke rieb, zeigte sich in seinem Gesicht ebenfalls ein Schmunzeln.
Verärgert stapfte Dr. Spooner hinaus. Sie murmelte dabei:
„Ach, macht doch, was ihr wollt", und verschwand im Ärztezimmer. Sie hatte keine Lust mehr, auf Ant aufzupassen.
Ant setzte sich, unter den raubtierhaft aufmerksamen Augen von Detective Stone, im Bett auf. Er hatte sich jetzt besser im Griff. Sein Verstand hatte die Fakten freilich akzeptiert, sein Herz war aber gebrochen. Er zwang sich, diesen Schmerz jetzt auszublenden. Besser er verschwieg alles, was Mr. Poison betraf, sonst landete er für immer im Irrenhaus:
„Also Detective, wie kann ich ihnen helfen?"
Stone holte seinen kleinen Notizblock und einen Kugelschreiber aus der Jackentasche hervor:
„Dein Name ist Josef G. Antonin, richtig?"
„Ja, richtig, das steht auch auf dem Krankenblatt da vorn."
„Wir haben dich mit zerfetzter Kleidung, ohnmächtig aber unverletzt, im Wohnzimmer deiner Eltern aufgefunden. Was meinst du, ist da passiert?"
Die grauenhaften Bilder schossen wieder durch seinen Kopf, Ant bekam feuchte Augen:
„Es tut mir leid. Ich weiß es nicht. Ich hatte mich vorher noch im Keller aufgehalten, dann gab es einen Ruck, der durch das Haus fuhr, dieses Erdbeben.

Dann rannte ich nach oben ... und fand ... meine Eltern ..., Mom ..., wie mumifiziert ..., dann fiel der Kopf meiner Mutter herunter ..., dann weiß ich nichts mehr. Ich glaube, ich bin ohnmächtig geworden."
Stone notierte sich jede Einzelheit:
„Du sagtest, du hieltest dich vorher im Keller auf. Was hast du da gemacht? Treibst du dich öfters im Kellergeschoss herum?"
„Nein, nein, ich wollte mir nur ein Werkzeug meines Vaters borgen, dann kam dieses Beben. Die Scheiben der Kellerfenster barsten, dann lief ich hoch."
„Wir haben dein Blut an einer der Scherben gefunden, und eine entsprechende Wunde am Zeigefinger. Wie kommt das?"
„Die Scherben flogen herum, und ich fiel bei dem Erdbeben hin, dabei muß ich mich geschnitten haben."
„Du hast also nicht nach dem Glassplitter gegriffen? Es sieht nämlich so aus, als hättest du diesen Splitter aufheben wollen."
„Nein, nein ..., ich muß drauf gefallen sein ..., mit dem Finger. Ich hatte doch gar keine Zeit die Scherbe aufzuheben, ich wollte doch nach oben rennen, weshalb sollte ich mich dann erst noch mit diesem popeligen Splitter abgeben? Nein, da steckt nichts weiter dahinter."
Stone fuhr fort mit seinen ominösen Notizen:
„Welches Werkzeug hast du gesucht?"
„Ein Temperatur- und Feuchtigkeits-Messgerät meines Vaters."
„Für was hast du es gebraucht?"
„Monotonie. Ich wollte verschiedene Messungen am Gebäude, an Lebensmitteln und anderem Quatsch vornehmen. Langeweile eben."
„Fadheit also, so, so? Was hast du wirklich im Keller gemacht, Josef? Hast du herumexperimentiert? Hast du irgendetwas gebastelt, und dann gab es ... eine Explosion?"
Ant zögerte etwas. Stone, gewieft und psychologisch erfahren genug, dieses Zögern als verdächtig einzustufen, hakte nach:
„Ja, Josef, eine Explosion", fuhr er fort.
„Aus Versehen, du weißt schon, Jungs in deinem Alter machen eben manchmal Blödsinn. Experimentieren herum. Mir kannst du es doch sagen, Josef. Welche Substanzen hast du verwendet?"
Ant musterte Stone, bevor er antwortete:

„Explosion? Welche Baumschule haben sie denn besucht? Hätte es im Keller eine Detonation gegeben, dann lägen die Glassplitter doch alle außerhalb des Gebäudes? Ich habe ihnen gesagt, was passiert ist. Dem habe ich nichts hinzuzufügen. Wollen sie mir etwa den Tod meiner Eltern in die Schuhe schieben?"

„Hey, nicht frech werden Bürschchen. Wenn es ein Erdbeben gab, weshalb drückte es dann alle Splitter nach innen? Von allen Seiten? Dann müssten sie doch innen und außen herumliegen, oder? Handelte es sich um eine Implosion, willst du das damit sagen? Du sprichst vom Tod deiner Eltern, Josef? Es starben noch dreißig andere Menschen in der direkten Nachbarschaft. Auf die gleiche Art und Weise. Und ich soll hier die Hintergründe aufklären. 32 Menschen, Josef! Deine Eltern im Wohnzimmer. Hank, Dorothy und Tim Jablanovsky im Nachbarhaus. Judith und Cory Grant ein Haus weiter, soll ich weitermachen? Im Umkreis von einer viertel Meile starben 32 Menschen. Nur du, Josef ..., du lagst genau in der Mitte all dieser Leichen, völlig unverletzt. Josef, wie kannst du mir das erklären?"

In Ants Gehirn fing alles an, sich im Kreis zu drehen. 32 Menschen, alle tot, alle auf die gleiche Weise. Was hatte Mister Poison verbrochen? Diese nebulösen Erscheinungen, die in ihn eindrangen, um was handelte es sich dabei? Etwa um die Lebensenergie seiner Eltern und der 30 Nachbarn? Der Preis, für das erwünschte lange Leben? Mussten alle Seelen, die Menschen in der Umgebung für **ihn** sterben, nur um seinen törichten Wunsch zu erfüllen? Er konnte es nicht fassen. All diese Energie, die ihn durchströmte, alles deren Lebensenergie, er hatte sie quasi ausgesaugt, zwar unbewusst, aber wie ein grausamer Vampir, weshalb tat ihm Poison das an?

„Nicht ..., nicht nur meine Eltern? Auch noch 30 Nachbarn? W.. Wie ist das möglich?" Er brach wieder in Tränen aus.

Stone näherte sich, und tätschelte ihm auf die Schulter:

„Ja, 32 Menschen, Josef. Lass es raus. Ich will dir nur helfen. Wenn du etwas getan hast, etwas Falsches, dann hilft dir sicher ein Geständnis, in jeder Hinsicht. Sollte ich etwas ermitteln, ohne das du mich dabei unterstützt hast, kann ich dir nicht mehr helfen.

Jetzt bin ich noch dein Freund, glaube mir. Wenn du irgendetwas zu sagen hast, laß es jetzt raus, Josef."

Ant weinte hemmungslos. Als er sich wieder etwas beruhigt hatte, reichte Stone ihm ein Taschentuch. Ant schnäuzte sich, bevor er in der Lage war, zu antworten:
„Wenn ich das wüßte ..., wenn ich nur wüßte, was passiert ist, ich würde es ihnen sagen.
Sie müssen mir glauben, Detective. Es geht schließlich um meine Eltern. Ich weiß nicht weshalb ich als Einziger verschont blieb. Ich weiß es einfach nicht."
„Schon gut, Junge, schon gut. Wenn du mir nicht helfen kannst, dann ist es eben so. Ach noch etwas, bist du einer dieser Teufelsanbeter?"
Die Frage verblüffte Ant:
„Wie kommen sie denn da drauf?"
„Wir haben eine kleine Brandwunde in deinem Genick gefunden. Sieht aus wie drei Sechsen, in Rot, Blau und Grün. Die Sechsen berühren sich mit ihren Kreisen wie olympische Ringe, kreisrund angeordnet. Was kannst du mir darüber sagen?"
Er hatte dieses Zeichen auf seinem Block aufgemalt, und zeigte es Ant.
Ant sah Stone jetzt überrascht an, und fasste sich ins Genick:
„Nichts, ich kann ihnen darüber absolut nichts sagen. Dieses Mal habe ich noch nie gesehen. Das muss passiert sein, als ich ohnmächtig war. Niemals könnte ich einer dieser Satansjünger sein, wirklich nicht. Im Gegenteil, ich kann diese Zombies absolut nicht ausstehen. Fragen sie meine Freunde. Und übrigens, weshalb sollen das drei Sechsen sein. Das könnten doch auch drei Neunen sein, oder eine Blumenblüte, wer weiß das schon so genau?"
Ant vermochte sich vorzustellen, was es darstellte. Sicher hatte ihm Poison dieses Mal eingebrannt, ihn gekennzeichnet, als sein Eigentum markiert. Oder es diente als Marker, für die weitere Überwachung seiner Aktivitäten.
Er bemerkte, dass er Stone nicht überzeugte, mit seinem unschuldigen Auftritt. Trotzdem nickte der Detective:
„Ok, könnte sein. Du hast Freunde erwähnt. Kannst du mir Namen und Adressen geben?"
„Meine Freundin, Andrea Heinz, und mein Schulfreund, Zach Bloom. Beide sind an der Jefferson High."
Stone schrieb wieder seine Notizen in den Block:
„Sind das alle? Mehr Freunde hast du nicht zu bieten?"

„Wie viele echte Kumpel haben denn sie, Detective?"
„Na gut, Josef, soweit so gut. Sollte dir noch etwas einfallen, hier ist meine Karte, du kannst mich jederzeit anrufen. Denk daran, dass ich in dieser Angelegenheit dein einziger Freund bin. Ansonsten war es das erst einmal. Du wirst noch Besuch vom Sozialarbeiter bekommen. Irgendwo wirst du unterkommen müssen. Die Stadt kannst du vorerst jedoch nicht verlassen. Alles klar?"
Stone klopfte Ant nochmals freundschaftlich auf die Schulter, und verließ den Raum. Irgendetwas stimmte mit dem Jungen nicht. Das hatte Stone im Bauchgefühl. Etwas war faul, aber nach dem bisherigen Stand der Ermittlungen, konnte er nicht sagen was. Auf jeden Fall nähme er sich Ants Freunde vor und den Tatort wollte er ebenfalls in Augenschein nehmen, so viel stand fest.
Fürs Erste reichte es ihm, die Müdigkeit fing an, ihn zu übermannen, den ganzen Tag hatte er im Mumien-Fall ermittelt, mit dem Katastrophenschutz und der Spurensicherung gesprochen, Berichte geschrieben, es war Zeit nachhause zu fahren.
Als er in seiner Wohnung ankam, fand er den Saustall genau so vor, wie er ihn verlassen hatte. Kein Mensch räumte für ihn auf, es gab Niemanden, der auf ihn wartete, wie Kinder, die er sich immer gewünscht hatte, oder eine geliebte Frau, da sie sich vor Jahren scheiden ließ. Er hatte nur für seine Arbeit gelebt, unendlich viele Überstunden geschoben, und wozu?
Er war gezwungen, alle erträumten Wünsche nach und nach ad acta zu legen. Seine vernachlässigte Frau hielt die Einsamkeit, mit ihm verheiratet zu sein, nicht mehr aus und brach mit ihm.
Er stieg zwar zum Detective auf, aber darüber hinaus hatten sie ihn nie befördert. Die Politik, selbst die im Revier, konnte man nicht als sein Ding bezeichnen. Er stürzte sich vorzugsweise akribisch auf seine Fälle, hatte überdurchschnittliche Aufklärungsquoten, genau das, was die Vorgesetzten brauchten.
Welchen Grund hätten sie, ihn wegzubefördern? Einer musste eben die Arbeit verrichten, warum dann nicht er?
Seine Wohnung, dermaßen derangiert wie sie aussah, er hätte es vermutlich nicht einmal bemerkt, wenn jemand einbräche und die Wohnung durchsuchte.

Das interessierte ihn aber nicht, völlig Schnuppe, egal. Er öffnete seinen Gin, fand kein sauberes Glas, und soff deshalb direkt aus der Flasche.
Er trank und ließ den vergangenen Tag gedanklich nochmals Revue passieren, bis er wie so oft, im Sessel einschlief.
Wiedereinmal ungewaschen und in seinen Klamotten. ...

5. Psychiatrie

Ants Verlegung aus dem Isolierraum in die psychiatrische Abteilung war beschlossene Sache. Dr. Spooner hielt ihn für akut suizidgefährdet, und hatte die Verlegung in die Wege geleitet. Einer der Psychiater sollte ihn sich zur Brust nehmen, bevor eine Entlassung überhaupt in Betracht gezogen werden konnte. Außerdem brauchte man den Isolierraum für einen neuen Patienten, einen greisen Mann, den man am Rande der Mumienzone um das Antonin-Haus, versteckt unter einem Treppenaufgang, aufgefunden hatte. Die Sicherheitsvorschriften verlangten, dass die Erstuntersuchungen dieses Patienten unter hermetischem Verschluss stattfanden.
In dem Moment, als das Pflegepersonal Ant mit seinem Bett aus dem Isolierraum herausschob, transportierten sie den neuen Patienten herein. Er lag auf einer dieser fahrbaren, mit Folie eingehausten Liegen, damit niemand mit dem Kranken in Kontakt kam.
Als sich die beiden Betten begegneten, sah Ant einen uralten Mann mit schlohweißem Haar, ähnlich wie er es hatte. Ein Teil seines Gesichtes verbarg sich unter einer Sauerstoffmaske, soweit Ant in der Lage war, das alles durch die Folie zu erkennen.
Der sichtbare Bereich des Gesichtes und die Hände, sahen deutlich vom greisen Alter gezeichnet aus.
Ant erhaschte für den Bruchteil einer Sekunde einen Blick auf das Krankenblatt des Patienten. Das genügte seinem verbesserten Verstand. Wie ein Gemälde in einem Museum lag das Bild der gesammelten Vitalitätsdaten, in allen Einzelheiten abrufbar, vor seinem inneren Auge. Clive Russel, Geburtsdatum: 12.02.1979 ..., 1979?!
Ant staunte betroffen. Es drehte sich wiederum alles in seinem Kopf, im Gedanken machte er sich Vorwürfe.
Der arme Kerl ist soeben mal 22 Jahre alt, sieht aber aus wie 92. Eine weitere arme Seele, die vermutlich für mich angezapft wurde. Einer, bei dem es früh genug aufhörte, bevor es ihn völlig erledigte. Sie werden niemals herausfinden, was ihm fehlt. Wenn ich Poison zu fassen kriege, dann ...
Alle diese Einblendungen huschten durch seinen wachen Geist, als er an Clive Russel vorbeigeschoben wurde.

In der Psychiatrie hatte er gleich nach der Ankunft ein Interview mit der diensthabenden Psychologin, Dara Halic. Ant fiel sofort ihre schlanke, elegante Statur auf.
Eine anmutige Frau, freilich um Einiges zu alt für ihn, aber ein gefälliger Anblick. Etwas für die Psyche **und** fürs Auge, nicht übel, dachte Ant.
Als sie sich vorstellte, registrierte er diesen gewissen ausländischen Akzent, den er dem früheren Jugoslawien, genauer Serbien, zuordnete.
Sie beherrschte die Sprache perfekt, nur an einigen Wortendungen und Betonungen stellte er kleine Abweichungen fest. Faktisch besaß er die Möglichkeit, sich mit ihr in feinstem Serbisch auszutauschen, hatte aber vor, seine neuen Fähigkeiten geheimzuhalten.
Sie hatte ihm die Hand zum Gruß gereicht. Dabei blitzten Ant diese aufgeweckten Augen entgegen, die jede seiner Bewegungen und Gesten zu mustern schienen. Das störte ihn aber nicht weiter, da sie trotzdem eine einladende, herzliche Aura verströmte. Sie schaute ihm direkt in die Augen, als hatte sie vor, bis ins Innere seiner Seele zu schauen, und fing an, ihn zu befragen:
„Josef G. Antonin. Ich darf dich doch Josef nennen?"
Ants Jugend entsprechend, hatte er sich daran gewöhnt, dass ihn die Erwachsenen mit dem Vornamen ansprachen. Das belastete ihn nicht.
Dara Halic, deren Alter höchstens bei 35 Jahren lag, mit ihr unterhielt er sich gern, ihr erlaubte er gern, dass sie ihn duzte:
„Sie können mich natürlich nennen wie sie wollen, aber `Josef´ hat mich immer meine Mutter genannt. Mir ist es lieber, wenn sie mich `Ant´ nennen."
„Wie du willst, also Ant. Dr. Spooner hat dich hierher überstellt, weil du deine Eltern verloren hast, und deshalb schwer traumatisiert bist. Sie denkt, dass bei dir eine Suizidgefährdung vorliegt.
Deshalb stelle ich dir jetzt diese wichtige Frage. Denkst du an Selbstmord, Ant? Muss ich mir Sorgen machen?"
Diese eindringlichen Augen verfolgten wieder jede Regung, die Ant zeigte. Und er wusste das.
Wenn er jetzt die falsche Antwort gäbe, hätte er die nächste Zeit in der Klapse sicher:

„Ja ..., ich habe meine Eltern verloren. Und glauben sie mir, nichts wäre mir lieber, als wenn jetzt meine Mutter durch diese Tür dort käme, gesund ... und ... Ok. Und nein, ich werde mir nichts antun. Das könnte niemanden wieder lebendig machen. Seien sie mir behilflich ..., helfen sie mir einfach, es besser zu verstehen, darüber hinweg zu kommen."
Ant hatte bemerkt, dass Daras Augen deutlich mehr Glanz bekamen, derart auffällig glänzend, dass sie sicher kurz vor dem Überlaufen standen. Er wusste, er hatte sie erreicht, und sie würde ihm das abnehmen.
„Gut, ich glaube ihnen. Falls sie denken, sie müssten diesbezüglich ihre Meinung ändern, können sie mir das jederzeit sagen. Ich bin für sie da, solange sie mich brauchen, ok?"
„Ok, danke", antwortete er kurz und bündig.
Sie sprachen weiter über sein Trauma, das distanzierte Verhältnis zum Vater, seine liebevolle Mutter, darüber, dass der Tod das unweigerliche Ende eines jeglichen irdischen Daseins ist, dass es in der Natur des Lebens liegt. Dass üblicherweise die Kinder den Tod ihrer Eltern erleben, und dann eben auch gezwungen sind, das zu verarbeiten. Sie sprachen über Depressionen, Antidepressiva, Therapiemöglichkeiten, und über die nähere Zukunft. Dabei klärten sie gleich ab, ob es Verwandte in Port Ryan gab, oder ob es sinnvoll erschien, Ant anderswo unterzubringen.
Ant wusste, dass bei den Großeltern väterlicherseits, bisher kein Interesse an ihm bestand. Vermutlich hatte sein Vater sie entsprechend geprägt, über all die Jahre. Sie reisten sicher nicht wegen ihm aus Colorado an. Außerdem war es ihm, laut Detective Stone, nicht erlaubt, die Stadt zu verlassen. Das alles sagte er Dara Halic aber nicht. Niemand hatte sie informiert, dass er nicht ohne Detective Stones Zustimmung entlassen werden durfte. Ant gab eine fiktive Adresse in Port Ryan, und den Namen seiner Großeltern an. Da er schon 17 Jahre alt war, und einen festen Wohnsitz angegeben hatte, stand der Entlassung aus dem Krankenhaus nichts mehr im Weg.
Wegen des vorliegenden Personalmangels hatte man es versäumt, den Sozialdienst einzuschalten.

In dem Trubel um den eben eingelieferten zweiten Überlebenden, wenn man das, was im Isolierraum um sein Weiterleben kämpfte, so nennen konnte, hatte man Ant erst einmal nicht weiter beachtet.
Ihm fehlte nichts, abgesehen von den psychischen Problemen. Die Psychiaterin, Dara Halic, schloss eine Suizidgefahr aus, der Sozialdienst kümmerte sich nicht, und so versäumte man es, die Angaben zu überprüfen.
Jetzt benötigte er nur passende Klamotten in seiner neuen Größe. Im Nachthemd, Modell Pofrei, konnte er wohl kaum das Krankenhaus verlassen, das wäre zu auffällig. Die alte Kleidung, zu klein und zerrissen, hatten die Pfleger entsorgt. Er dachte darüber nach, woher er eine neue Ausstattung besorgen konnte. Seinem Krankenblatt entnahm er, dass er jetzt mit 1,83, um 12 Zentimeter länger als vor diesem verdammten Poison-Tag war.
Er dachte darüber nach, einen anderen Patienten abzupassen, unbemerkt in sein Zimmer zu schleichen und dessen Kleiderschrank zu plündern.
Als er in den Flur trat um diesen Plan zu verwirklichen, sah er einen asiatisch anmutenden Mann, vermutlich Inder, der soeben wild gestikulierend, über sein Handy telefonierte.
Völlig ungehemmt erzählte er laut, mitten im Krankenhausflur, dass er, Kasi, sich die letzte Nacht mit ihr, Asha, anders vorgestellt hatte.
Ant hatte nicht vor zu lauschen, Kasi sprach jedoch so laut, dass Ant jedes Wort verstand, als er etwas näher kam. Als er einige Meter von Kasi entfernt stehen blieb, um sich zu überlegen, wie er an das Handy kommen konnte, sah ihn Kasi etwas skeptisch über die Schulter an, sprach dann völlig unverblümt weiter mit Asha über ihr gemeinsames, nächtliches Treiben, als sei es die normalste Sache der Welt.
Als Kasi aufgelegt hatte, trat Ant näher, und bat Kasi, ihm kurz das Handy auszuleihen.
Kasi starrte Ant mit offen stehendem Mund und großen Augen an.
Ant hatte in perfektem Hindi gesprochen, als er nach dem Handy fragte, völlig unbewusst.
Kasi hatte laut und ohne Hemmungen gesprochen, weil er annahm, dass hier niemand Hindi spräche.

Etwas schockiert, und in dem Gefühl ertappt worden zu sein, reichte er Ant wortlos, mit schuldbewusster Miene, das Telefon.

„Bahut shukriyaa", kam es aus Ant heraus. Für Ant hörte es sich simpel an wie: „Danke dir vielmals."

Sämtliche Telefonnummern, die er jemals gewählt hatte, standen problemlos in seinem Kopf zur Verfügung. Er wählte, ohne nachzudenken, Andreas Anschluss. Nach dem dritten Klingelton hob sie ab:

„Andrea Heinz!"

„Hallo mein Engel, ich bin es, Ant."

„Oh mein Gott, wo bist du? Ich habe schon gedacht, du bist tot. Dann kam ein Detective, Stone, glaube ich, zu uns nachhause, und hat mich über dich ausgefragt. Alle diese Toten, Ant, und deine Eltern, oh Gott, was ist nur passiert?"

„Beruhige dich, Andrea. Ich habe keine körperlichen Gebrechen, zumindest nicht nach Ansicht der Ärzte. Dieser Detective hat mich auch schon befragt, denk dir nichts dabei, es ist alles in Ordnung mit mir. Ich bin noch hier im Medical Center. Möchtest du mir helfen?"

„Was immer du willst. Wie kann ich behilflich sein?"

„Es hört sich etwas komisch an, aber ich habe nichts anzuziehen, und ohne Kleidung kann ich das Krankenhaus schlecht verlassen. Und jetzt wird es erst noch komischer. Ich habe einen Wachstumsschub hinter mir. Ganze 12 cm. Keine Angst, nicht alles ist derartig gewachsen, aber ein bisschen schon."

„Was, wie ist denn das ..., ach egal, ich komme vorbei, mein Vater müßte ungefähr die Größe haben, die du jetzt brauchst. Ich komme, so schnell es möglich ist, bis gleich mein Liebling."

„Halt, stopp, es ist mir etwas peinlich, aber kannst du mir auch etwas Bargeld mitbringen? Ich habe keinen Cent hier im Krankenhaus. Du bekommst es sofort wieder, wenn ich an den Notgroschen meines Vaters herankomme."

„Ich weiß nicht wie viel ..., aber gut, ich werde schon an ein bisschen Geld herankommen. Also, bis gleich."

Sie legte auf, ohne eine Erwiderung abzuwarten.

Ant reichte das Handy zurück an Kasi, lächelte und deutete eine Verbeugung an.

Kasi sah ihn nach wie vor mit großen Augen an, nickte leicht verlegen, steckte das Handy ein und verabschiedete sich eilig.

Es dauerte nicht lange, da stand Andrea mit einer Sporttasche in der Tür des Krankenzimmers der Psychiatrie-Abteilung.

Als Ant ihr entgegensprang, stutze sie und zuckte zunächst etwas zurück:

„Du siehst anders aus, so groß, du bist es doch, Liebling?"

„Ja natürlich, ich habe dir doch gesagt, dass ich gewachsen bin, komm her, laß dich drücken mein Engelchen."

Sie hielt trotzdem ihre Arme vor sich, um seine Umarmung jederzeit, wenn nötig, abzuwehren:

„Aber, wie ..., was ist passiert?"

„Ich kann es dir nicht sagen, Engelchen. Sie haben mich bewusstlos im Haus aufgefunden. Dann wachte ich hier auf und bemerkte, dass ich diesen Wachstumsschub hinter mir hatte. Mehr weiß ich nicht."

„Und ... und ... deine Eltern?"

„Tot ..., tot wie alle Nachbarn, fürchterlich ..., damit werde ich leben müssen ..., aber ich werde leben, versprochen."

Sie öffnete die Sporttasche. Ihre Augen füllten sich mit Tränen.

„Du armer Schatz ..., hier, das müßte dir passen. Ich habe dir ein paar Sachen meines Vaters mitgebracht. Jeans, T-Shirt, Pulli, eine alte College-Jacke, Unterwäsche und ein paar Laufschuhe, aber leider benutzt, was anderes habe ich nicht gefunden. Und hier, das müßten rund 200 Dollar sein, ist das genug?"

Sie gab ihm die Scheine.

„Ja, wird schon reichen, vielen Dank. Du bekommst es auch sobald wie möglich zurück, versprochen.

Aber jetzt nimm doch endlich deine Arme runter, und laß dich drücken, Süße."

Sie musterte sein lächelndes Gesicht, seine schlohweißen Haare, er hatte sich verändert, aber es handelte sich immer noch um ihren Ant. Sie wusste und fühlte es. Es gab keinen Grund mehr, ihn auf Abstand zu halten. Die Tränen kullerten ihr aus den Augen, als sich beide umarmten und küssten.

Als Ant sein Nachthemd auszog, um die mitgebrachte Kleidung anzuziehen, sah Andrea erst, in welchem Umfang sich Ant physisch verändert hatte. Nicht nur größer, unter anderem ebenso südlich des Äquators, sogar wesentlich muskulöser, sah er jetzt aus. Wie war das möglich? Hatte sie ihn doch erst vor zwei Tagen gesehen. Da war er noch der kleine Kerl, der ihr damals das Leben gerettet hatte. Fraglos gefiel ihr, was sie zu sehen bekam, das sah Ant ihrem Antlitz deutlich an:
„Was machen wir jetzt? Wo willst du jetzt hin?"
Ant zog sich die Jeans hoch. In der Länge passte sie, nur der Hosenbund flatterte etwas zu weit um seinen Bauch:
„Ich will erst einmal nachhause, zusehen dass ich mir noch einige Klamotten, das Geld und ein paar andere nützliche Dinge besorgen kann."
Andrea bangte sichtlich um ihn:
„Soweit ich weiß, ist dort alles abgesperrt und von der Polizei versiegelt."
„Das ist mir egal. Ich muss nochmal nachhause. Da können mich ein paar Trassierbänder nicht aufhalten."
„Ist das nicht verboten? Wenn die dich erwischen, kriegst du Ärger."
„Wie gesagt, mir egal. Du fährst besser wieder heim. Dann kannst du nicht mit meinem illegalen Verhalten in Verbindung gebracht werden, ok? Ich muss jetzt auf jeden Fall hier raus. Ich hab dich lieb, mein Engel."
Ant streichelte Andrea nochmal übers Haar, und küsste sie auf die Stirn. Dann verließ er eilig das Zimmer.
Andrea kuckte ihm mit sorgenvoller Miene nach, schnappte sich die Sporttasche und lief hinterher. ...

6. Höllenfahrten und die Familie Li

Als Ant aus dem Krankenhaus lief, fiel ihm auf, dass sich gegenüber, auf der anderen Straßenseite, einer der Satanisten herumtrieb. Dieser Kerl erkannte ihn gleich an seinem weißen Haarschopf und holte sofort das Handy aus dem schwarzen Mantel, um zu telefonieren.
Ant beeilte sich absichtlich, sodass Andrea keine Möglichkeit hatte, ihn einzuholen. Er vermied damit, sie in seine Machenschaften hineinzuziehen. Er zog es vor, zu Fuß zu laufen. Vom Medical Center bis nachhause lagen einige Meilen. Ohne Geld und ohne Andreas Ketchup-Car, blieb ihm nichts anderes übrig, als zu laufen. Die mit mittelgroßen, jetzt fast kahlen Ahornbäumen bepflanzten Seitenstreifen, bildeten eine Allee. Leben regte sich in den schlafenden Pflanzen.
„Gefahr! Gefahr! Mensch!" Ant hatte es gehört, konnte es aber kaum glauben. Er blieb stehen und sah sich um. „Gefahr! Mensch!" Es kam sicher von da droben, dort oben, wo eine Bande Sperlinge im Baumwipfel saß. Die putzigen kleinen Dinosauriernachkommen beobachteten ihn aufmerksam aus sicherer Höhe. Lag das im Bereich des Möglichen? Ant sah sich die Vögelchen an und trällerte: „Mensch, lieb!" Die Spatzen piepsten aufgeregt durcheinander. Aus dem Gewirr hörte Ant heraus:
„Mensch spricht! Mensch lieb!"
Dem Erstaunen folgte Erheiterung ..., bei Ant. Es stimmte. Er war in der Lage, alles und jeden zu verstehen, was immer in irgendeiner Weise eine Kommunikationsfähigkeit besaß.
Das vermochte ja heiter zu werden, wenn es im Frühling ums Balzen und Vögeln ging. Er dachte ebenfalls darüber nach, wie diese kleinen Kerle sich gegenseitig halfen, welche Lebensfreude sie ausstrahlten, wie sie in ihrer sozialen Hierarchie miteinander lebten. Sicher gab es sogar hier Neid, insbesondere um Futter und Mädchen.
Aber Bösartigkeit, Perversion oder Mord, gab es bei diesen putzigen Gesellen sicher nicht, das konnte sich Ant nicht vorstellen.
Sei es drum, er hatte es eilig, um noch bei Tageslicht sein Elternhaus zu erreichen.

Als er weiter lief, folgten ihm die Sperlinge interessiert von Baum zu Baum. Sie piepsten immer wieder dasselbe:
„Mensch spricht. Mensch lieb."
Auf der gegenüberliegenden Straßenseite folgte ihm ein völlig anderer Vogel, der Zombie-Typ, ständig das Telefon ans Ohr haltend.
Gleich an der nächsten Gasseneinmündung geschah es dann. Als Ant soeben die Häuserecke passierte, kam ein schwarzer Lieferwagen aus der Gasse geschossen.
Mit quietschenden Reifen stoppte der Wagen genau vor ihm, und die Seiten-Schiebetür flog auf.
Mehrere schwarz gekleidete Kerle sprangen heraus, um sich Ant zu greifen. Wegen der überfallartigen Überrumpelung brauchte er einige Sekunden Reaktionszeit.
Als Ant sich umdrehte, um wegzulaufen, sah er zuletzt, dass dieser andere Typ, der ihn verfolgt hatte, jetzt hinter ihm stand, mit einem Totschläger ausholte und zuschlug. Ein dumpfer Schmerz, dann Dunkelheit.
Die Satanisten hoben den ohnmächtigen Ant auf und warfen ihn eilig in den Van. Mit durchdrehenden Reifen rasten sie mit ihrer Fracht davon.
Als einzige Zeugen blieben die Sperlinge zurück. Aber wie sollten sie irgendwem davon berichten?
Chester saß zu dieser Zeit im Büro des Drogenbosses über der chinesischen Wäscherei. Wei Li hatte gemischte Gefühle, was den verunstalteten Psycho anging. Einerseits verärgerte ihn dessen eigenmächtiges, skrupelloses Verhalten, immerhin ermordete Chester brutal den eigenen Vater und die Großhändler-Cousine. Andererseits herrschte Zufriedenheit über die dramatisch gestiegenen Umsatzzahlen. Das nützte ihm aber nur, wenn Chester sich bereit erklärte, ihn zu respektieren, drastische Entscheidungen vorher mit ihm abzuklären, und ihm nicht nach dem Leben zu trachten, soweit man diese Sicherheit von einem Psychopathen wie Chester überhaupt einfordern konnte.
Als Absicherung hatte Wei Li seine Bodyguards immer um sich herum geschart.

Einer stand an der Tür, ein Anderer direkt hinter Chesters Stuhl, und zwei Weitere links und rechts neben dem breit ausladenden Schreibtisch von Wei.

Chester reagierte etwas nervös, insbesondere der Kerl direkt hinter seinem Stuhl ließ ein gewisses Unwohlsein in ihm aufkommen:

„Hallo Onkel Wei. Du hast mich hierher beordert, um mit mir über etwas zu sprechen. Hier bin ich, was gibt`s?"

Wei musterte Chester mit strengem Gesichtsausdruck:

„Nichts Besonderes, Neffe. Ich will nur ein bisschen plaudern, sehen, mit wem ich es hier zutun habe. Ich weiß immer gern Bescheid über meine Leute. Seit du tiefer in das Geschäft einstiegst, hast du viel erreicht. Deine Umsatzzahlen, herausragend, darüber kann ich nur zufrieden sein."

„Danke, Onkel, ich ..."

Wei schlug krachend mit der flachen Hand auf den Schreibtisch:

„Unterbrich mich nicht! Du sprichst nur, wenn du gefragt wirst! Für wen hältst du dich!?

Du hast zwei Familienmitglieder umgebracht. Deinen eigenen Vater und die Tochter meiner Schwester. Also, weshalb sollte ich dir das durchgehen lassen?"

Chester, eingeschüchtert, jedenfalls für den Moment, antwortete:

„Ich will das gar nicht entschuldigen, Onkel. Wie du weißt, war mein Vater ein Schwein. Er hat mich und meine Mutter fast täglich verprügelt. Nur so, aus Frust.

Und meine Cousine, zu langsam im Kopf, hatte keinerlei Visionen, stand mir einfach im Weg. Ok, ich hätte das alles vorher mit dir besprechen können, mein Fehler, aber wie hättest du entschieden? Du sprichst hier von der Vergangenheit, in der Gegenwart verschaffe ich dir einen Haufen Kohle, und in der Zukunft, das verspreche ich, wird der Umsatz noch weiter steigen."

Wei Li überlegte eine Zeit lang. Dabei musterte er Chester, wie ein alter Kojote, der einen Puma belauert. Den Berglöwen kratzte das wenig:

„In Zukunft sprichst du vorher mit mir, wenn dir etwas an einem Familienmitglied nicht gefällt. Ist das klar?"

„Klar wie Kloßbrühe, Onkel".

„Na gut. Noch Etwas. Ich habe gehört, dass du selbst einer deiner besten Kunden seist. Ich kann es nicht gutheißen, wenn meine Großhändler ihre Drogen selbst konsumieren. Das vernebelt den Geist, und bringt nur Schwierigkeiten."
„Ich habe das unter Kontrolle, Onkel. Kontrollierter Konsum führt nicht zum Tod. Dagegen führt Abstinenz nicht zur Unsterblichkeit. Ich hoffe, du denkst nicht, dass das größte Übel der heutigen Jugend darin besteht, dass du nicht mehr dazugehörst. Es stimmt, ich bin jung und nehme ab und an Drogen, Onkel. Wie andere auch. Du kannst das akzeptieren. Oder du gibts deinem Gorilla hinter mir ein Zeichen, mir den Kopf abzuschlagen. Ich begebe mich da ganz in deine Hände."
Zwar nicht exakt, was Wei Li hören wollte, aber unterwürfig genug für ihn. Hauptsache die Kohle stimmte.
Die Abwägung zwischen Respektlosigkeit und Reichtum hatte den Ausschlag für Chester Li, und gegen eine Bestrafung, bewirkt. Die menschliche Gier ist eben am besten mit Geld zu besänftigen.
„Du hast Recht Chester. Wer will, findet Wege. Wer nicht will, findet Gründe. Liefere mir keine weiteren Anlässe. Es könnte sonst schlecht für dich ausgehen. Weißt du Chester, die Menschen fürchten sich nicht vor dem Tod, denn er ist unausweichlich. Die Menschen haben Angst vor dem Weg dorthin. Und glaube mir, es gibt fürchterlich lange und schmerzhafte Wege dorthin. Hast du mich verstanden?"
„Ich habe verstanden, Boss."
„Noch etwas. Ich habe gehört, dass du deine Armee von Schwachsinnigen ausgesandt hast, um diesen weißhaarigen Jungen zu finden. Die Polizei ist an dem Burschen dran. Du wirst deshalb die Finger von ihm lassen. Es ist schlecht für das Geschäft, wenn wir die Polizei auf uns aufmerksam machen, klar?"
„Alles was du willst, Onkel. Kein Problem."
„Also gut Neffe, du kannst verschwinden. Laßt ihn abziehen Jungs."
Die Kerle hinter seinem Stuhl und an der Tür entfernten sich, und Chester trollte sich.
Natürlicherweise handelte es sich um ein Problem für ihn, dass sein Onkel es ihm verbat, Hand an Ant zu legen. Dann stellte er es eben geschickter an, unauffällig und nicht auf ihn rückführbar.

Als Chester die Wäscherei verließ, klingelte das Handy. Die Information, dass er Ant jetzt in seiner Gewalt hatte, entlockte ihm ein teuflisches Grinsen.

Voller Vorfreude stieg er in seine Corvette, und raste Richtung Lagerhaus, wo er vorhatte, sich endlich an Ant zu rächen.

Dabei sah er seine verstümmelten Hände an und sein bekanntes, geisteskrankes Lachen, setzte ein.

Ants tief schwarze Nacht fing langsam an, in eine Dämmerung überzugehen. Die Schmerzen im Kopf und an den Schultern hämmerten unaufhaltsam durch seinen Körper.

Die blutige Platzwunde von diesem Totschläger, die er am Haupt aufwies, vernarbte schon nach kürzester Zeit. Die Schultern, fast ausgerenkt, weil sie ihn an seinen Armen aufgehängt hatten, peinigten ihn fürchterlich. Als Chester ihn mit einem Eimer voll eiskaltem Wasser übergoss, riss ihn das endgültig aus der Ohnmacht.

Benebelt sah er sich um, umringt von diesen in schwarz gekleideten Satanisten. Direkt vor ihm stand der Schlimmste von allen, Chester Li.

„Ah, bist du wieder wach, Ant? Sehr gut. Du weißt noch, wer ich bin, und was du mir angetan hast? Aber natürlich weißt du das. Ich kann es dir nochmal vor Augen führen."

Chester zog seine schwarzen Lederhandschuhe aus. Beide Hände sahen grauenhaft verstümmelt aus. An jeder Hand fehlten jeweils die Mittel- und Ringfinger. Alles stümperhaft vernäht, und deshalb völlig vernarbt.

„Sieh dir das an, Ant. Dafür wirst du sterben. Du hast Glück, dass deine Eltern schon verreckten. Sonst müssten die auch für diesen Frevel bezahlen. Eigentlich wollte ich dir ja genüsslich die Kehle durchschneiden.

Aber mein Onkel ..., ich darf dich nicht einmal quälen, verstümmeln, schneiden, nein ..., es muß aussehen wie ein Selbstmord, oder ein Unfall, du weißt gar nicht, welches Glück du hast.

Ich hoffe, du hast Angst vor deinem unausweichlich nahenden Tod, fürchtest du dich?"

Ant spürte die Pein seiner Verletzung und in den Schultern, blieb trotzdem friedlich. Was hatte er zu verlieren.

Er gab sich die Schuld am Tod seiner Eltern und der 30 Nachbarn. Er hatte es akzeptiert, tot zu sein.

Wenn Chester es nicht vollbrachte, hätte er es früher oder später selbst versucht. Ergo, weshalb sich großartig aufregen? Er sehnte sich fast das Ende herbei:
„Furcht ist nur die Weisheit im Angesicht der Gefahr. Nichts wofür ich mich schämen müßte."
Chester war etwas enttäuscht. Er schien keine große Wirkung auf Ant zu erzielen:
„Sieh Einer an. Ich wusste ja gar nicht, dass ich hier einen Klugscheißer vor mir habe. Und ja, jetzt fällt es mir erst auf, bist du in letzter Zeit gewachsen? Schade, du wirst nichts mehr davon haben. Am liebsten würde ich dir jetzt die Eier abschneiden, aber dann könnte mein Onkel erfahren, dass ich unartig war. Und dann schneidet er vielleicht meine Eier ab. Das wollen wir doch nicht. Die brauche ich doch noch, wenn ich mich über deine kleine Andrea hermache."
Er grinste Ant wieder mit seiner typisch unterirdischen Fratze an. Wut explodierte in Ant, er war aber nur in der Lage, jämmerlich am Seil zu zappeln, wie ein Fisch am Haken:
„Nein, du Freak! Lass sie da raus! Das ist eine Angelegenheit zwischen dir und mir! Du feiger Drecksack! Du läßt gefälligst die verkrüppelten Finger von ihr!"
Chester holte aus, und schlug Ant wutentbrannt, eine rechte Gerade direkt in die ungeschützte Magengrube. Ant zuckte zusammen. Der hämmernde Schmerz schien seine Eingeweide nach außen zu kehren. Er stand kurz davor, sich zu erbrechen, hatte aber nichts im Magen. Nur mit Magensäften versetzte, gepresste Luft, verließ den Mund. Dann hämmerte ein zweiter, ein dritter Schlag auf Ants Torso ein. Er fühlte sich erbärmlich, die gesamte Körperspannung entwich seinem geschundenen Leib. Kurz vor Ants nächster Ohnmacht, hörte Chester auf:
„Und was willst du machen, Ant. Wie denkst du, kannst du mich hindern. Du wirst demnächst sterben Ant.
Sterben in dem Bewusstsein, dass du deiner Kleinen nicht mehr helfen kannst. Wie ist das für dich?"
Ant war nicht mehr in der Lage zu antworten. Er fühlte sich bereit, Schlafes Bruder kennenzulernen. Dann würden sich diese dunklen Gedanken an die Familie, an Andrea und an Poison endlich auflösen.

Seine Schmerzen gäbe es dann nicht mehr, alles hörte dann letztlich auf, für ihn zu existieren. Er sehnte sich fast danach.
Chester grinste nach wie vor:
„Ok, Jungs, macht ihn los. Bringt ihn auf das Dach des leerstehenden Bürohauses in der Miller Street. Ich komme gleich nach."
Chesters Crew verschnürte Ant wie ein Paket, knebelte ihn und brachte ihn zum Van, dann fuhren sie los, Richtung Miller Street.
Chester folgte ihnen in seiner Corvette.
Das Gebäude in der Miller Street, stand seit längerer Zeit leer. Es handelte sich um ein ehemaliges Verwaltungsgebäude, einen quadratisch um einen Innenhof gemauerten Bau. Die Höhe reichte mit etwa 30 Metern vollkommen aus für Chesters Zwecke. Ein Gitterrollo versperrte die Tiefgarageneinfahrt. Kein Problem für die Satanisten. Mühelos stemmten sie den Verschluss am Boden auf, und schoben die Gitterbarriere hoch.
Die im Kellergeschoss liegende, schwer einzusehende Abfahrt erleichterte es, den Einbruch ungestört durchzuziehen. Sie ließen den verspätet dazustoßenden Chester durch das Tor, und schlossen es dann wieder.
Er hatte in letzter Zeit einen derartigen Fanzulauf, dass er sie nicht einmal alle beim Namen kannte.
Unter Chesters Leuten fand man die unterschiedlichsten Talente. Derek Vanlint, kannte sich mit Elektrik aus. Seit das Gebäude völlig leer stand, hatten die Eigentümer den Strom abgeschaltet. Doch sie klemmten die Energiezufuhr nicht ab, legten nur den Hauptschalter um, sodass spätere Besichtigungen mit Investoren oder Käufern weiterhin möglich waren. Chester befahl, die Stromversorgung wieder online zu bringen:
„Wer von euch ist Derek Vanlint?"
„Hier, Boss, das bin ich."
„Hey Derek, du kennst dich doch hier aus, ich meine mit der Stromversorgung?"
„Klar, Boss. Ich hab hier sogar früher schon mal was repariert."
„Ok, dann spring rüber in den Versorgungsraum und schalte den Strom wieder ein."

„Wirklich, Boss? Wie sieht denn das aus, wenn ein Selbstmörder in ein Haus einbricht, und erst den Strom einschaltet, bevor er sich umbringt?"
„Das laß mal meine Sorge sein. Oder willst du den Kerl die zehn Stockwerke übers Treppenhaus hinauf schleppen? Wenn wir mit ihm fertig sind, schalten wir den Strom einfach wieder ab, du Trottel! Also, ab jetzt! Ich will Aufzug fahren."
Derek Vanlint tat wie ihm geheißen.
Der Lift funktionierte, sie verfrachteten Ant bis in den 10. Stock, und nahmen für das letzte Stück die Treppe aufs Dach.
Ein eisiger Wind pfiff der Gruppe um die Ohren, als sie das Dach betraten.
Sie stellten Ant an der Kante zum Innenhof ab.
Chester holte sein Katana aus der Schwertscheide, zerschnitt damit Ants Verschnürung, nahm ihm den Knebel heraus, und grinste dämonisch:
„Es ist so weit, mein Lieber ..., verabschiede dich von dieser Welt, du weißt, keine gute Tat bleibt ungesühnt. Hoppla, ich sehe ja gar keine Angst in deinem Gesicht, die musst du auch nicht haben. Fallen ist wie fliegen. Nur mit dem Unterschied, dass man ein unausweichliches Ziel hat."
Ohne weitere Umschweife stieß er Ant über die Kante, und Ant fiel.
Alle beugten sich über den Abgrund, um zu sehen, wie Ant auf dem Innenhof aufschlug.
Als Ant fiel, sausten ihm einige letzte Gedanken durch den Kopf. Er dachte an seine Eltern, als sie noch lebten, wie sie mumifiziert starben, an Andrea und das Erste mal, sogar an die blöden Witze von Zach Bloom.
Wenig überraschend dachte er ebenfalls an Mr. Poison, der offensichtlich seine Versprechen nicht einhielt. Er schrie nicht während des Fallens, entließ keinen Mucks, bis er auf den Betonplatten des Innenhofes aufschlug.
Während sein Genick brach, sein Schädel aufplatzte wie eine reife Melone, ihm sämtliche Glieder zersplitterten und die Baucharterie abriß, johlte oben auf dem Dach das satanistische Publikum.

Ant lag tot, gebadet in eigenem Blut und in Gehirnmasse, welche aus dem geplatzten Schädel strömten.
Seine durch den Aufschlag völlig zerschmetterte Leiche, lag unnatürlich verrenkt im Hof.
Sein Geist schwebte langsam diesem Licht entgegen, dem goldenen Schein, welcher vielleicht nur ein letztes Flackern, der von der Netzhaut aufgefangenen Photonen darstellte, oder möglicherweise einen spirituellen Übergang in eine andere Welt.
Er fühlte sich von dem warmen Licht angezogen, glaubte, seine Eltern dort zu erkennen, glitt hindurch um gleich danach, wie in einer Achterbahn, nach unten zu rasen. Unaufhaltsam und immer schneller stürzte er durch dieses Wurmloch in die Ewigkeit. Es zog ihn tiefer, regelrecht abyssisch hinab, wo er doch so gern nach oben wollte, in die Sphären, wo er seine Eltern vermutete. Doch er stürzte tiefer, bodenlos, entfernte sich immer weiter von dem Ort der Sehnsucht, bis er aufschlug.
Schwarz, alles kohlrabenschwarz, nichts zu sehen. Der Untergrund fühlte sich kalt und wabbelig an, wie gekühlte Götterspeise. Langsam schimmerte ein Lichtschein durch diesen Bodensatz, ein grünes Licht, immer heller. Erst jetzt erkannte Ant, aus welchem Material der Boden bestand. Es handelte sich um eine transparent wabbelnde Masse aus halb verwesten Leichen, wie Tote in Aspik.
Angewidert versuchte Ant, sich zu erheben, aufzustehen, sich soweit wie möglich diesem Ekelpudding zu entziehen.
Die Körper mit ihren toten, leeren Augenhöhlen und knochigen Armen ließen das nicht zu, trachteten danach, nach Ant zu greifen, ihn hinabzuziehen in die Suppe aus Tod und verwestem Fleisch. Immer weiter abwärts zogen sie ihn durch die widerwärtige Masse, er konnte weder atmen, noch schreien, und sich nicht gegen diese übermächtige Totenarmee wehren, so sehr er auch strampelte.
Hilflos glitt er weiter hinab, durch dieses schleimige Meer, bis er endlich den Grund erreichte, ganz unten, doch er fand keinen Boden, er verließ nur, mit den Füssen voraus, diese grauenhafte Masse und fiel, stürzte weiter hinab in die Leere und es wurde kalt, bitter kalt. Der Sturz verlangsamte sich, immer langsamer schwebte er nach unten, und setzte diesmal sanft auf einer Fläche aus Eis auf.

Alles gefroren, ringsherum nur schimmerndes Eis. Aus einer Richtung strahlte das Eis in smaragdfarbenem Grün, verursacht durch ein weit entferntes Licht. Es gab nur diese eine Richtung für Ant.
Der ekelhafte Schleim, der ihm nach wie vor anhaftete, fing langsam an, auf der Haut zu gefrieren, genau wie Ant selbst. Er musste weiter, sich bewegen, fort von dieser klirrenden Frostwelt. Als er bibbernd vor Kälte den Ursprung des Lichtes erreichte, sah er einen Herrschersitz aus Eis.
In diesem Thron saß eine dürre, lange Gestalt, nackt bis auf einen blauen Armreif, mit blasser Haut, schwarzen Augen und spitzen gelben Zähnen.
Er kannte dieses Grinsen, so feixte nur Mr. Poison:
„Na, hattest du eine schöne Reise, Ant? Weshalb kommst du hierher, ich dachte, wir hätten eine längere Laufzeit vereinbart?"
Ant verspürte unbändigen Hass. Am liebsten wollte er Mr. Poison an die Gurgel springen, wie ein tollwütiger Wolf, aber er fühlte sich ermattet, ausgelaugt. Das Sterben hatte seinen Tribut verlangt. Bibbernd vor Kälte, war er nur in der Lage, just so viel Energie aufzubringen, um zu antworten:
„Ja genau, weshalb bin ich hier? Das ist die Frage. Halten sie so ihr Wort, Mr. Poison?"
Poison blieb gelassen und lächelte auf seine typisch dämonische Art:
„Ich kann nicht ständig auf Alles und Jeden aufpassen. Das müsst ihr Primaten schon selbst erledigen. Also sag mir, was ist passiert?"
Ant war nach wie vor wütend. Aber er fühlte sich nicht in der Lage, etwas gegen dieses Monster zu unternehmen:
„Was passiert ist? **Sie** haben meine Eltern und 30 Nachbarn getötet, das ist geschehen! Und das wissen sie genau!"
Poisons Miene verdunkelte sich:
„Hast du geglaubt, ich könnte mir, die nötige Lebensenergie aus dem Arsch ziehen, Josef? Es hat eben 32 Leben gebraucht, um dich entsprechend auszustatten. Und jetzt heulst du herum, wie ein Baby, wegen deiner Eltern, sogar wegen der popeligen Nachbarn.
Sie hatten alle einen gnädigen, schmerzlosen und schnellen Tod. Was willst du mehr? Welche Rolle spielt es, ob du dich früher oder später von deinen Eltern verabschieden musst?

Hast du geglaubt, du kannst 999 Jahre leben, ohne Vater und Mutter, deine Nachbarn und alle Freunde sterben zu sehen? Also, was soll`s?"
„Wer oder was sind sie, Mr. Poison? Sie thronen hier und entscheiden über Leben und Tod, sie sind der Teufel, richtig?"
„Wer oder was bin ich? Bin ich dunkle Materie oder dunkle Energie? Will ich euer Universum zusammenhalten oder will ich es zerreißen? Ich bin wer ich bin, und ich bin, wie ich in deiner Vorstellung existiere. Alles hier, alles was du bisher gesehen und gefühlt hast, entspricht exakt deinen Fantasien von einem Höllentrip. Es ist hier so eiskalt, weil du dir die Hölle so vorstellst. Ich throne hier, weil du denkst, ich sei der Teufel.
Ich habe keine weiteren Antworten für dich. Ich kann dir nur sagen, dass ich mein Wort halten werde, dich zurückschicken werde. Allerdings kostet ein jeder deiner Tode, wiederum weitere Lebensenergie. Wenn du zurückkehrst, und das wirst du jedes Mal, wird ein Anderer dafür seine Lebenskraft hergeben müssen. Verstehst du das? Wir können das folgendermaßen gestalten, wenn du getötet wirst, kannst du dir aussuchen, von wem ich die Lebensenergie nehmen soll. Wenn du dich selbst tötest, werde ich diese Person aussuchen."
Ant, zunächst sprachlos, überlegte kurz, um zu antworten:
„Ich wähle alle Haustiere aus meinem Stadtteil."
„Nein, nein, nein, das funktioniert nicht, das ist nicht möglich, das klappt nicht. Ich kann dir nicht die Lebensenergie eines Tieres übertragen, da besteht keine Kompatibilität. Es muss eine genetische Übereinstimmung vorliegen. Ich habe inzwischen erfahren, dass Chester Li für deinen Tod verantwortlich ist."
„Wie können sie …, woher wissen sie das?"
„Ach Ant, dein Geist ist wie ein offenes Buch für mich. Also, wessen Lebensgeister soll ich nehmen?"
„Wenn das so ist, wähle ich Chester Li!"
„Bist du dir sicher, du weißt nicht, was du damit heraufbeschwörst?"
„Ich muß Andrea …, nein, ich muß die Welt vor diesem Psychopathen beschützen. Nehmen sie ihn, er ist meine Wahl!"
„Na gut, es ist deine Entscheidung, denk immer daran, ich handle hier nur auf dein Geheiß, und jetzt lieber Josef, jetzt verschwinde wieder."

Mr. Poison drückte einige Symbole auf dem blauen Armreif, und alles, was Ant um sich herum für Realität gehalten hatte, verschwand spurlos. Chester Li und seine Gruselbande standen weiterhin feixend auf dem Dach des Verwaltungsgebäudes.
Es waren erst ein paar Sekunden vergangen, seit Ant auf dem Boden aufschlug.
Die komplette Reise in die Hölle, das überflüssige Geschwafel von Mr. Poison, das alles musste in einem anderen Zeitrahmen abgelaufen sein.
Chester zeigte, irre lachend, auf die zerschmetterte Leiche, die im Innenhof lag. Ohne Frage sah er sich genötigt, die Fans nochmals auf seinen Führungsanspruch hinzuweisen, ihnen Angst einzuflößen, wie es sich für einen psychopathischen Anführer geziemt, der die ihm angestammte Stellung nur mit Angst und Schrecken behauptet.
„Habt ihr gesehen? Das passiert Jedem, der es wagt, sich mit mir anzulegen. Und das ist noch ein gnädiger ..."
Weiter kam er nicht. Sein Gesicht wandelte sich von der meth-zerfressenen, aggressiven Fratze, hin zu einem überraschten, dann hilfesuchenden Ausdruck. Er brachte kein weiteres Wort mehr heraus, röchelte, hielt die linke Hand an die Brust, die rechte Hand streckte er flehend den Jüngern entgegen. Seine Leute wichen aber entsetzt zurück, vermieden angewidert, sich berühren zu lassen.
Er war nicht in der Lage es aufzuhalten, wie intensiv er sich auch dagegen sperrte, die Energie strömte, in diesem grünlichen Rauch gefangen, aus seiner Brust, und auf direktem Weg hinunter, zu dem zerschmetterten Körper im Innenhof.
Als Chesters Lebensenergie Ants Torso erreichte, kniete der Psycho in dieser flehenden Haltung auf dem Dach, völlig ausgetrocknet und mumifiziert. Er hatte alles gegeben, hatte nichts mehr übrig, aus und vorbei, nichts mehr vorhanden vom pathologischen Psychopathen.
Vom Schock gezeichnet, sahen sich die Satanisten gezwungen mitanzusehen, wie eine Windböe Chesters Mumie erfasste, und sie augenblicklich zu Staub zerfiel.
Im gleichen Moment floß das Blut, das Ants Leiche umgab, wie von Geisterhand bewegt, zurück in seinen Körper.
Förmlich angesaugt vom Torso, wie von einem Schwamm.

Sämtlicher Dreck, Staub, Ameisen, Bakterien, perlten einfach davon ab, wie damals bei Poisons Transportbehältern.
Mit dem letzten Blutstropfen setzten sich ebenso die herumliegenden Schädelknochensplitter, Gehirnmasse, Haare, eben alles, was Ant verlassen hatte, in Gang, um an ihren angestammten Platz zurückzukehren. Sein Kopf, die gebrochenen Knochen, die inneren Organe, die gerissene Arterie, alles fing an, sich zu rekonstruieren.
Mit dem ersten Atemzug ließ er einen schrecklichen, markerschütternden Schrei los.
Er fühlte jetzt die wahnsinnigen Schmerzen, die er durch sein Ableben verpasst zu haben schien. Jedweder Knochen, der sich richtete, jedes Organ, das sich zusammenfügte, alles versorgte Ants Gehirn mit unmenschlichen Schmerzimpulsen.
Die Satanisten verfolgten, vom Entsetzen wie elektrisiert, und angewurzelt auf dem Dach stehend, die mit Schmerzschreien durchzogene Auferstehung Ants.
Er richtete sich qualverzehrt langsam wieder auf.
Als er schreiend vor Pein und Wut nach oben sah, wo die Satanisten nach wie vor schockiert über die Kante nach unten stierten, fingen die Feiglinge wie vom Donner gerührt an, zu rennen. Vollgepumpt mit Adrenalin, ihrem Fluchtinstinkt folgend, wie Kaninchen, rannten sie schreiend die Treppen hinunter.
Den Aufzug und die Abschaltung der Stromversorgung vergaßen sie, als sie letztlich mit Vollgas durch das geschlossene Rolltor-Gitter der Tiefgarageneinfahrt rasten.
Dabei demolierten sie ihren Van im Frontbereich. Als diese Leuchten dann versuchten, in der verbogenen Karosse, mit überhöhter Geschwindigkeit, durch die Stadt zu fliehen, hielt die Polizei sie auf.
Da alle sechs Van-Insassen extrem aufgeregt wirkten, einige offensichtlich unter Drogeneinfluss standen, und Derek Vanlint etwas von einer Mumie faselte, riefen die Streifenpolizisten Verstärkung. Die Gruppe verängstigter Schwarzmäntel wurde auf das Revier gebracht.
Detective Stone besichtigte währenddessen den Keller des Antonin-Hauses, um sich einen Überblick zu verschaffen, übersehene Spuren, zu finden.

Er stellte fest, dass tatsächlich alle Splitter der Kellerfenster nach innen gefallen waren, aus allen Richtungen.
Als ob es im Keller ein enormes Vakuum gegeben hätte, eine Implosion, völlig unerklärlich. Als er sich bei den Regalen umsah, fand er das Temperatur- und Feuchtigkeitsmessgerät, von dem Ant gesprochen hatte. Leicht verrutscht, nicht mehr exakt auf derselben Stelle wie zuvor, das konnte Stone am Staubrand erkennen. Jemand hatte es benutzt, oder es verrutschte beim Beben. Als er das Regal in der Ecke durchsuchte, fand er eine kreisrunde, fast staublose Stelle.
Hier musste etwas gestanden haben, was vielleicht durch die Erdbewegungen aus dem Regal gefallen war. Er fand aber nichts Entsprechendes, erinnerte sich auch nicht, dass die Kollegen von der Spurensicherung einen solchen Gegenstand sichergestellt hatten. Er notierte sich, das später anhand der Inventurlisten zu überprüfen. Sein Handy klingelte.
Er erhielt die Information, dass die Streifenpolizei eine Gruppe von Satanisten verhaftet hatte, sie jetzt auf dem Revier festhielt, und dass einer von ihnen etwas über eine weitere Mumie, auf dem Dach des leerstehenden Gebäudes in der Miller Street, erzählt hatte.
Stone hatte vor, sich soeben auf den Weg zu machen, da hörte er, wie sich eine Person Zutritt zum Haus verschaffte und herumstöberte.
Er nahm vorsichtig seine Dienstwaffe aus dem Holster, und lud sie so leise wie möglich durch.
Als sich das Poltern vom Erdgeschoß in das Obergeschoß verlagerte, schlich er behutsam die Kellertreppe nach oben. Der Eindringling schien sich keine große Mühe zu geben, seine Anwesenheit geheim zu halten.
Stone wusste, dass diese Person nur über die Treppe zurück ins Erdgeschoß gelangen konnte, und versteckte sich in der Nähe, im Bereich der Küchentür.
Zunächst ließ das Gepolter nach, Stille kehrte ein. Nach einer Weile hörte Stone am Knarzen der Holztreppe, dass der Einbrecher auf dem Weg nach unten war. Er sah einen Kerl vorbeihuschen, gekleidet mit einer schwarzen Lederjacke, Bluejeans, Sweater und Laufschuhen, mit einem unverkennbaren, weißen Haarschopf. Stone sprang aus seinem Versteck:

„Halt, Josef! Keinen Schritt weiter, hier ist die Polizei!"
Ant blieb erschrocken stehen, und drehte sich langsam um. Der Detektiv entdeckte eine große Narbe, die quer über Ants Stirn verlief: „Hände hoch und keine Bewegung, Josef! Dieses Haus ist polizeilich versiegelt, was machst du hier drin?"
Ant nahm langsam die Hände hoch:
„Ich wohne hier. Ich kann mir doch Klamotten aus meinem eigenen Zuhause holen, oder? Geld und Schmuck konnte ich nicht finden. Das hat sich wohl eure Spurensicherung oder der Katastrophenschutz unter den Nagel gerissen?"
„Ganz ruhig Josef, wenn du das beweisen kannst, bin ich auf deiner Seite. Trotzdem habe ich noch einige Fragen an dich. Bezüglich des Ablaufes im Keller, und außerdem fand man noch weitere Überreste einer Mumie, etwas entfernt von hier, auf einem Dach."
Ants Augen starrten leer in den Raum, und es rutschte ihm ein leise geflüstertes „Chester Li" heraus.
Stone hob angespannt den Lauf seiner Pistole an, und zielte jetzt auf Ant:
„Wie bitte, habe ich da gerade einen Namen gehört? Chester Li? Du weißt also wer der Tote ist?"
Ant schwieg. Freilich wusste er es, hatte er doch den Auftrag dazu gegeben, diesen Drecksack auszuradieren. Der Polizei hatte er aber nichts mitzuteilen.
Stone reichte es jetzt:
„Ich erkläre dir hiermit die vorläufige Festnahme, Josef. Gesicht zur Wand, Beine auseinander, Handflächen an die Wand!"
Ant bewegte sich nicht.
„Ich meine es ernst Josef, ich mache von der Schusswaffe gebrauch, wenn du dich widersetzt!"
Ant nahm aber die Hände wieder herunter:
„Detective Stone, ich habe Chester Li nichts getan. Ich habe Niemandem etwas getan. Ich kann ihnen nur sagen, dass sie mich nicht erschießen können. Wenn sie es versuchen, wird jemand anderes dafür sterben müssen. Ich weiß, dass sich das völlig irre für sie anhören muss. Aber glauben sie mir, Chester Li ist gestorben, weil er versucht hat mich umzubringen.

Es gibt eine Macht. Eine Macht, die mich beschützt, die es nicht zuläßt, dass ich getötet werde."
Stone wurde sichtlich nervöser:
„Schwachsinn! Ich werde dich jetzt mitnehmen! Nimm die Hände wieder hoch und dreh dich um!"
„Nein. Sie nehmen mich nicht mit. Niemand wird mich einsperren für etwas, was ich nicht verbrochen habe. Ich werde jetzt verschwinden. Versuchen sie nicht, mich daran zu hindern."
Ant drehte sich um, und bewegte sich Richtung Ausgang.
Stone bekam es mit der Angst zutun, fuchtelte mit der Dienstpistole herum:
„Halt! Stehenbleiben oder ich schieße!"
Er gab einen Warnschuss ab, der Deckenputz bröckelte herunter.
Ant zuckte nicht einmal. Ohne weiter nachzudenken, nahm er die Türklinke in die Hand.
Dann löste sich ein weiterer Schuss aus der Pistole.
Ant spürte, wie das Projektil, mit einem dumpfen Schlag, in den Rücken eindrang. Eine Rippe zerbarst, und die Splitter spießten sich in seinen Lungenflügel.
Die von dem Rippenknochen abgelenkte Kugel zerfetzte das Herz. Er brach auf der Stelle „tot" zusammen.
Stone starrte geschockt auf sein Werk. Er hatte schon einmal in Notwehr einen Schwerverbrecher erschossen. Doch nun lag ein toter Junge vor ihm, fast noch ein Kind, das er, in dessen eigenem Haus niedergeschossen hatte. Von hinten.
Er hatte nicht vor, ihn zu töten, es lief alles erheblich zu schnell ab, er wusste nicht, wie es möglich war, dass sich der Schuss ohne Weiteres löste, hatte er doch den Abzug kaum berührt. Die Verzweiflung packte ihn, bis er sich entsetzt und schmerzverzerrt an die Brust griff.
Ant hingegen, hatte dieselbe Ekeltour zurückzulegen wie erst kurz zuvor.
Wieder mühsam und anstrengend für Ant. Poisons Unzufriedenheit war an dessen verschärftem Ton zu erkennen:
„Was willst du schon wieder hier!? Ich glaube, du möchtest mich verarschen. Ist es das!? Du hast es darauf abgesehen, mich anzuscheißen, Ant, wirklich!?"

Obwohl er wieder eine furchtbare Höllenfahrt hinter sich hatte, fühlte Ant sich etwas schuldig, hatte er ein schlechtes Gewissen:
„Nein, Mr. Poison, was kann ich dafür, wenn dieser dämliche Detective mir einfach in den Rücken schießt? Was hätte ich ihrer Meinung nach machen sollen?"
„Tatsächlich, er will mich verarschen. Wenn dir jemand eine scharfe Schusswaffe entgegenhält, und dir befiehlt stehen zu bleiben, dann bleibst du gefälligst stehen!
Ich möchte dein dummes Verhalten fast in Richtung Suizid bewerten, was meinst du?"
„Sie können das sehen wie sie wollen, mir egal."
„Ok, dann soll **ich** also dein nächstes Opfer auswählen, gut, wie sieht es mit Andrea aus? Ach, sieh an, er kapiert langsam, na, wie soll ich jetzt verfahren?"
„Nein ..., nein ..., bitte Mr. Poison, nicht Andrea, es handelte sich nicht um Selbstmord, wir haben vereinbart, dass sie nur bei einem Suizid das Sagen haben, bitte, ich dachte nicht, dass dieser Polizist mich einfach über den Haufen knallt, ich passe künftig besser auf mein Leben auf, versprochen!"
Poison musterte Ant mit strenger Miene:
„Ich kann machen, was **ich** will, aber ich sehe das vermutlich anders als du und halte mich an Vereinbarungen. Na gut ..., Deal ist Deal, ohne Wenn und Aber. Es ist besser, ein einziges kleines Licht anzuzünden, als die Dunkelheit zu verfluchen.
Deshalb halte ich an dir fest, Ant. Ich habe dein kleines Lichtlein entzündet. Es wird nun Zeit, dass du dich an deinen Teil des Deals hältst. Glaubst du, es hätte keine Folgen, wenn ein Leichnam nach dem anderen gefunden wird, und wenn haufenweise Zeugen deine Auferstehungen miterleben? Also, du bist dran, wer soll es diesmal sein?"
„Derek Vanlint. Er ist in Chester Lis Bande, und war dabei, als sie mich vom Hausdach geworfen haben."
Mr. Poisons Gesichtsausdruck spiegelte seine Fassungslosigkeit wider:
„Ich dachte, ich hätte deine Gehirnleistung erheblich verbessert, dein Licht entfacht, Josef.

Was glaubst du, wird passieren, wenn Vanlints Lebensenergie dich erreicht, du wieder auferstehst von den Toten, und all das direkt vor dem Pistolenlauf von Detective Stone?
Natürlich wird er wieder abdrücken, und zwar so lange, bis sein Magazin leer ist. Wie es aussieht, kann ich dir die Wahl erst wieder überlassen, wenn du in der Lage bist, dein verbessertes Gehirn auch zu nutzen. Du kannst keine weiteren Zeugen gebrauchen. Ich wähle deshalb den Detective aus."
Ant war zwar nicht zufrieden, vermied es aber, einen Aufstand zu veranstalten. Hauptsache es gelang ihm, Andrea aus dem Spiel zu halten. Eine Beschwerde hatte er aber vorzubringen:
„Gut, wenn das ihre Entscheidung ist. Aber sagen sie, weshalb muß ich mich jedes Mal durch diese Leichenpampe ziehen lassen, wenn ich zu ihnen geschickt werde?"
Der Gedanke, dass Ant sich davor ekelte, gefiel Poison. Genau das zu erreichen, war sein Ziel. Ein dezentes Lächeln huschte über sein Gesicht:
„Ich vermag es dir doch nicht so leicht zu machen. Soll ich dich vorher durch Zuckerwatte und Schokoladensoße ziehen? Dann ständest du doch ständig bei mir auf der Matte. Außerdem, was ekelt dich an dieser sogenannten Pampe? Du lebst doch auf der Erde, oder? Ehemals ein Planet aus Wasser und Fels. Weißt du nicht, was Erde ist? Wie sie auf den Fels gekommen ist?
Alle Lebewesen, die je diesen Planeten bewohnten, starben über Milliarden von Jahren, verwesen, oder sind verspeist und ausgeschissen worden, und die Scheiße ist nochmals gefressen und ausgeschissen worden. Du läufst seit deiner Geburt auf diesem Haufen aus Verwesung und Scheiße herum, ohne dich darüber jemals beschwert zu haben. Wenn du ein paar Meter nach unten gräbst, hast du gute Chancen, einen Haufen Dinosaurierscheiße zu erwischen. Also, was willst du? Aber bitte, beim nächsten Mal, vorausgesetzt es gibt ein nächstes Mal, werde ich es etwas unangenehmer für dich gestalten."
Er stoppte abrupt in seinem Monolog, als hätte er soeben eine Nachricht erhalten:
„Halt, einen Augenblick ..., ich kann die Lebensenergie des Detectives nicht mehr verwenden, er ist gerade an einem Herzinfarkt verstorben.

Ok, dann jetzt eben Vanlint. Ich hasse es, wenn du Recht hast, auch wenn es wie hier auf reinem Zufall beruht. Und jetzt verschwinde wieder!"...

7. Zur gleichen Zeit auf dem Revier

Als Ant aufwachte, hatte er wieder diese extremen Schmerzen, diesmal in der Brust. Am Rücken befand sich eine weitere fiese Narbe. Detective Stone lag tot im Flur. Die frisch abgefeuerte Dienstwaffe lag neben dessen Leiche.

Ant, nicht mehr schockiert, abgebrüht und gleichgültig, trapste an Stones Leiche vorbei, stapfte nochmal die Treppen nach oben, und zog sich ein weiteres Mal um. Dabei bediente er sich aus dem Kleiderschrank seines Vaters. Die durchlöcherte Jacke und den Sweater, hängte er feinsäuberlich zurück in den Schrank. Plötzlich spürte er etwas Metallisches im Mund. Er spuckte es aus. Es handelte sich um das Projektil, dass es bisher nicht aus seinem Körper heraus geschafft hatte, jetzt aber endlich zum Vorschein kam. Da er keine Beweismittel, überzogen mit DNA zurücklassen wollte, steckte er es ein, und verließ das Haus.

Auf den Straßen rührte sich nichts. Keine Menschenseele weilte in der Umgebung. Alle Häuser waren nach wie vor geräumt. Die Behörden hielten in der Gegend, aus Sicherheitsgründen, weiterhin die strikte Aufrechterhaltung der Evakuierungsanordnung für nötig, weshalb niemand die Schüsse gehört hatte. Es dauerte einige Tage, bis Stones Kollegen dessen Leiche fanden. Er hatte gefeuert, bevor er dem Herzinfarkt erlag.

Ein Projektil kam in der Decke zum Vorschein, vom Zweiten fehlte, trotz akribischer Suche, jede Spur. Möglich, dass er versuchte, durch die Schüsse auf sich und seine Notlage aufmerksam zu machen, weil er nicht mehr in der Lage war, sein Handy zu benutzen. Außer einem Herzinfarkt ergab die Obduktion keinerlei Gründe für den Exodus. Sein Ableben wurde als natürlicher Tod bewertet. Ungesunde Lebensweise.

Ant wusste nicht, dass der Detective mit seinen Berichten im Verzug lag. Er hatte keine Kenntnis davon, dass außer Stone bisher niemand hinter ihm her schnüffelte, und dass dessen Bericht über ihn, mit dem Detective starb. Ant wusste nur Eines, es war an der Zeit zu verschwinden.

Als Stone dahinschied, saßen die Satanisten zusammen mit einigen anderen unlauteren Subjekten in der großen Stahlgitter-Zelle, im Erdgeschoß des Reviers, und warteten auf ihre Vernehmung.

Sie hatten sich, soweit beruhigt, dass sie es wieder verstanden, klare Gedanken zu fassen. Bis auf Derek Vanlint. Er beabsichtigte, unbedingt auszusagen, was er gesehen hatte.

Die Anderen versuchten ihn, zu überzeugen, dass eine solche Aussage nicht zuträglich sei.

Falls überhaupt jemand bereit sei, diese hanebüchene Geschichte zu glauben, blühte ihnen eine Verurteilung wegen Beihilfe zu einem versuchten Mord.

Das bedeutete eine jahrzehntelange Haftstrafe.

Sie versuchten Vanlint davon zu überzeugen, dass es besser sei, Ant gar nicht zu erwähnen.

Sie könnten aussagen, dass sie nur vorhatten, die sonnige Aussicht zu genießen, und dabei hätte es eben, aus unerfindlichen Gründen, Chester Li zerbröselt.

Vanlint verhielt sich aber völlig verwirrt, faselte leise vor sich hin, Ant sei ein Dämon, Ant käme vermutlich, um sie später zu holen, und dass er deshalb aussagen müsse.

Als sich dann Vanlints Lebensenergie, vor den Augen der entsetzt schreienden Zelleninsassen verabschiedete, und er zu Staub zerfiel, war allen Satanisten klar, dass Ant mit höheren Mächten im Bunde stand.

Vanlint hatte vor auszusagen, und starb deshalb als Mumie, zumindest ihrer Meinung nach.

Keiner von ihnen wagte es jemals wieder, sich mit Ant anzulegen.

Ihre Vernehmungen liefen alle im selben Kontext ab, Ant erwähnten sie mit keiner Silbe. Sie gaben zu, in die Tiefgarage und den Versorgungsraum eingebrochen zu sein, dass sie auf das Dach stiegen, um sich dort nach einem Zeremonienort umzusehen, insbesondere wegen der Abgeschiedenheit und der sensationellen Aussicht dort verweilten.

Chester sei plötzlich vor ihren Augen mumifiziert worden, weshalb sie panisch mit dem Van flohen.

Wie bei allen anderen Opfern im Mumienfall, fanden die Beamten der Spurensicherung an der zerfallenen Leiche von Chester Li ebenfalls keinerlei Hinweise auf ein Verbrechen.
Zur Mumifizierung von Derek Vanlint wurden die Satanisten nur kurz befragt.
Alle anderen Kleinkriminellen, die sich mit ihnen in der Zelle aufhielten, sagten übereinstimmend aus, dass niemand Vanlint angerührt hatte, dass die Satanisten genauso schockiert reagierten, wie sie.
Wegen groben Unfugs und Sachbeschädigung, klagte sie der Staatsanwalt an. Gegen kleine Geldstrafen, kamen sie wieder auf freien Fuß.
Sie hatten ihren Satan getroffen, und zwei von ihnen bissen dafür ins Gras. Ohne Anführer, und mit der Angst eines Jeden, als nächster zu krepieren, kam sehr schnell das Aus für die Satanisten-Gang.
Logischerweise herrschte in der Mordkommission die Meinung vor, dass diese Kerle etwas mit dem Mumienfall zutun hatten, einen Beweis dafür fanden sie aber nicht.
Ant stuften die Ermittler als Überlebenden ein, der seine Eltern verloren hatte, keinesfalls als Tatverdächtigen, höchstenfalls als Opfer.
Gegen ihn ermittelte die Polizei nicht weiter. Der Fall wurde an das FBI weitergeleitet. ...

8. Die Triaden

An Ant dachte zunächst keiner der ermittelnden Beamten mehr. Er verschwand, ohne sich zu verabschieden, von der Bildfläche. Das hielt er für die beste Lösung. Er zielte damit darauf ab, Andrea zu beschützen. Die Bedrohungen durch Mr. Poison oder die Triaden, konnte er nur von ihr fernhalten, wenn er jeglichen Kontakt abbrach.
Sie verzweifelte sicher, trauerte eine Weile um ihn, und vergaß ihn dann, dachte Ant. Die Zeit würde alle ihre Wunden heilen, nahm er an. Es sei schlankwegs besser und sicherer für sie.
Um völlig zu verschwinden plante er, Port Ryan für immer zu verlassen. Die einzige Möglichkeit, die sich ihm bot, stellten seine Großeltern in Coulder, Colorado, dar.
Nach Ants Überzeugung lag auf deren Seite zwar keine große Begeisterung vor, bei einem Treffen gelänge es ihm aber sicher, sie weichzukochen.
Ant hatte genug Bargeld im Schlafzimmer seiner Eltern gefunden. Den verstorbenen Detective Stone, log er beim letzten Aufeinandertreffen diesbezüglich glatt an. Auf alle Fälle reichte die Kohle, um ein Zimmer im `East Coast Motel´ zu mieten, und frei von Geldnöten einige Tage selbst für seinen Lebensunterhalt zu sorgen, bis die Großeltern wegen der Beerdigung aufkreuzten.
Er wusste, dass es zum Prozedere der Behörden gehörte, nach dem Ableben seiner Eltern, automatisch die nächsten Verwandten zu verständigen. Irgendwer hatte eben für die Kosten der Beisetzung aufzukommen.
Ant plante, seine Großeltern während der Trauerzeremonie zu treffen. Sicher würden sie, in der vorherrschenden Stimmungslage einverstanden sein, ihn bei sich aufzunehmen.
Bis dahin hatte er aber noch genug Zeit. Die Beerdigung sollte erst in drei Tagen stattfinden.
Er hatte niemandem gesagt, wo er sich aufhielt, trotzdem passten ihn zwei Chinesen vor seinem Motelzimmer ab. Diese Triaden schienen ihre Augen und Ohren überall zu haben, zumindest hatten sie keine Probleme damit, Ant aufzuspüren. Ihre kostspielige Bentley Limousine parkte direkt vor Ants Zimmertür.

Sie klopften und warteten, bis er herauskam. Beide Herren erschienen, gekleidet in dunklen Anzügen. Obwohl wieder einer dieser trüben, kühlen Spätherbsttage für gedämmtes Licht sorgte, trug jeder von den beiden eine dunkle Sonnenbrille. Auf dem Beifahrersitz und auf der Rückbank saßen ebenfalls weitere dieser Typen. Die hintere Tür auf der Beifahrerseite ließen sie für ihn geöffnet.
Ant blieb in der Zimmertür stehen:
„Hallo, die Herren, wie kann ich ihnen helfen?"
Beide Chinesen in Schwarz, deuteten einladend auf die geöffnete Autotür:
„Sie haben ein Treffen mit Wei Li. Wir sollen dafür sorgen, dass sie pünktlich erscheinen."
Ant sah die beiden erstaunt an:
„Ich weiß nichts von einem Treffen. Ich habe jetzt auch keine Zeit für sie."
Er drehte sich um, versuchte, in sein Zimmer zurückzukehren, einer der Typen hielt ihn jedoch am Oberarm fest.
Der Kerl, der ihn festhielt, lüftete mit der anderen Hand sein Sakko, und eine großkalibrige Handfeuerwaffe kam zum Vorschein. Der Chinese lächelte, und sprach weiter in freundlichem Ton zu Ant:
„Leider werden sie sich dafür Zeit nehmen müssen. Ich bitte die Unannehmlichkeiten zu entschuldigen, aber mein Auftrag lautet, sie zu diesem Treffen zu bringen. Wenn es sein muß, mit Gewalt."
Ant überlegte kurz, welche Möglichkeiten ihm zur Verfügung standen. Was konnte ihm schon passieren? Wenn er sich jetzt weigerte, hatte er aber sicher wieder Schmerzen zu erleiden. Wenn er widerstandslos mitführe, erführe er wenigstens, was dieser Li plante:
„Ok, ich hab`s mir überlegt, ich komme mit. Trotzdem muß ich mir noch meine Jacke aus dem Zimmer holen."
Der Chinese lächelte nach wie vor:
„Keine Jacke. Wir fahren sofort, alles klar?"
Ant setzte sich missmutig auf die Rückbank.
Der bewaffnete Kerl nahm direkt neben ihm Platz, sodass Ant in der Mitte zwischen zwei dieser Typen saß. Der Andere stieg auf der Fahrerseite ein, und sie brausten davon.

Auf der gesamten Fahrt sprachen sie kein weiteres Wort miteinander. Im Hof der Reinigung hielten sie an, und stiegen alle aus.
Die vier Kerle umringten Ant, und führten ihn durch die Wäscherei zum Treppenaufgang, von dort nach oben in das Büro des Chefs.
Wei Li saß zufrieden hinter seinem riesigen, mit geschnitzten Drachen verzierten Schreibtisch aus Tropenholz. Er deutete auf den Bürostuhl davor:
„Ah, Gwaizai besucht mich endlich einmal, nimm Platz, Gwaizai."
Ant setzte sich gelassen auf den Stuhl. Einer der Bodyguards blieb direkt hinter ihm stehen. Links und rechts neben dem Schreibtisch und an der Tür verharrten die Anderen:
„Weshalb nennen Sie mich Geisterjunge, Mister Li, sie sind doch Wei Li?"
Lis Augen weiteten sich überrascht:
„Du sprichst Chinesisch? Ich bin beeindruckt, Gwaizai. Ich will nicht unhöflich sein, ich bin Wei Li, der Onkel des verstorbenen Chester, du kanntest ihn ja."
„Ja, den kannte ich, der wollte mich umbringen, dieser irre Psycho."
Der Bodyguard direkt hinter Ant schlug ihm mit der flachen Hand heftig über den Hinterkopf.
Li unterband weitere Tätlichkeiten mit einer beschwichtigenden Handbewegung:
„Es tut mir leid, diese Kerle hier reagieren immer nervös, wenn jemand ein Familienmitglied beleidigt. Ich rate dir, dich künftig etwas respektvoller zu äußern. Mir ist natürlich bewusst, dass Chester ein Psychopath vom Feinsten war. Obwohl ich ihm verboten hatte, sich an dir zu vergreifen, Gwaizai, wollte er nicht hören. Und nun ist er tot, und du lebst. Ich frage mich, wie das möglich ist. Natürlich habe ich diese schwachsinnigen Satanisten befragt, die sich um ihn scharten. Sie wollten nicht reden, erst als ihnen Körperteile, sagen wir mal, abhanden kamen, fingen sie an zu singen. Alle haben völlig unabhängig voneinander und übereinstimmend ausgesagt, dass Chester dich vom Dach des Hochhauses gestoßen hat. Das du unten aufschlugst und Matsch warst. Dann ist etwas aus Chester ausgetreten und in dich eingedrungen.

Danach verwandelte sich mein Neffe in eine Mumie, und du hast gelebt. Du hast in quasi ausgesaugt. Wie hast du das gemacht, Gwaizai?"
Ant sagte nichts. Und patsch, hatte er schon wieder Eine, über den Hinterkopf bekommen. Li winkte wie vorher ab, und sah Ant an, als hätte er vor ihn zu hypnotisieren:
„Ich habe natürlich weiter nachgeforscht. Du und noch so ein Kerl, der aber kurz darauf gestorben ist, also im Endeffekt nur du, hast im Umkreis einer viertel Meile um dein Elternhaus überlebt.
Alle Leute außen herum sind mumifiziert worden, wie Chester, und wie dieser Satanist im Polizeirevier. Was hast du getan, Gwaizai? Wie hast du das gemacht?"
Ant wandte sich erst an den Typen hinter ihm:
„Wenn er nochmal zuschlägt, passiert ihm das Gleiche wie Chester, klar?"
Li gab eilig ein weiteres Handzeichen, und der Kerl hinter Ant entfernte sich ein paar Schritte vom Bürostuhl.
Ant fuhr fort:
„Sie kennen also meine Fähigkeiten. Weshalb sollte ich ihnen irgendetwas erzählen? Was hindert mich daran, einfach aufzustehen und nachhause zu laufen? Wer will mich aufhalten? Wollt ihr alle enden wie Chester?"
Lis Gesicht verzog sich finster. Alle vier Kerle holten ihre Knarren heraus. Li überlegte kurz:
„Ich weiß nicht, was in deiner Macht steht. Vielleicht kannst du uns ja alle zu Staub zerfallen lassen. Du warst doch zuvor ein normaler Junge. Und plötzlich hinterlässt du überall Leichen, Mumien. Was ist passiert. Hast du dich mit Baise Emo oder auch Baak Gwai eingelassen?"
Ant fühlte sich sichtlich ertappt. Woher wusste dieser Chinese von Poison?
„Was meinen sie mit `weißer Teufel´ oder `weißer Geist´, Mister Li?"
„Das weißt du genau, Gwaizai, oder?"
„Woher wissen sie davon, wer ist dieser weiße Teufel?"
Li lächelte:
„Ich hab`s doch gewußt. Ich hatte wieder einmal Recht. Es gibt uralte chinesische Legenden, Geistergeschichten.

Diese Geschichten reichen zurück bis Konfuzius, und noch weiter. Man behauptet, Konfuzius sei auch ein normaler Mann gewesen, bis er Baise Emo traf."
„Was wollen sie von mir, Mister Li?"
„Zunächst einmal hast du den besten Dealer der Stadt, meinen Neffen, auf dem Gewissen. Ich glaube jetzt, dass dich dafür keine Schuld trifft. Aber der finanzielle Verlust muss ausgeglichen werden. Du könntest mir gute Dienste leisten, mit deinen Fähigkeiten. In meinem Geschäft gibt es immer wieder Leute, die beseitigt werden müssen. Stell dir vor, welche Macht wir beide ausüben könnten, was für ein Imperium wir aufbauen könnten, wenn wir zusammenarbeiteten. Alle hätten Angst, dass Gwaizai sie holen kommt."
„Halten sie mich für einen Auftragskiller, Mister Li? Ich bin immer noch ein normaler Junge. Nur wenn mir jemand etwas antun will, wenn mich jemand tötet, fällt diese Untat auf denjenigen selbst zurück. Ich kann nicht mit ihnen zusammenarbeiten."
Lis Gesichtsausdruck verdunkelte sich wieder:
„Das war keine Bitte, Gwaizai. Vielleicht können wir dich nicht verletzen oder töten, ich habe jedoch den Namen Andrea Heinz gehört. Sollen wir uns um sie kümmern? Vielleicht erhöht das dann deine Bereitschaft, meine Aufträge auszuführen? Was meinst du?"
Verzweiflung spiegelte sich in Ants Gesicht. Wie gelange es ihm, sich hier herauszuwinden? Obwohl unschuldig an diesem Schlamassel, versuchte immer irgendwer, Andrea in seine Schwierigkeiten hineinzuziehen. Er musste Zeit gewinnen:
„Wenn ich ihnen jetzt sage, dass mir das Mädchen inzwischen völlig egal ist, dann beeindruckt sie das vermutlich nicht."
„Nein, sicher nicht. Ob du sie nun magst oder nicht, spielt keine große Rolle. Ich denke nur, du bist ein anständiger Kerl. Du kannst es doch nicht zulassen, dass unschuldige Personen, wegen deiner Verweigerungshaltung verletzt werden. Wir kümmern uns zuerst um sie. Danach machen wir einfach mit x-beliebigen Menschen weiter. Es sei denn, du willigst ein. Alle diese armen Leute würden dir auf der Seele brennen, denn nur du bist fähig, ihr Leid zu verhindern."
„Ok, ok, sie haben gewonnen. Geben sie mir aber Zeit, wenigstens, bis die Beerdigung meiner Eltern vorüber ist. Danach bin ich ihr Mann.

Dann können wir uns über die Einzelheiten unterhalten. Geben sie mir diese drei Tage."
Wei Li war zufrieden. Hatte er doch wieder einmal die überzeugenderen Argumente vorzuweisen. Drei Tage hin oder her, hier vermochte er sich ohne Weiteres, großzügig zu zeigen:
„Na gut, Gwaizai, ich gebe dir die drei Tage. Als Zeichen meines guten Willens. Versuche nicht zu verschwinden. Denk an dieses Mädchen. Also ..., das war es dann für heute."
Er wandte sich an seine Bodyguards:
„Fahrt euren neuen Kollegen zurück zum Motel, Jungs."
Und an Ant gerichtet:
„Bis in drei Tagen, wir sehen uns, Gwaizai."
Ant verabschiedete sich von Li. Während der Rückfahrt zum Motel überlegte er angestrengt, welche Möglichkeiten er hatte, etwas zu unternehmen, wie er es zu schaffen vermochte, sich aus dieser prekären Lage zu befreien, ohne Andreas oder ein anderes Leben zu gefährden. ...

9. Chong Xu

Er wusste, dass der Name Chong Xu, vorher mehrmals in den Medien im Zusammenhang mit Drogenkriminalität gefallen war.
Wei Li dagegen konnte man medial als ein unbeschriebenes Blatt bezeichnen. Daraus schloss Ant, dass Li nur so etwas wie einen kleinen Bezirksleiter darstellte, während Chong Xu eine größere Nummer zu sein schien. Offensichtlich stammten beide nicht aus derselben Familie, womöglich gelang es ihm, sie gegeneinander aufzuhetzen.
Über das Internet fand Ant eine Import-/Export-Firma in Boston, wo Xu als Geschäftsführer fungierte.
Es störte ihn nicht weiter, wenn Xu ihn fände. Deshalb benutzte er den Festnetzanschluss seines Motelzimmers.
Sicher waren sie dort nicht auf Kundenverkehr ausgerichtet, denn die asiatische Dame am anderen Ende der Leitung meldete sich in ihrer Landessprache:
„Chong Xu Import/Export, was kann ich für sie tun?"
Ants Gehirn schaltete sofort, so war er in der Lage, das gesamte Telefonat in Chinesisch zu führen:
„Ich rufe aus Port Ryan an. Kann ich bitte Mister Chong Xu sprechen."
„Tut mir leid, Mister Xu ist sehr beschäftigt. Ich kann mir ihre Nummer notieren. Wenn möglich, ruft er sie zurück."
„Es ist dringend. Ich bin Gwaizai. Es geht um Wei Li, um Leben und Tod. Vielleicht hat er jetzt Zeit für mich?"
„Einen Moment bitte ..."
Es knackste etwas in der Leitung, dann kam eine dieser chinesischen Hintergrund-Fahrstuhl-Musikeinlagen. Vermutlich dauerte es ein wenig, bis die Empfangsdame ihn auf eine abhörsichere Leitung aufschaltete. Nach kurzer Zeit meldete sich ein mürrisch klingender Mann:
„Chong Xu! Was heißt hier Gwaizai? Was soll das, hast du eine Meise? Weshalb rufst du hier an? Was ist mit Li?"
„Oh nein, leider bin ich nicht verrückt. Gwaizai, das ist der Name, den Li mir gegeben hat. Li meint, ich hätte alle diese Leute in Port Ryan mumifiziert.

Auch seinen Neffen, Chester Li. Und nun will er mich dazu erpressen, sie, Mr. Xu, ebenfalls auf diese Art zu beseitigen. Ich wende mich deshalb direkt an sie. Wissen sie, ich will niemanden töten, aber wenn ich nicht gehorche, will Li wahllos unschuldige Menschen ermorden. Deshalb möchte ich sie bitten, Lis Treiben Einhalt zu gebieten."
Längeres Schweigen folgte auf Ants Vortrag. Chong Xu, eigentlich ein Mann der schnellen Entschlüsse, hatte aber niemals zuvor von einem Gwaizai gehört.
Ein Geisterjunge, so ein Schwachsinn. Er wusste, dass in British Columbia, Kanada, weiße Schwarzbären lebten. Diese Bären bezeichnete man als Geisterbären. So erklärte er sich zunächst den seltsamen Namen:
„Das möchte ich lieber persönlich besprechen. Unter vier Augen. Jemand wird sie abholen. Wo kann ich sie finden?"
„Port Ryan, East Coast Motel, Zimmer 139."
Ohne Verabschiedung legte Chong Xu auf. Ant saß nach wie vor mit dem Hörer in der Hand da, und dachte nach. Was, wenn die beiden sich einig sind? Wäre es besser, das FBI zu involvieren? Vielleicht später. Erst einmal hatte er vor, das Treffen mit Chong Xu abzuhalten.
Es dauerte seine Zeit, bis ein dicker Mercedes vorfuhr. Ein edel gekleideter Asiate stieg aus, und klopfte an Ants Tür. Er öffnete ohne Verzögerung, und Chong Xus Angestellter fragte:
„Bist du Gwaizai?"
Der Chinese schaute auf Ants weißen Haarschopf, und antwortete sich selbst:
„Ja, offensichtlich bist du es. Du weißt, worum es geht, wir werden eine Weile unterwegs sein, also fahren wir am besten gleich los."
Ant nahm wortlos auf dem Beifahrersitz Platz. Sie fuhren hoch zur Interstate 95, und dann in Richtung Boston. Die Fahrt zog sich hin, bis sie dann endlich nach Salem abbogen. Dort hielten sie an der Marina. Chong Xu erwartete ihn auf seiner Yacht, der Lo´ng III, einem opulent ausgestatteten Motorboot mit 20 Metern Länge.
Zahlreiche „Bedienstete", asiatischer Herkunft, trieben sich auf Deck herum. Als Ant an Bord stieg, filzten diese Angestellten ihn zunächst nach Waffen oder Mikrophonen, dann legte die Yacht ab, und fuhr hinaus auf den Atlantik.

Sie führten ihn nach unten, wo Xu, mit zwei leicht bekleideten Damen im Arm, bei einem Glas Champagner thronte.
Xu sah ein wenig aus wie Buddha, nur sein eiskaltes Gesicht und die Tattoos, entsprachen nicht diesem Bild. Die See gebar sich, jetzt im November, störrisch und aufgewühlt, die Wellen schlugen, wegen der schnellen Fahrt, in kurzem Rhythmus gegen die Bordplanken, während das Boot sich seinen Weg durch das Wasser pflügte. Als Ant die Luxuskabine betrat, verfinsterte sich Xus Antlitz. Mit einer Geste wies er Ant wortlos an, am Tisch Platz zu nehmen.
Als Ant saß, schenkte er ihm ein Glas Champagner ein, und stellte es vor ihm auf den Tisch. Mit einer kreisenden Handbewegung schickte er die anwesenden Damen aus dem Raum:
„Du bist also Gwaizai? Ich habe gedacht, du seist etwas kleiner. Und diese Narbe quer über die Stirn. Wie ist das passiert?"
„Man hat mich ohnmächtig im Haus aufgefunden, zwischen meinen toten, mumifizierten Eltern. Ich weiß nicht, wie das passiert ist. Auf jeden Fall haben die mich im Krankenhaus wieder zusammengeflickt."
„Das ist aber gut verheilt, in dieser kurzen Zeit. Was soll`s, Narben erinnern uns an das was wir erlebt haben, über die Zukunft sagen sie jedoch nichts aus. Also ..., du hast mir etwas zu sagen, hier können wir ungestört sprechen. Völlig unbeeinträchtigt, niemand bemerkt es, wenn du draußen im Atlantik über Bord gehst. Überleg dir deshalb genau, was du mir erzählst. Wenn du mich verarschen willst, gehst du baden."
Ant nippte am Glas und blieb cool:
„Ich verstehe. Glauben sie mir, ich will sie nicht verarschen. Wei Li erpresst mich. Ich bin der einzige Überlebende dieser Mumiengeschichte, die im Fernsehen lief. Li meint nun, dass ich für die Toten verantwortlich sei, unter anderem auch für den Tod seines Neffen, Chester. Er meint, ich hätte irgendwelche Firlefanz-Zauberkräfte oder so. Und er hat mir nun drei Tage Zeit gegeben, mich darauf vorzubereiten, sie zu ermorden. Er will mit mir zusammen ein neues Imperium errichten, oder etwas ähnliches. Völlig irre."
Xu sah ihn durchdringend an:
„Die Lis, diese Emporkömmlinge. Alles Halbirre und Psychopathen. Wie erpreßt dich Li?"

„Ich habe keine Familie mehr. Die starben alle kürzlich. Nun will er wahllos unschuldige Menschen töten, sollte ich nicht kooperieren."
„Was kümmern dich diese Fremden?"
„Darauf kommt es doch nicht an, Mister Xu. Er will mich erpressen, um sie zu beseitigen. Natürlich will ich nicht, dass, wer auch immer, meinethalben Leiden muß."
„Weshalb braucht er dich dafür, er hat doch genug Leute?"
„Er denkt, dass ich sie auch mumifizieren kann. Er will nicht, dass der Mord auf ihn zurückgeführt werden kann. Verstehen sie, er will mich benutzen. Weil er Angst vor meinen unerfindlichen Zauberkräften hat und er nicht an mich herankommt, bedroht er das Leben der Fremden."
„Hmm, und hast du ...? Hast du diese Zauberkräfte?"
„Nein, natürlich nicht, sonst hätte ich schon längst Wei Li erledigt. Hätte ich diese Kräfte, wer könnte mich aufhalten?"
„Und was hindert mich jetzt daran, dich über Bord zu werfen, Gwaizai?"
„Was hätten sie davon. Der irre Li trachtete immer noch nach ihrem Leben. Mit oder ohne mich, das Problem löst sich damit nicht in Luft auf. Und es gibt noch eine weitere Schwierigkeit. Seit dieser Mumiengeschichte ist das FBI an mir dran. Ich weiß nicht, was passiert, wenn ich hier mit ihnen auf den Ozean fahre, und nicht mehr zurückkehre."
Xus Gesichtsausdruck verfinsterte sich zunehmend:
„Das FBI? Weiß Li, dass das FBI an dir dran ist."
„Davon gehe ich aus. Zumindest hat er deshalb seinem Neffen verboten, sich mit mir auseinanderzusetzen."
„Was hattest du mit diesem Psychopathen zu schaffen?"
„Ach, Chester hat mich bereits seit der Grundschule immer wieder terrorisiert. Im Sommer habe ich ihm dann ordentlich eine verpasst. Seitdem wollte er sich Rächen."
„Das paßt zu diesem Idioten. Also gut, wann sollte der Überfall auf mich stattfinden?"
„Nach der Beerdigung meiner Eltern, in drei Tagen. Dann wollten wir uns treffen, und die Einzelheiten abklären."

„Gut. Du wirst zu diesem Termin erscheinen. Keine Angst. Ich und meine Leute werden auch anwesend sein. Wenn alles zutrifft, was du gesagt hast, dann räumen wir dort anständig auf, dann bist du Wei Li und seine Gang für immer los."
Chong Xu setzte diesen furchterregenden Prädator-Gesichtsausdruck auf, als wenn er vorhätte, zum Sprung auf sein Opfer anzusetzen.
Ant spürte, wie ihm ein kalter Schauer über den Rücken lief.
Xu hatte einige Anweisungen für Ant:
„Das hast du gut gemacht, Gwaizai. Du wirst deshalb kein Bad im Ozean nehmen müssen. Ich lasse dich jetzt wieder nachhause bringen. Du wirst dich dort schön still verhalten, und nach der Beerdigung zu diesem Treffen erscheinen. Alles Weitere sehen wir dann dort."
Ant konnte sich denken, dass Xu niemals Zeugen hinterließ. Das schloss ihn selbst freilich ebenso ein. Er baute sogar darauf.
Als er am Motel ankam bemerkte Ant, dass auf dem Parkplatz, direkt gegenüber von seiner Zimmertür, ein Van mit abgedunkelten Scheiben parkte. Wie er es in zahlreichen Agenten-Filmen gesehen hatte, schraubte er den Hörer des Telefons ab. Tatsächlich fand er dort eine Abhörwanze. Er ließ die Wanze im Apparat zurück.
Dann beobachtete er den Van. Nach einigen Stunden stieg ein Chinese aus, vertrat sich die Beine, holte mehrere Becher Kaffee, und setzte sich zurück in den Van.
Es handelte sich sicher um Chong Xus Leute. Xu wollte anscheinend nichts dem Zufall überlassen. ...

10. Das FBI

Während seiner Abwesenheit, als er sich auf Chong Xus Yacht aufhielt, hatten dessen Männer Ants Zimmer verwanzt.
Trotzdem hatte er vor, das FBI zu informieren. Das FBI sollte als Zeuge seiner Unschuld fungieren. Um die Anwesenheit im Zimmer zu simulieren, ließ er den Fernseher laufen und das Licht eingeschaltet. Er zog sich den Kapuzen-Sweater über, den er sich zwischenzeitlich besorgt hatte. Das ermöglichte ihm, seinen auffälligen Haarschopf vorzüglich zu verbergen. Dann kletterte er über das Badezimmerfenster, an der Rückseite des Gebäudes, aus dem Motelzimmer.
Auf dem Polizei-Revier angekommen gab er vor, dass Detective Stone ihn zu sprechen wünschte. Er hätte sich hier mit ihm verabredet.
Daraufhin führten die Polizisten Ant in einen Verhörraum. Nach einiger Wartezeit tauchten zwei Agents auf, und zeigten ihre FBI-Marken vor. Es handelte sich um Sonderermittler, beide in mittlerem Alter. Der männliche Agent hatte schwarzes, gegeltes Haar, und seine Kollegin, ein echter Rotfuchs, kleidete sich wie er in einen dunklen Anzug:
„Hallo Josef, mein Name ist Agent Steve Harding, und meine Kollegin ist Agent Conny Butcher. Wir sind vom FBI und führen die Ermittlungen, die unter anderem auch den Tod deiner Eltern betreffen. Zunächst möchte ich dir unser Beileid aussprechen. Es muss furchtbar sein für dich. Wir haben bereits versucht, dich zu erreichen. Unter der vorliegenden Adresse konnten wir dich jedoch nicht ausfindig machen. Aber gut, jetzt haben wir dich ja hier."
Ant setzte einen schuldbewussten Kleinkinderblick auf:
„Ja, es ist furchtbar. Obwohl ich nun völlig allein bin, hat sich niemand dafür zuständig gefühlt, sich um mich zu kümmern. Ich kann nicht zurück in das gesperrte Elternhaus. Die Großeltern werden erst zur Beerdigung meiner Eltern in Port Ryan erscheinen. Hätte ich nicht noch etwas Erspartes, säße ich auf der Straße."
Hardings Miene mutete eher ungläubig an:
„Das tut mir leid. Normalerweise kümmert sich ein Sozialdienst um jugendliche Hinterbliebene wie dich. Hat sich da keiner bei dir gemeldet?"
„Nein, es hat sich offensichtlich niemand zuständig gefühlt."

„Unter der im Krankenhaus hinterlassenen Adresse, konnten wir dich nicht auffinden. Dort kannte dich niemand. Weshalb hast du eine falsche Adresse angegeben, Josef?"
„Ich wollte meine Ruhe haben."
Jetzt mischte sich auch Agent Butcher ein:
„Ach natürlich, erst beschwert sich der Herr, dass sich niemand um ihn gekümmert hat, und dann stellt sich heraus, dass er seine Ruhe haben wollte und untergetaucht ist. Hier stimmt doch etwas nicht, Josef. Weshalb lügst du uns an?"
Ant wand sich etwas, als ob die Worte, die kurz davor standen, aus ihm herauszudrängen, an einem Hindernis hängen blieben:
„Ich mußte verschwinden, weil ich bedroht werde. Deshalb floh ich aus dem Krankenhaus, und habe eine falsche Adresse hinterlassen."
Butcher wollte es genauer wissen:
„Moment mal, langsam und zum Mitschreiben. Wer bedroht dich und weshalb?"
Ant schüttelte den Kopf:
„Hören Sie, das ist alles verrückt, sie werden glauben ich sei der Klapsmühle entsprungen."
Butcher ließ nicht locker:
„Wir wollen es trotzdem wissen. Danach können wir dann immer noch einen Psychiater einschalten, wenn nötig."
Ant spannte die Beamten weiterhin auf die Folter:
„Sicher? Ich denke hier, sollten sie lieber die Agents Scully und Mulder einschalten."
Jetzt wurde es Harding langsam zu bunt:
„Paß auf Freundchen, wir sind nicht zum Spaß hier. Scully und Mulder beziehen bereits Rente, Starling und Lecter stehen auch nicht zur Verfügung. Butcher und ich sind die Einzigen, die dir bei deinen Problemen helfen können. Also, jetzt raus mit der Sprache."
„Na gut, was soll ich sagen, ich bin der einzige Überlebende in ihrem Mumienfall. Ich kann ihnen auch nur erzählen, was ich bereits Detective Stone erzählt habe...."
Butcher unterbrach ihn:

„Detective Stone ist tot. Er hat noch zwei Schüsse abgegeben, bevor er an Herzversagen verstarb. Und zwar in deinem Elternhaus. Weißt du etwas darüber?"
Beide Agents musterten ihn für einige Sekunden, dann fuhr Butcher fort:
„Es geschah circa zwei Stunden nach deiner Krankenhausentlassung. Wo hast du dich zu dieser Zeit aufgehalten?"
Ant versank ein bisschen in seinem Stuhl:
„Das vermag ich ihnen nicht genau zu sagen ..., zu Fuß unterwegs ..., um den Kopf frei zu bekommen ..., sie erinnern sich, meine Eltern starben ..., ich wusste zunächst nicht, wo ich hinsollte..., ging und ging, bis ich beim East Coast Motel ankam."
Harding blätterte im Notizblock.
Beide Agents sahen ihn wieder durchdringend an. Registrierten seine Mimik und die Art zu sprechen:
„Ok, laut den uns vorliegenden Zeugenaussagen hattest du zerfetzte Kleidung an, als du ins Krankenhaus eingeliefert wurdest. Wie kamst du an neue Klamotten, und woher hattest du Geld für das Motel?"
„Meine Freundin, Andrea Heinz ..., sie hat mir die Sachen mitgebracht, auch das Geld."
Butcher merkte, dass sie auf diesem Strang wohl nicht weiter kamen:
„Na gut, dass mit deiner Freundin werden wir noch überprüfen. Aber was ist nun mit dieser Bedrohung?
Du hast uns immer noch nicht gesagt, wer dich bedroht und warum. Stone hat uns keinerlei Berichte hinterlassen. Du wirst uns schon nochmal alles erzählen müssen."
Ant holte tief Luft, er ließ es aussehen, als ob es ihm zuviel sei, die Li- und Mumien-Story nochmals durchzukauen.
Er fing damit an, dass er mit Chester Li bereits seit langem immer wieder Ärger hatte. Dass er seiner Freundin geholfen hatte, als der Psycho und Drogendealer, sie „belästigt" hatte.
Mehr Einzelheiten gab er bezüglich des Friedhofsvorfalles nicht preis.
Dann fuhr er mit dem Tod der Eltern fort, dass die Rettungskräfte ihn als einzigen Überlebenden aus dem Elternhaus gerettet hatten.

Er erzählte von seiner Ohnmacht, dass er nicht wisse was geschehen sei und davon, als ihn Stone über die anderen Mumien informierte. Als er darüber sprach, wie der Detective ihn als Verdächtigen vernommen hatte, verdrückte er ein paar Krokodilstränen. Er beteuerte vor den Agents, dass er seine Eltern geliebt hatte, dass er keinerlei Streit mit den Nachbarn hatte, und dass er doch nicht für den Tod all dieser Menschen verantwortlich sei. Es gab keinen vernünftigen Grund für das Massaker, oder um was immer es sich auch handelte.
Dann leitete er geschickt über, auf seine Entführung durch Wei Li.
Hier hakte Agent Butcher in Ants Redefluss ein:
„Sie meinen Wei Li, den hiesigen Drogendealer der Triaden?"
Ant wischte sich mit der Handfläche seine Krokodilstränen von den Wangen:
„Ja, genau der. Er ist der Onkel von Chester Li. Als ich bei ihm im Büro saß, machte er mir den Vorwurf, dass ich für den Tod all dieser Leute verantwortlich sei, auch für die Mumifizierung seines Neffen. Völlig verrückt. Er glaubt doch tatsächlich, ich hätte irgendwelche Zauberkräfte. Und er erpresst mich jetzt.
Er will einfach weitere unschuldige Menschen töten, falls ich ihm diese Zauberkräfte nicht zur Verfügung stelle, und ihm, damit den Weg an die Spitze des Drogenimperiums bahne."
Die Detectives wurden hellhörig:
„Wie, Zauberkräfte zur Verfügung stellen? Wie meinst du das?"
„Na ja, er fordert, dass ich seine Konkurrenten ebenfalls mumifiziere, der ist doch völlig irre. Ich weiß nicht, was ich jetzt unternehmen soll. Ich habe natürlich nicht diese Fähigkeiten. Es bleibt mir nur noch Zeit bis zur Beerdigung meiner Eltern. Danach hat Li vor, sich nochmals mit mir zu treffen und die Einzelheiten zu besprechen. Deshalb kam ich hier aufs Polizeirevier. Ich plante, das alles mit Detective Stone abzuklären."
„Ruhig, Josef. Das ist eine brandheiße Geschichte. Wir sind schon einige Zeit an diesem Wei Li dran. Es ist uns jedoch noch nie gelungen, ihm etwas nachzuweisen, nicht einmal ihn abzuhören.
Sein Büro ist völlig abhörsicher, und wird jeden Tag von seinen Leuten auf Wanzen überprüft. Wenn wir ihm jetzt eine Entführung, und etwaige geplante Morde vorwerfen könnten, hätten wir ihn im Sack."

Ant nickte:
„Nicht nur das, Agents. Aus seinem Verhalten schließe ich, dass er nur im Mumienfall herumstochert, aber Chester Li und einer seiner Satanisten, Derek Vanlint, fielen ebenfalls einer Mumifizierung zum Opfer. Ich denke, sie werden die Lösung in dieser Gruppe, oder zumindest innerhalb der Triaden-Organisation finden."
Agent Harding stutze etwas:
„Woher weißt du von Derek Vanlint?"
„Das hat mir alles dieser Wei Li erzählt. Er weiß anscheinend über das alles Bescheid. Noch etwas, die Triaden-Typen beobachten mich seither. Ein dunkler Van parkt direkt gegenüber des Motelzimmers. Außerdem habe ich bemerkt, dass eine Wanze in meinem Moteltelefon ist. Wer weiß, wo sich noch weitere Abhörgeräte befinden. Ich bin deshalb durchs Badezimmerfenster abgehauen. Die dürften bisher nichts bemerkt haben."
Die Mienen der Agents hellten sich auf. Womöglich kamen sie groß heraus, wenn sie die größte Drogenmafia der Nord-Ost-Küste beseitigten und zusätzlich diesen Mumien-Fall lösten:
„Gut, gut Josef, damit können wir arbeiten. Schön, dass du uns das alles erzählt hast. Wir werden dich beschützen. Aber du solltest, natürlich mit unserer Unterstützung, auf diesem Treffen mit Li erscheinen."
„Sie meinen als Lockvogel? Die bringen mich doch um!"
„Also gut, wie sieht deine Lösung aus, Josef? Wie sollen wir dir helfen. Sollen wir jetzt loslaufen und Li verhaften. Dann käme er in fünf Minuten wieder frei. Glaubst du, es genügt, wenn ein Junge wie du gegen einen Triadenboss aussagt? Es stünde Aussage gegen Aussage, und er hätte sicher noch einige Zeugen zur Verfügung, die das Gegenteil von deiner Version aussagten. Was glaubst du, würde Li dann mit dir machen? Oder wie angedroht, mit den unschuldigen Menschen? Du solltest uns einfach vertrauen. Wir müssen Beweise haben, wenn wir gegen Li vorgehen wollen und du stellst unsere beste Option dar. Wir können dich natürlich nicht zwingen uns zu unterstützen. Aber was wird passieren, wenn du dir nicht selbst hilfst, indem du uns unterstützt?"
Ant spielte ihnen den großen Überlegenden vor. Entsprach es doch genau seinem Plan, dass das FBI vorort anwesend sei.

Er musste sie nur lange genug hinhalten. Es musste alles erledigt sein, wenn das FBI das Treffen stürmte:
„Also gut, sie haben Recht, ich mach's."
„Fantastisch, Josef, sehr gut. Wir werden da sein, dich unterstützen, wir fassen die Kerle, versprochen."
Ant wusste, dass er diesen karrieregeilen Beamten völlig egal war. Sie riskierten alles, sogar sein Leben, um die Triaden zu zerschlagen und den Mumienfall zu lösen. Er spielte weiter den unbedarften High-School-Schüler, der von nichts eine Ahnung hatte.
Butcher und Harding trugen Ant auf, am Morgen des Tages der Beerdigung seiner Eltern, nochmals über das Badezimmerfenster zu verschwinden. Dann planten sie, ihn professionell zu verwanzen. Danach sollte er, wieder durchs Fenster, in das Motel zurückkehren, und dann, ausgestattet mit Abhörgeräten, zur Beerdigung spazieren. Sie hatten vor, ihm visuell, oder wenn nötig per Ortungsgerät zu folgen und sofort einzugreifen, falls die Lage gefährliche Auswüchse annahm.
Soweit war der Plan des FBI klar. Ant stimmte zu und verschwand wieder in Richtung Motel. ...

11. Die Beerdigung

Im Motel angekommen, wählte Ant die Telefonnummer von Wei Li. Er wusste, dass Chong Xus Leute mithörten.
Der Tod seiner Eltern, lag fast zwei Wochen zurück. Die Beerdigung verzögerte sich lange, da man die Leichen zunächst nicht freigegeben hatte. Wie bei allen anderen Mumienbeerdigungen auch. Aber am Samstag, den 10.11.2001, um 11:00 Uhr, sollte die Beisetzung dann endlich stattfinden.
In der Zwischenzeit, hatte er Einiges erledigt. Die Treffen mit Wei Li, Chong Xu und dem FBI, verliefen nach Plan. Jetzt blieb nur übrig, Wei Li entsprechend vorzubereiten.
Er erreichte ihn am Donnerstagnachmittag.
Li weigerte sich aber, am Telefon über geschäftliche Angelegenheiten zu diskutieren. Er bestand darauf, dass Ant in der Wäscherei vorbeischaute.
Er sagte zu, verließ sein Zimmer und wanderte Richtung Innenstadt. Xus Leute folgten ihm, mehr oder weniger unauffällig.
Im Innenhof der Wäscherei erwarteten ihn Lis Männer, und geleiteten ihn nach oben. Li saß ungeduldig hinter seinem Protzschreibtisch:
„Was willst du Gwaizai? Unser Treffen sollte erst am Samstag stattfinden."
Ant setzte sich, ohne aufgefordert worden zu sein. Dem Typen hinter sich, warf er nur einen kurzen geringschätzigen Blick zu, worauf der sich erinnerte, und sich ein paar Schritte von ihm entfernte. Dann wandte sich Ant an Li:
„Es gibt Probleme. Das FBI hat mich wegen der Mumiengeschichte aufgespürt. Sie wissen von unserem Treffen am Samstag, und haben mich bedrängt, mich verwanzen zu lassen. Wahrscheinlich ist das FBI auch jetzt, in diesem Augenblick, an mir dran. Mir ist ständig ein dunkler Van gefolgt, als ich hierher kam."
Li reagierte seltsamerweise zurückhaltend und gelassen:
„Gut, dass du mir Bescheid gibst. Dieses verdammte FBI, die kleben mir schon die ganze letzte Zeit an den Fersen. Wir sollten das Treffen trotzdem durchziehen. Aber anders als geplant."
Ants Aufmerksamkeit erhöhte sich sichtlich:

„Ok, Boss, was immer sie sagen, ich bin ganz Ohr."
Wei Li fuhr fort:
„Paß auf, Gwaizai ..., du läßt dich wie geplant vom FBI verwanzen. Am anderen Ende dieses Häuserblocks habe ich eine Privatwohnung. Dort treffen wir uns, dann nehmen wir dir das Aufzeichnungsgerät ab, und legen es neben ein Tonband.
Danach können wir heimlich durch die miteinander verbundenen Kellerflure verschwinden, und uns dann hier im Büro, ohne weitere Störungen unterhalten. Bis die bemerken, was los ist, sind wir bereits verschwunden. Das ist die einzige Möglichkeit. Das FBI umstellt auf jeden Fall den gesamten Block. Sollte irgendwer den Häuserblock verlassen, fiele das sicher auf. Wenn wir durch die Keller schleichen, sieht uns keiner. So machen wir es."
Ant sah Li fragend an:
„Na gut Mister Li, aber weshalb unterhalten wir uns nicht jetzt gleich?"
„Lieber nicht. Erstens ist jetzt vielleicht das FBI in unmittelbarer Nähe, und zweitens muß ich noch etwas vorbereiten."
„Was denn, was müssen sie vorbereiten, Mister Li?"
„Das wirst du dann am Samstag sehen. Wir treffen uns um 13:00 Uhr. Ich lasse dich abholen, dann findest du diese Privatwohnung auf jeden Fall."
Bei der Aussicht, womöglich nicht jede Einzelheit im Griff zu haben, fühlte sich Ant nicht wohl in seiner Haut. Trotzdem, was blieb ihm anderes übrig, als zuzustimmen.
Während er Lis Wäscherei verließ, sah er wieder den dunklen Van. Auch Li bemerkte diesen Van, als er durch sein Bürofenster auf die Straße lugte. Für Li war damit klar, dass das FBI Ant observierte. Sicher schaffte er es, Gwaizai von seinem Plan der Machtübernahme zu überzeugen, dachte er. Natürlicherweise wusste er, über welche Macht Gwaizai verfügte. Bis Samstag würde er aber sicher eine zwingende Trumpfkarte aus dem Ärmel ziehen. Bei diesem Gedanken und bei den glorreichen Zukunftsaussichten, die ihn scheinbar erwarteten, fühlte sich Li unbesiegbar.
Er lächelte breit auf die Straße hinunter, als er sah wie der Van langsam hinter Ant her schlich. Nicht mehr lange, dann würde er, mit Hilfe von Gwaizai, die Triaden anführen.

Als Ant sein Motelzimmer erreichte, klingelte das Telefon. Er nahm ab, und meldete sich nur mit: „Ja, was gibt's?"
Am anderen Ende der Leitung hing, wie von Ant erwartet, Chong Xu:
„Hier ist Chong Xu. Was hattest du bei Wei Li zu schaffen, mein Junge?"
„Ich wollte nur mit ihm besprechen, wie dieses Treffen am Samstag ablaufen soll, war das falsch, Sir?"
„Was habt ihr besprochen?"
„Li hat Angst, weil das FBI in meinem Umfeld ermittelt. Um etwaige Schnüffler fernzuhalten, möchte er sich mit mir erst einmal in der Privatwohnung treffen. Die Wohnung ist im selben Häuserblock, wo auch seine Wäscherei ist. Dann möchte er mir dort etwaige Wanzen entfernen, und mich über die Keller in das Wäschereibüro bringen, wo dann unsere Besprechung ungestört stattfinden soll. Dort will er mit mir abklären, wie, wann und wo ich sie, Sir, am besten ermorden soll."
Chong Xu lachte. Er fand das amüsant:
„Seine Wohnung ..., ja die kenne ich. Ok, ihr werdet sicher nicht ungestört sein, in dieser windigen Wäscherei. Wir werden dann ja sehen, wer hier wen ermorden soll oder nicht. Ich freue mich darauf, dich dort zu treffen, mein Junge. Wann soll dieses Stelldichein genau stattfinden?"
„Samstags, nach der Beerdigung, um 13:00 Uhr."
„Wir sehen uns." Xu legte auf.
Ant lächelte spitzbübisch, als er den Hörer auflegte. Er hatte alle Schachfiguren da aufgestellt, wo er sie haben wollte. Nur dieses Überraschungsei, dass Li ihm angekündigt hatte, lag ihm nach wie vor etwas schwer im Magen. So ist das eben, mit dem Schachspiel. Du hast die Möglichkeit, einige Züge vorauszudenken. Je weiter du dich aber mit deinen gedanklichen Zügen von der Ausgangssituation entfernst, kann es passieren, dass gewisse Unwägbarkeiten ins Spiel kommen. Ungeplante Überraschungen, die der Gegner auf Lager hatte. Ants Überzeugung nach, stellte er den besseren Schachspieler dar.
Als er sich dem Bett zuwandte, sah er dort einen dunklen Anzug liegen, ein weißes Hemd und schwarze Schuhe. Das FBI kam für solche Geschenke sicher nicht in Frage.

Da sonst, außer den Chinesen, niemand wusste, dass er hier untertauchte, wies der Anzug offenbar das Warenzeichen „Made in China" auf. Vermutlich Xu. Und wahrscheinlich, hatten sie in der Jacke eine Wanze eingenäht. Ein Problem weniger.
Ab jetzt hielt er sich zurück. Verließ das Zimmer nicht mehr, ließ sich sogar das Essen vom Lieferservice bringen.
Erste Priorität hatte jetzt die Vermeidung weiterer Komplikationen, bis zum Tag der Beerdigung, am Samstag, den 10.11.2001.
Am frühen Morgen des Trauertages zog er den Anzug zunächst nicht an. Er nahm seine normalen Klamotten, um das Motel wieder durch das rückwärtige Badezimmerfenster zu verlassen. Dann begab er sich zum vereinbarten FBI-Treffpunkt, ließ sich verwanzen und erhielt letzte Instruktionen.
Er teilte dem FBI mit, dass dieses Treffen mit Li, in dessen Wohnung am anderen Ende des Häuserblocks stattfände. Das FBI hatte deshalb erst recht vor, per Ortungsgerät an ihm dranzubleiben.
Ant schlich sich zurück ins Motelzimmer, und zog sich dann um. Der Anzug, und sogar die Schuhe, passten perfekt. Dieser Samstag kam überraschend mild daher, für einen Spätherbsttag.
Sonne und Wolken wechselten sich beim vorherrschenden böigen Wind ab, und es hatte plus 18 Grad Celsius. Ein bei Weitem zu strahlender Novembertag für eine Beerdigung.
Einen Trauergottesdienst gab es nicht.
Maureen und Joachim waren aus der Kirche ausgetreten, da sich Pater O'Toole in der Vergangenheit unmöglich benahm. Sie hatten weiterhin an Gott geglaubt, nur eben an diesen Priester und die Kirche nicht mehr.
Ant pilgerte deshalb direkt zum Friedhof. Alte Erinnerungen kamen wieder hoch. Er dachte an Andrea, ob sie ebenfalls zur Beerdigung erschiene. Auf jeden Fall träfe er seine Großeltern dort.
Das geöffnete, eiserne Tor, quietschte nach wie vor, als es sich im Wind bewegte und gegen die auf Bodenhöhe angebrachte Halterung schlug, zurück prallte und wieder dagegen geweht wurde.
Im immer gleichen Rhythmus, quietsch, peng, quietsch, peng ...
Zwischen dem Todestag von Ants Eltern und der Beerdigung lagen jetzt zwei Wochen.

Er verspürte aber weiterhin diesen Druck auf der Brust, wie ein schwerer Felsbrocken, der ihm das Atmen erschwerte. Insbesondere jetzt, als er das Friedhofstor durchschritt, und ihm der grausame Tod der Eltern wieder ins Bewusstsein drang.
Da er nicht wusste, wo genau das Grab von Mom und Dad lag, fiel es ihm zunächst schwer, sich zurechtzufinden. Immerhin handelte es sich beim Friedhof, um eine mehrere Hektar große Parkanlage. Das war aber kein Problem, da er sich früh genug auf den Weg gemacht hatte.
Wie er aus dem Fernseher wusste, fand die Beerdigung aller Nachbarn und Freunde schon am Donnerstag zuvor, in einer großen gemeinsamen Veranstaltung statt.
Alle Kommunalpolitiker, und sogar der State-Governor, durften ihre Trauer vor den Medien heucheln. Seine Großeltern lehnten das ab. Sie hatten auf eine private Beerdigung bestanden.
Als Ant endlich ankam, war er der erste Trauergast. Nur der Totengräber glänzte durch Anwesenheit. Zwei Urnen standen auf der Plattform eines kleinen Aufzuges über dem zwei Meter tiefen Loch.
Aufzug ist das falsche Wort, da es nur in eine Richtung, bekanntermaßen abwärts ging. Als passendere Bezeichnung für das Gerät, würde deshalb Abzug, Hinunterzug oder simpel Beerdigungshilfe dienen.
Ant vergewisserte sich beim Totengräber, ob es sich um die richtige Beerdigung handelte, was der korpulente Mann bestätigte.
Dann stellte er sich schweigend vor das Grab, und starrte auf die Urnen. Er dachte an die metallischen Zylinder, an Mr. Poison, an Andrea, seine Eltern und wie sie als Mumien im Wohnzimmer gesessen hatten.
Eine Gefühlsmischung aus Wut und Trauer überkam ihn, seine Augen wurden nass und liefen über. Die Tränen flossen über sein verhärmtes Gesicht.
Er erschrak, als jemand ihm von hinten an die Schulter griff, da er nicht bemerkte, dass sich irgendwer von rücklings genähert hatte.
Als er sich umdrehte, erkannte er Opa. Oma stand einige Schritte dahinter. Er erinnerte sich, dass er sie zuletzt an seinem fünften Geburtstag traf. Ein Bild von ihnen hing immer an der Wand im Flur. Seither hatten sie sich nicht mehr großartig verändert.

Ohne seinen unbegrenzten Zugriff auf sämtliche alte Erinnerungen hätte er sie womöglich gar nicht mehr erkannt.
„Hallo, mein Junge, gut dich hier zu sehen. Wir haben versucht, dich zu erreichen, konnten dich aber nicht finden."
Ant wischte sich die Tränen ab, und reichte ihm die Hand zu einem festen Händedruck:
„Hallo, Großvater".
Dann schritt er zu seiner Oma, und umarmte sie:
„Hallo, Großmutter".
Nachdem er sie gedrückt hatte, fuhr er fort:
„Es ist schön, euch zu sehen, auch wenn der Anlass alles andere als schön ist. Ich wusste, dass wir uns hier treffen. Es tut mir leid, dass ihr euch Sorgen um mich gemacht habt, aber ich konnte einfach nicht mehr. Ich mußte allein sein, mich sammeln, versteht ihr das?"
Großmutter, etwas überrascht von der Herzlichkeit seines Auftretens, hatte ein schlechtes Gewissen, was ihr früheres zurückhaltendes Gebaren anging:
„Ist schon gut mein Junge, es ist ja nicht so, dass wir bisher einen großartigen Kontakt zu dir gepflegt hätten. Hauptsache du bist jetzt hier. Es ist gleich 11:00 Uhr, kommen noch andere Trauergäste?"
Ant sah seine Großeltern traurig an, und schüttelte den Kopf. Er hatte gedacht, dass wenigstens Andrea erscheinen würde, sie tauchte aber nicht auf:
„Ich glaube nicht, dass noch jemand kommt. Die große Medien-Beerdigungs-Show fand bereits vorgestern statt. Alle Freunde und Nachbarn von Mom und Dad verstarben leider auch und liegen hier irgendwo begraben. Aus der Kirche traten beide bereits vor längerer Zeit aus. Wenn ihr nicht noch jemanden eingeladen habt, dürften wir die Einzigen bleiben."
Seine Großeltern reagierten betroffen. Ihr Sohn und ihre Schwiegertochter waren anständige Menschen gewesen.
Trotz alledem hatten sie keine Freunde mehr, die ihnen die letzte Ehre erwiesen:
„Das ist so schrecklich wie der Anlass selbst, es kommt also nicht einmal ein Pater, um einige Worte zu sprechen?"
Ant schüttelte den Kopf:

„Nein, niemand ... Aber ich könnte etwas sagen. Ich habe zwar nichts vorbereitet ..., aber ich möchte eine kurze Rede halten."
Das erstaunte seine Großeltern zwar, an ihren traurigen Gesichtern war das jedoch nicht abzulesen. Sie stellten sich aufrecht hin, falteten die Hände wie zum Gebet, und verharrten in Stille.
Ant sammelte sich etwas. Viele Reden und Gedichte, die er früher in Büchern gelesen, oder in Filmen gesehen hatte, huschten wirr durch seinen Geist, und es dauerte ein wenig, bis er sie sortierte. Auf keinen Fall war er gewillt, etwas von „der Herr ist mein Hirte", „grünen Auen" oder „frischen Wassern" zu labern. Er räusperte sich und fing an:
„Liebe Familie, lieber Trauergast", damit meinte er den Totengräber, „wir sind heute hier um meine geliebten ..."
Er stockte etwas, der Druck auf seiner Brust nahm überhand, die Tränen liefen ihm die Wangen hinab, er schluckte die ausbrechende Trübsal hinunter, dann vermochte er weiterzusprechen ..."geliebten Eltern ..., zu beerdigen ..., um uns von ihnen zu verabschieden ..."
Den ersten Satz stammelte er nur, da ihn die Trauer übermannte. Er sammelte sich erneut:
„Entschuldigung ..., es geht schon wieder. Aus dem Tod selbst entspringt die Kraft, die ihn überwindet. Unsere Traurigkeit ist ein Teil der großen Liebe, die wir für euch, liebe Eltern, empfunden haben ..."
Seine Großmutter fing an, hemmungslos zu weinen. Großvater hielt und stützte sie. Ant sprach weiter:
„...Liebe Eltern, ich danke euch für alles, was ihr für mich getan habt. Für eure Liebe, eure Strenge, eure Grenzen - in dieser Welt blieb ich nicht gänzlich unverletzt.
Ich danke euch für alles, was ihr zusammen hattet: Für eure Unreife, eure Anmut, euren Glauben - in dieser Welt, die nach allem greift, blieb ich nie ohne Mut.
Ich danke euch für alles, was da war und nicht war. Es hat mich gelehrt zu leiden, zu meiden, sorgsam zu sein, zu achten und mit mir allein zu sein.
Ich danke euch für alles!"
Dann wandte sich Ant in Richtung seiner Großeltern:
„Erinnert euch an ihr liebes Gesicht. Erinnert euch an ihr herzliches Lachen. Erinnert euch, wie sie euch zum Lachen brachten.

Erinnert euch an ihre Blicke, an ihre Gesichter. Erinnert euch an die Tage voller Freude, die sie euch bereiteten. Erinnert euch an ihre Hände. Erinnert euch an ihre Stimmen.
Solange ihr an sie denkt, leben sie auch in euch weiter. Mitten in unserer Traurigkeit kann die Dankbarkeit aufblühen, wie eine Blume. Wenn wir das Leben lieben, sollten wir den Tod nicht fürchten, denn er kommt aus derselben Hand, aus Gottes Hand ..."
Ant wischte sich nochmals seine Tränen von den Wangen.
„...Liebe Eltern, ich weiß, dass ihr jetzt an einem besseren Ort seid ... Auch wenn ich jetzt ganz allein bin, ich werde weiterleben, euer Vermächtnis weitertragen. Ich kann jetzt nicht mehr .... Das war's, das wollte ich sagen ..."
Seine Großeltern kamen ihm entgegen und umarmten ihn. Alle schluchzten. Großmutter, überwältigt vom Schmerz, war nicht in der Lage etwas zu sagen. Großvater hatte sich ein wenig besser im Griff:
„Das hast du großartig gemacht, Josef. Keine Angst, wir werden uns ab jetzt um dich kümmern. Keine Angst."
Der Totengräber legte einen Hebel um, und die Urnen fuhren langsam hinab in ihr Grab.
Ant und seine Großeltern schippten nacheinander eine kleine Schaufel voll Erde in die Ruhestätte. Danach schlichen sie mit gesenkten Häuptern weg. Großvater fuhr nach einigen Schritten mit dem angefangenen Gespräch fort:
„Josef, du kannst mit uns kommen. Wir haben ein Zimmer für dich hergerichtet, in unserem Haus, in Coulder. Am besten fährst du gleich mit uns ins Hotel. Dann besprechen wir alles Weitere."
Wegen Ants Plänen funktionierte das natürlich nicht, er hatte noch Einiges vor:
„Danke Opa, vielen Dank. Ich kann aber nicht gleich mitkommen. Ich muss erst zurück ins Motel, auschecken, meinen Kram zusammenpacken, und mich noch von ein paar Leuten verabschieden. Ich komm dann heute Abend nach. Wo kann ich euch dann treffen?"
„Ist gut Junge, du findest uns im Seaview Hotel. Wir warten dort auf dich."
Am Friedhofstor angekommen, verabschiedete sich Ant von den Großeltern und strebte stadtauswärts, zum Motel.

Opas und Omas Weg führte sie in die andere Richtung, zum Hafen. Als Ant in der Absteige ankam, packte er seine sieben Sachen, und bezahlte die Unterkunft, einschließlich des angebrochenen Tages, in bar. Dann latschte er zurück ins Zimmer, und wartete vor dem Fernseher. Die Zeit verging wie im Flug. Es dauerte nicht lange, bis jemand an die Tür klopfte. Es war bereits kurz vor 13:00 Uhr, als Ant die Tür öffnete. ...

12. Endspiel

Chong Xu wusste, dass Wei Li und seine Killertruppe in der Privatwohnung auf ihren Geisterjungen warteten. Die übrigen bewaffneten Wei-Li-Leute holten ihn vom Motel ab. Außerdem hatte Gwaizai ihn darüber aufgeklärt, dass das FBI ebenfalls am anderen Ende des Blocks lauerte. Deshalb war es ihm und seinen Leuten möglich, in aller Seelenruhe, im Hof der Wäscherei vorzufahren.

Er hatte sechs seiner besten Leute dabei. Schwer bewaffnet, mit Schnellfeuergewehren und schallgedämpften Pistolen, stürmten sie die Wäscherei. Sie trieben alle Angestellten systematisch zusammen. Dabei durchsuchten sie jeden Winkel des Betriebes.

Eine Angestellte hatte sich hinter die große Mangel gekauert, die Gangster fanden sie aber ebenfalls, und schleiften sie brutal an den Haaren zu den übrigen Gefangenen.

Chong Xus Männer drängten alle 12 Schichtarbeiter in einen kleinen Nebenraum, der als Lager für allerlei Chemikalien diente. Dort zwangen sie sechs der Angestellten, sich ihrer Arbeitskleidung zu entledigen, und sie den Angreifern zu übergeben. Die Männer zogen die Kleidung über. Chong Xu lächelte zufrieden.

Er sah sich die in dem kleinen Raum zusammengepferchten Arbeiter an, breitete seine Arme zu einer entschuldigenden Geste aus, und zuckte mit den Schultern:

„Entschuldigt bitte Leute, es tut mir Leid, aber ihr habt euch zur falschen Zeit am falschen Ort herumgetrieben, und ich kann keine Zeugen gebrauchen."

Mit einem Handzeichen deutete er seinen Leuten an, dass es so weit ist, und sie schossen wahllos, mit ihren schallgedämpften Pistolen, in den verängstigten, jammernden Haufen von Wehrlosen. Das Blut floß in Strömen. Fleisch-, Knochen und Gehirnmasse spritzte an alle Wände, an die Decke und in die Regale, bis sich nichts mehr rührte, in dieser Kammer des Schreckens. Querschläger und Durchschüsse krachten in die Chemikalien-Behälter, und durchlöcherten sie. Die austretenden ätzenden Flüssigkeiten spritzten und quollen über die Sterbenden.

Langsam fingen die leblosen Körper an, sich in einen stinkenden Leichensumpf zu verwandeln.

Einen Leichensumpf, wie ihn Ant zur Genüge kannte. Die Männer warfen die in Rollcontainern herumliegende Wäsche in die Leichenkammer. Die Kleidungsstücke saugten all das auf den Boden quellende Blut und die Ätze auf, wenigstens für den Moment. Ihnen ging es dabei keineswegs um Reinlichkeit.
Ihre alleinige Absicht war es, zu vermeiden, dass sich das Blut, und die sich auflösenden Leichen, ihren Weg durch den Türschlitz bahnten. Dann verschlossen sie die Tür. Den sich entwickelnden Gestank, aus oxidierenden Körpern und Chlorgas, nahmen sie aber weiterhin, trotz verschlossener Tür wahr. Deshalb drehten sie die Absauganlage der Lüftung weiter auf.
Danach versteckten die Killer einige Schnellfeuergewehre in Griffweite, und spielten die Rolle der Wäschereiangestellten. Chong Xu kümmerte sich unterdessen um das, was dem FBI bisher nicht gelang.
Er brachte eine Wanze unter Lis Drachenschreibtisch an. Er hatte logischerweise vor, die anstehenden Gespräche mitzuhören. Dann versteckte er sich, zusammen mit dem Signalempfänger, ebenfalls in der Wäscherei, und wartete auf seinen Auftritt.

Die Agents Butcher und Harding hatten zwei Swat-Teams in den Bereich von Lis Privatwohnung beordert.
Sie warteten dort, in diesen „unauffälligen", schwarzen Lieferwägen, mit getönten Scheiben.
Vor Ants Motelzimmer parkte zur Sicherheit eine Limousine, mit zwei FBI-Agents als Observierungsteam. Insofern war das FBI effizient aufgestellt ..., zumindest ihrer Meinung nach.

Als Ant seine Zimmertür öffnete, standen da wieder diese vier Killertypen und Lis Luxus-Limousine:
„Es wird Zeit, Gwaizai, fahren wir", lautete der Befehl. Ant befand sich in einer seltsamen Verfassung.
Seine Gefühle schwankten zwischen tiefer Trauer und angespannter Nervosität.
Als er zur Limousine schritt, bemerkte er sofort die nach wie vor anwesenden Chong-Xu-Leute und das FBI-Team. Alle wahnsinnig unauffällig, dachte sich Ant ironisch.

Er stieg ein, und sie fuhren los in Richtung Innenstadt. Der Chinesen-Van und die schwarze FBI-Limousine folgten ihnen.

Sie fuhren an der Wäscherei vorbei, bogen am anderen Ende des Blocks rechts ab, und parkten den Bentley in einer Einzelgarage, direkt im Gebäude. Das FBI-Fahrzeug und der Chinesen-Van fuhren langsam weiter, als das Garagentor sich schloss. Über die Garage gelangte Ant mit seiner Entourage ins Treppenhaus, und sie stiegen hinauf in den ersten Stock. Dort klopften sie an eine Tür, wo zwei weitere Verbrecher und Li selbst öffneten. Li strahlte, freute er sich doch auf eine fruchtbare Zusammenarbeit mit dem Geisterjungen:
„Ah, Gwaizai, komm herein, komm nur, keine Angst. Wie lief es bei der Beerdigung? Ich hoffe, du fühlst dich in der Lage, unser Treffen hier durchzuziehen."
Ant knöpfte sein Hemd auf, und zeigte stumm auf die aufgeklebte Abhörwanze. Li nickte nur lächelnd. Ant zog seine Jacke und sein Hemd aus, und einer von Lis Leuten entfernte vorsichtig das Spionagegerät. Sie legten es auf den Tisch, neben einen Kassetten-Recorder. Unterdessen antwortete Ant:
„Hallo, Mister Li. Es fiel mir schwer, die Beerdigung zu überstehen. Kaum jemand ist gekommen. Aber ich werde es schon überstehen. Ich hatte genug Zeit, mir meine Gedanken zu machen. Ich denke, ich habe keine andere Möglichkeit, als...."
Li unterbrach ihn:
„Es tut mir leid, Gwaizai. Aber ich muss dringend kurz weg. Du kannst, solange hierbleiben, dir etwas chinesische Musik anhören, die wird dich entspannen. Also, bis gleich."
Er schaltete den Kassetten-Recorder ein, und chinesische Restaurant-Musik ertönte neben der Wanze. Das Gerät spielte zusätzlich einige Bewegungslaute ab, das Rücken eines Stuhles, Schritte, Atmen, Geräusche, um die Anwesenheit von Personen vorzutäuschen.
Das FBI sah gleichwohl keinen Grund für einen Zugriff.
Ant, Li und seine Leute, verließen die ansonsten leerstehende Wohnung, und schlichen das Treppenhaus hinunter in den Keller.

Dort hetzten sie über einige verwinkelte Flure und durch mehrere Brandschutztüren, hunderte Meter weit, bis sie im Keller der Wäscherei ankamen. Über eine Betontreppe erreichten sie die Betriebshalle. Dort herrschte fleißige Geschäftigkeit.
Kessel dampften, Maschinen lärmten, Angestellte schoben Wäschecontainer. Wie immer.
Weder Li, noch seinen Männern fiel in ihrer Ignoranz auf, dass es sich bei den Arbeitern um Chong Xus Leute handelte.
Ant und die Anderen stiegen die offene Treppe hoch zum bereits bekannten Betriebsbüro, traten ein und schlossen die Tür.
Li lachte laut auf:
„Dieses verblödete FBI, sitzt am anderen Ende des Blocks, und hört sich mein Tonband an. Und dafür werden auch noch Steuern bezahlt."
Seine sechs Männer feixten ebenfalls. Ant war es nicht zum Lachen zumute:
„Na gut, Mister Li. Ich bin jetzt hier. Ich hatte jetzt einige Tage Zeit, um nachzudenken. Ich weiß aber immer noch nicht genau, was sie von mir erwarten."
Li hörte auf zu lachen, seine Miene verfinsterte sich wieder. Er setzte sich hinter den opulenten Schreibtisch:
„Paß auf Gwaizai. Ich weiß nicht, was da noch unklar sein soll. Du wirst ab jetzt für mich arbeiten.
Du wirst deine Kräfte dafür nutzen, um alle zu beseitigen, die mir im Weg stehen."
„Und wenn ich das nicht kann? Ich bin kein Mörder, Mister Li."
„Ach, Gwaizai, ich hasse es, wenn ich mich wiederholen muß. Du weißt was passiert, wenn du dich verweigerst. Aber ich habe mir bereits gedacht, dass du Zicken machen wirst. Also habe ich eine kleine Überzeugungshilfe vorbereitet."
Er gab einem seiner Killer ein gelangweiltes Handzeichen. Als der Typ die Tür zu einem Nebenzimmer öffnete, lief es Ant gleichzeitig heiß und kalt den Rücken hinunter. Hinter der Tür saß, auf einen Stuhl gefesselt und geknebelt, seine Andrea.
Sie versuchte zu schreien, etwas auszurufen, es drangen aber nur jämmerliche Laute durch den Knebel.

Ant starrte sie mit offenem Mund und weit aufgerissenen Augen an. Dann verfinsterte sich seine Miene und er wandte sich an Li:
„Lassen sie das Mädchen sofort frei, oder ich töte euch alle, und zwar augenblicklich!"
Li lächelte teuflisch:
„Wütend? Gut. Siehst du diesen Typen da, neben deinem Mädchen? Kannst du erkennen, wie er ihr die durchgeladene Pistole an den Kopf hält? Er muss nur noch abdrücken. Bevor du irgendetwas gegen uns unternehmen kannst, ist dein Mädchen tot. Willst du das, Gwaizai?"
Ant ballte die Fäuste, getrieben vom Hass, war aber gezwungen, seine Hilflosigkeit einzugestehen:
„Sie Monster! Ich werde ja mit ihnen zusammenarbeiten, aber lassen sie das Mädchen frei!"
„So läuft das leider nicht, Gwaizai. Welches Druckmittel hätte ich denn dann noch? Nein. Ich kann sie nicht freilassen. Sie ist, meine Lebensversicherung, das verstehst du doch sicher? Also nochmal, wirst du nun gehorchen?"
Ant drückte die Fäuste hilflos an die Stirn. Aus seinem Gesicht sprang die blanke Abscheu:
„Na gut, sie haben gewonnen, Mister Li ..., Boss! Ich werde für sie arbeiten. Wie lautet ihr Auftrag?"
„Nun, als Erstes, könntest du Chong Xu und seine Leute für mich beseitigen. Auf ein paar Mumien mehr kommt es jetzt auch nicht mehr an. Wie stellst du das eigentlich an, Gwaizai, wie machst du das, was immer du auch mit allen diesen anderen armen Menschen gemacht hast?"
In dem Moment, als Ant zu seiner Antwort ansetzte, explodierte die schwere Bürotür mit einem lauten Knall.
Die Explosion schleuderte die Kerle, die sich neben der Tür postiert hatten, in alle drei übrigen Himmelsrichtungen weg. Den Typ, der hinter Ant stand, durchbohrte ein großer Holzsplitter, und er stürzte direkt auf Ant. Das Fragment hatte sich durch seinen Rücken gebohrt, und einen Lungenflügel durchstoßen.
Ant kippte, den röchelnden Typen als Schutzschild nutzend, mit dem Bürostuhl um, und kam unter dem sterbenden Chinesen zum Liegen.

Chong Xus Leute stürmten den Raum, die Schnellfeuergewehre im Anschlag, und feuerten auf alles, was sich bewegte. Lis Männer reagierten erstaunlich schnell und erwiderten das Feuer. Obwohl ein gewisser Überraschungseffekt vorlag, ermöglichte die schmale Türöffnung Chong Xus Leuten, nur nacheinander in den Raum zu gelangen.
Während sie ihre Schnellfeuergewehre zum Glühen brachten, und erfolgreich Einen nach dem anderen von Lis Truppe zerfetzten, steckten sie gleichzeitig heftig ein. Li hatte sich hinter seinem schweren, und somit einigermaßen kugelsicheren Schreibtisch verschanzt, und feuerte ebenfalls. Vor der Eingangstür bildete sich langsam ein blutiger Haufen Xu-Fleisch.
Nacheinander schickten sich alle Killer von Li und Xu gegenseitig in die ewigen Jagdgründe.
Nur noch Li, hinter seinem Schreibtisch, Ant unter dem inzwischen an seinem eigenen Blut ertrunkenen Li-Typen, Andrea festgebunden und geknebelt in der Tür des Nebenzimmers und der Killer neben ihr, der inzwischen seine Pistole dazu nutzte, um auf die Eingangstür zu schießen, bis das Magazin leer war und es nur noch klickte, wenn er abdrückte, lebten.
Diesen Augenblick nutzte Chong Xu, um in den Raum zu springen. Als er abdrückte, entließ der Schalldämpfer nur ein leises „Plopp". Die Kugel raste über Andreas Kopf hinweg, und durchschlug den Hals des Li-Killers.
Das Geschoss riss ihm Kehlkopf und Halsschlagader auf.
Obwohl er sich sofort an die Wunde griff, konnte er nicht verhindern, dass das Blut, im Rhythmus seiner letzten Herzschläge, aus ihm herausspritzte, und Andreas Kopf überspülte. Andrea schrie entsetzt in ihren Knebel hinein, wand sich auf dem Stuhl hin und her, bis er ebenfalls umkippte. Wimmernd lag sie in der großen Blutlache, die der Killer hinterließ. Während sich der Pulverrauch legte, schritt Xu auf den Schreibtisch zu, hob das Schnellfeuergewehr eines seiner toten Gefährten auf.
Er hielt es mit der linken Hand, in der rechten Hand hatte er weiterhin seine Pistole, den Lauf immer auf die obere Kante des Schreibtisches gerichtet.

Dann zielte er mit dem Gewehr auf das Möbelstück, und drückte den Abzug.
Eine Kugel nach der anderen schlug im Schreibtisch ein. Die Geschosse zerfetzten die Drachenverzierungen, Holzsplitter flogen umher. Li fühlte sich in die Enge getrieben, sprang plötzlich am anderen Ende des Schreibtisches, mit seiner Pistole in der Hand auf, und „plopp!"...
Xu hatte nur auf eine solche Reaktion gewartet, und jagte Li eine Pistolenkugel durch den geisteskranken Schädel. Li fiel einfach um, wie ein Sack Kartoffeln. Tot, aus, vorbei. Sein Gehirn hatte sich über das Bürofenster verteilt. Seine Leute, alle durchlöchert und tot. Nur Ant und Andrea lebten noch. Nicht wenn es nach Xu ging. Zeugen konnte er bekannterweise nicht gebrauchen. Das Mädchen stellte keine Gefahr dar, sie lag verschnürt auf dem Fußboden des Nebenraums. Xu benahm sich nicht wie ein einfältiger Verbrecher, in einem Hollywoodstreifen, der in einem Überlegenheitsgefühl oder aus Arroganz, lange Monologe im Beisein seiner Opfer führte, bis das FBI auftauchte und ihn erschoss. Nein, er räumte, ohne zu zögern, den aufgespießten Typen beiseite, der nach wie vor auf Ant gelegen hatte, und fackelte nicht lange. Ohne weitere Erklärung drückte er umstandslos ab. Ein Schuss, genau durchs Herz.
Ant spürte nur einen dumpfen Schlag auf die Brust, dann überkam ihn abermals diese Dunkelheit, die er zur Genüge kannte. Er starb. Wieder einmal.
Nachdem Chong Xu ihn erschossen hatte, schickte er ihm doch noch ein paar Worte hinterher:
„Sorry, mein Junge, dass ich dir meine Dankbarkeit nicht in anderer Form ausdrücken kann, aber ich kann keine Zeugen gebrauchen. Das FBI hat sicher schon mitgekriegt, dass es gelinkt wurde. Die sind zweifellos schon auf dem Weg hierher. Deshalb werde ich jetzt schnell verschwinden. Ich muß mich nur noch um das Mädchen kümmern."
Er drehte sich um in Richtung Nebenraum, und zielte auf die weiterhin panisch im Blutsee zappelnde Andrea.

Als das FBI eine Weile gewartet hatte, kam ihnen das chinesische Gedudel suspekt vor. Als ständig die gleichen Geräusche über ihre Abhöranlage ertönten, schöpften sie Verdacht.
Harding und Butcher entschieden deshalb, die Swat-Teams in das Haus zu schicken. Sie brachen die Haustür auf, stürmten das Treppenhaus hinauf, bis sie das Ortungssignal der Ant-Wanze am klarsten empfingen.
Dort angelangt, schlugen sie die Wohnungstür ein, und stürmten die leere Wohnung.
Als sie sich verwundert umsahen, spürten sie eine leichte Erschütterung, und nahmen einen dumpfen, weit entfernten Explosionsknall wahr. Sie sahen sich aufgeregt und frustriert um: „Scheiße, die haben uns verarscht. Wo kam das her. Die Party findet doch in der Wäscherei statt. Los, los, los, alle zur Wäscherei!"

Ant fror nicht auf seiner Ekeltour, da sich der Leichensumpf, in dem er versank, diesmal siedend heiß gestaltete. So heiß, dass die Haut Blasen warf, und sich unter unerträglichen Schmerzen von seinem Fleisch löste. Es fühlte sich ohne Scheiß an wie die Hölle, ein Inferno, wie die Blaupause aus einem Kirchengemälde, mit Feuer, Flammen und Ofenhitze.
Als Ant ganz unten, völlig verkohlt und schreiend vor Schmerzen ankam, erwartete ihn der leibhaftige Teufel. Ein riesiger Satan, mit gigantischen Hörnern und schwarzen Augen. Die Stimme, donnernd und tief, gehörte aber unverkennbar zu Mister Poison:
„Hat es dich schon wieder erwischt, Josef? Das Dritte mal innerhalb von zwei Wochen. Was ist passiert?"
Ant spürte, wie Mister Poison versuchte, in seinen Geist einzudringen. Doch diesmal war er in der Lage, den Quälgeist abzuwehren, indem er sich auf die Erinnerungen, und vor allem auf die Gefühle der Beerdigung konzentrierte, sodass ihn Poison nicht erreichte.
Der verstärkte daraufhin seine Bemühungen, strengte sich seinerseits mehr an. Dabei starrte er wütend in Ants verbranntes Gesicht.
Langsam steigerte sich die Pein in Ants Kopf ins Unerträgliche.

Je mehr Poison seine Bemühungen verstärkte, desto anstrengender und schmerzhafter wurde es für Ant, ihn auf Distanz zu halten.
Die Kopfschmerzen prägten sich immer weiter aus, intensivierten sich kontinuierlich, bis sein Gehirn zu platzen schien. Dann gab Ant scheinbar nach, und ließ Poison hinein.
Poisons Gesichtsausdruck entspannte sich:
„Na also, Respekt Josef, das hat bisher noch niemand geschafft. Manche Menschen sind wie Zitrusfrüchte, erst unter Druck geben sie ihr Bestes preis. Aber du, Josef, bei dir braucht man eine industrielle Stahlblechpresse, um etwas aus dir herauszukriegen. Beeindruckend."
Ant, wütend, aber völlig ausgelaugt und platt, deutete mit beiden Händen auf seinen verbrannten Körper:
„Was soll das, weshalb tun sie mir so etwas an?"
Poison grinste teuflisch. Seine gelben, spitzen Zähne kamen zum Vorschein:
„Ich habe dir doch bereits beim letzten Mal mitgeteilt, dass es das nächste Mal unangenehmer für dich werden wird. Und ich halte immer, was ich verspreche, Josef.
Es muss schmerzhaft sein, wenn du mich treffen willst. Sonst stündest du ständig auf meiner Matte."
Ant ballte seine Hände und stampfte auf vor Wut, wie ein Kleinkind im Supermarkt, wenn es an der Kasse keine Süßigkeiten bekommt:
„Ach, es muß ja fürchterlich viel verlangt sein, drei mal in zwei Wochen Sprechstunde zu haben."
Poison schüttelte verständnislos den Kopf:
„Josef, du Primat, du weißt doch gar nicht, was Zeit bedeutet, was ich alles zu erledigen habe, wie schwierig es für mich ist, solch kurze Zeitabstände auseinanderzuhalten. Ihr einfältigen Menschen. Im Multiversum bedeutet eure Lebenszeit gar nichts. Dort seid ihr nicht einmal Eintagsfliegen. Nicht einmal in eurem mickerigen Universum. Weißt du überhaupt, dass euer Universum ein Kleinkind ist? Geboren aus einem gigantischen schwarzen Loch? Ihr linearen Lebewesen seid so beschränkt.
Ihr denkt, eure kleine Sylvesterkracherei, bei euch Urknall genannt, sollte der Anfang von Allem sein. Lächerlich. Was gab es vorher? Wisst ihr nicht.

Die Zeit existiert nicht nur in eurem winzigen Universum, sie ist auch außerhalb vorhanden, im Multiversum. Und sie verläuft nur für kurzlebige Lebewesen, wie euch Menschen, linear. Wenn ihr alles überblicken könntet, würdet ihr erkennen, dass die Zeit in einem riesigen Bogen im Kreis abläuft, und nicht nur unglaublich lang, sondern auch extrem breit ist. Stell dir eine gigantische Schallplatte vor, die sich langsam dreht, mit Rillen, die jedoch nicht miteinander verbunden sind. Es gibt keinen Anfang und kein Ende. Alles wird sich irgendwann wiederholen, für euch Primitivlinge.
Durch eure Entscheidungen könntet ihr von einer Rille in eine andere geraten. Sämtliche Rillen sind jedoch schon vorgeritzt, vorhanden, ausgeprägt.
Ihr könnt nur von einer gegebenen Realität in eine andere springen. Je nachdem, welche Entscheidungen ihr trefft. Trotte ich nach links, oder schlurfe ich nach rechts, esse ich ein Stück Fleisch oder einen Salat, und so weiter. Andere, höher entwickelte Wesen, können in diesen Zeitkreislauf einsteigen wo immer, also wann immer, sie wollen. Und da bist du der Meinung, ich sollte mich jede Millisekunde mit dir abgeben. Das kannst du vergessen."
Ant hörte andächtig zu. Dann hatte er doch eine Frage:
„Und, was gab es denn davor, wer hat diesen Zeitkreislauf, das Multiversum erschaffen?"
„Ach, Josef, du willst immer alles geschenkt bekommen. Nicht in der geschenkten Erkenntnis liegt das Glück, sondern im Erwerben dieser Erkenntnis. Also streng dich an, und finde es selbst heraus."
Ant hatte aber nicht vor, so schnell nachzugeben:
„Hat Gott, dieses Konstrukt erschaffen?"
„Gott? Wessen Gott? Euer Gott? Mein Gott? Jemandes anderen Gott? Du weißt nach wie vor gar nichts, Josef. Die Fragestunde ist beendet."
Ant hörte aber nicht:
„Und ..., haben sie mein Gehirn aufgesucht, wissen sie jetzt, was passiert ist, Mister Poison?"
Als Ant scheinbar aufgab, hatte er das Wesen in einen extra für ihn vorbereiteten Raum seines Gehirns gelassen. Für Poison handelte es sich um die gespeicherten Gedanken, auf die er es von vornherein abgesehen hatte.

Ant zeigte ihm aber nur Erinnerungen, die er vorher dort platzierte und sich nicht nachteilig für ihn auswirkten.

Dabei vermied er logischerweise, dass die eigene Ermordung auf seinen Plan hin stattfand. Eine erfolgreiche Taktik, denn Poison bemerkte nichts davon:

„Ja, natürlich, Josef. Dieses mal hast du dich nicht wie ein offenes Buch präsentiert, sondern wie ein verschlossenes, dass ich erst mit Gewalt öffnen musste. Kein Problem für mich.

Chong Xu hat dich erschossen. Mitten durchs Herz, echt effektiv. Also frage ich dich, wer soll dir deine verlorene Lebensenergie spenden?"

„Natürlich Chong Xu! Ich wähle ihn."

„Wie du meinst, Josef. Das wird aber in Zukunft nicht mehr in dieser Weise ablaufen."

„Wie, was wird nicht mehr laufen?"

„Unsere mündliche Vereinbarung, bezüglich der Lebensenergiespender. Künftig wird einfach der Mensch, der sich in nächster Umgebung aufhält, als Spender herhalten müssen. Ich habe keine Zeit, mich ständig um deine Wünsche zu kümmern. Außerdem habe ich es satt, dass du dich ständig selbst in Gefahr bringst. Das war jetzt das letzte Mal.

Wir werden uns ab jetzt nur noch treffen, wenn ich es für richtig halte. Im Gegenzug dafür kannst du dir die Ekeltour ersparen."

„Das können sie doch nicht machen, was ist mit Chong Xu, mit Andrea?"

„Wie gesagt, diesmal geschieht es noch so, wie du es dir wünschst, danach nicht mehr."

„Aber, das können sie doch nicht machen. Sie können doch nicht einfach ..."

Poison wütete. Mit donnernder Stimme unterbrach er Ants Gejammer:

„Ich kann nicht?! Ich kann machen, was ich will! Und jetzt verschwinde wieder!"

Poison tippte einige Zeichen auf dem blauen Armreif. Wabernd löste sich die Hölle um Ant herum auf. Die Schmerzen, die sein verbrühter Körper, die verbrannte Haut und sein gegrilltes Fleisch verursacht hatten, zogen sich langsam zurück.

Zuerst aus den Gliedmaßen, aus dem Kopf, dann vom Torso, immer weiter, bis sie sich auf das neue Einschussloch in seiner Brust konzentrierten.
Schreiend wachte er auf. Er hielt sich die Hände vor den Brustkorb und sah sich um.
Wiederum hatte die Zeit stillgestanden, trat keinerlei Zeitverzögerung ein, seit seinem Ableben. Chong Xu hatte ihn soeben erst erschossen, den Monolog abgelassen und zielte auf Andrea. Doch plötzlich überkam ihn eine unerklärliche Schwäche, sogar den Abzug vermochte er nicht mehr durchzuziehen.
Er war nicht einmal mehr in der Lage, aufrecht zu stehen, krümmte sich, und griff sich mit der linken Hand ans Herz. Schockiert sah er, wie eine Energiewolke aus seiner Brust, durch die davorgehaltenen Finger hindurch austrat, und sich auf direktem Weg mit Ant verband. Er hatte keine Möglichkeit, diese Lebenskraft festzuhalten. Die Haut verblasste zusehends, die Wangen fielen ein und seine Augen stumpften ab. Als er völlig ausgesaugt, mumifiziert dastand, brach sein Abzugsfinger unter der Last der Pistole ab. Xu kippte um und zerfiel, bis auf seine Knochen, zu Staub. Die Knarre fiel zu Boden, und als sie aufschlug, löste sich noch ein letzter Schuss.
Ant krümmte sich weiterhin schmerzverzerrt, bis sich die Einschusswunde an seinem Herz schloss, und die Kugel heraus ploppte. Er hatte den letzten Schuss gehört, und griff sich sofort an den Körper, tastete ihn ab, fand aber, außer diesem bekannten Schmerz in der Brustnarbe, keinerlei weitere Verletzungen.
Erleichtert stand er auf. Sein Plan hatte perfekt funktioniert. Die Triaden, die ihn bedrohten, war er für immer los, und zwar alle, auf einen Schlag. Endlich Ruhe. Er schaffte es sogar, Mister Poison hinters Licht zu führen.
Andrea lag nach wie vor in dieser Blutlache. Aber sie schien aufgegeben zu haben, zappelte nicht mehr.
Ant taumelte zum Nebenraum, um sie zu befreien.
Als er bei ihr ankam, stellte er völlig konsterniert fest, dass sie ein Einschussloch im Bereich der Leber aufwies.

Der letzte Schuss, der sich selbständig aus Xus heruntergefallener Pistole löste, durchschlug Andreas Leber und eine Niere. Als Ant sie in den Arm nahm, wimmerte sie leise.

Er entfernte ihr sofort den Knebel aus dem Mund, öffnete die Fesseln, setzte sich neben sie in die Blutlache, und hielt sie dann wieder im Arm.

Sie sah ihn mit wässrigen Augen, und immer schwächer werdendem, bangem Blick an:

„Ant ..., Ant, was ist passiert ...?"

Das war zuviel für Ant. Erst vor ein paar Stunden hatte er die Eltern beerdigt und jetzt lag die Liebste sterbend in seinen Armen. Das durfte nicht sein. Er ließ den Tränen hemmungslos ihren Lauf:

„Engelchen ..., mein Engelchen ..., halte durch ..., das FBI ist gleich hier ..., die können dir sicher helfen ..., du mußt nur durchhalten, mein Engel ..., bitte, bitte ... geh nicht, bitte ..., bleib bei mir!"

Sie wollte so gern bleiben, aber es war ihr nicht vergönnt. Sie musste fort, die Verletzungen waren einfach zu schwer, sie hatte schon zuviel Blut verloren. Mit einem finalen, leisen Atemzug, schlief sie ein letztes Mal ein, hauchte sie ihr Leben aus.

Das FBI stürmte das Büro, als schon alles vorbei war. Den Agents bot sich ein grausiges Bild. Überall zerfetzte Leichen, rundherum Blut, der komplette Boden mit frischem Blut überschwemmt, auch im Nebenzimmer. Li und seine Schergen, alle tot, Xus Leute erschossen und Xu mumifiziert. Und mitten in diesem Inferno, wiederum zwischen einem Haufen Leichen, mit seiner toten Freundin im Arm, saß der weinende Ant, als einziger Überlebender.

Sie wussten nicht, dass Ant einen Sieg errungen hatte, einen Sieg gegen die Triaden, aber leider einen Pyrrhus-Sieg. Dieser Sieg hatte zuviel gekostet.

Hätte für Ant die Möglichkeit bestanden, mit Andrea zu tauschen, er wäre sicher bereit gewesen, sie zu nutzen. Er war am Ende, konnte nicht mehr.

Das FBI hatte Mühe, ihn von Andrea loszureißen.

Als sie den blutüberströmten Ant dem Krankenwagen übergaben, fand ein Teil des Swat-Teams den Raum mit dem Fleisch- und Knochensumpf aus den ermordeten Arbeitern. Das Team konnte sich glücklich schätzen, dass sie nach wie vor alle ihre Gasmasken trugen.
Die erste Untersuchung des Notarztes ergab, dass Ant, außer ein paar frisch verheilter Narben, keinerlei physische Verletzungen hatte, aber nur noch völlig apathisch auf den Boden starrte, weshalb er ihn in die Psychiatrie einliefern ließ.
Zuerst untersuchte ihn aber die Spurensicherung. Die Beamten nahmen diverse Proben des an ihm haftenden Blutes, und Fingerabdrücke. Zusätzlich untersuchten sie ihn auf Schmauchspuren.
Ant ließ alles, wie weit weg in einem Albtraum, lethargisch über sich ergehen.
Er sah sich außerstande, zu sprechen oder sich zu bewegen. Seine Augen starrten nur noch ins Leere und er reagierte auf keinerlei Umweltreize mehr.
Nur seine Reflexe sprachen auf die obligatorische Untersuchung mit dem kleinen Hämmerchen an, das ihm der Arzt ans Knie schlug. Er hatte einen schweren Nervenzusammenbruch erlitten. Völlig apathisch erreichte Ant die Psychiatrie.
Dort wuschen ihn die Pflegekräfte, und führten ihn danach der Psychologin Dara Halic vor.
Sogar ihr blieb es versagt, zu Ant vorzudringen. Das Einzige, was sie aus ihm herausbekam, war:
„Verständigen Sie meine Großeltern, im Seaview-Hotel".
Dann schwieg er wieder. Er bekam einen Mix aus Psychopharmaka und Beruhigungsmitteln verabreicht, was aber keinerlei Wirkung erzielte. Sein Körper schien derartig schädliche Stoffe, die darauf abzielten, innere Organe oder sein verbessertes Gehirn anzugreifen oder zu verändern, gar nicht erst aufzunehmen. Er schied sie problemlos über den Schweiß, durch die Hautporen, wieder aus.
Eine weitere Neuerung, die Mister Poison vergaß, zu erwähnen. Ant vermochte nicht mehr betäubt zu werden, nicht einmal er selbst war in der Lage, sich durch Nikotin, Alkohol oder andere Drogen zu vergiften.
Gezwungen, alles körperliche und seelische Leid, ohne solche Hilfsmittel durchzustehen, litt er still vor sich hin.

Klarerweise wussten die Behörden, dass eine Vernehmung, in diesem Zustand, keinen Sinn ergab. Er lag tagelang nur im Bett und starrte an die Decke. Nichteinmal den Großeltern war es erlaubt, ihn zu besuchen. Der apathische Zustand Ants verhinderte das und besserte sich nur langsam. Bevor er sich nicht einmal in der Lage fühlte, mit Dara Halic zu sprechen, genehmigte sie keinerlei Besuche.

Das FBI ermittelte anhand der Spurenlage, mit Hilfe von speziellen Tatort- und Fallanalysten, Indizien, Lage der Leichen, Blutspritzern, Waffenanalysen, ballistischen Untersuchungen und psychologischen Einschätzungen. So waren sie in der Lage, den Tatablauf einigermaßen genau zu rekonstruieren. An Ants Händen fanden sie keinerlei Schmauchspuren vor. Demnach schlossen sie aus, dass er sich tätlich an der Schießerei beteiligte. Anhand der verschiedenen Blutspuren, die Ermittler an Ant feststellten und analysierten, ergab sich, dass Ant kein Mord zur Last gelegt werden konnte.

Sie ermittelten, dass er zunächst unter dem vom Holzsplitter durchbohrten Mann lag, und dann in den Nebenraum lief, um Andrea Heinz zu helfen.

Die Fachleute des FBI rekonstruierten, wer, mit welcher Waffe, wen erschossen hatte. Sie fanden aber nie heraus, wie Chong Xu starb.

Die Agents Butcher und Harding hatten vor, Ant deshalb später zu vernehmen. Sein Zustand verzögerte aber diese Intention.

Sie zerbrachen sich darüber den Kopf, wie es möglich sei, dass, innerhalb von zwei Wochen, sich in einem Kaff wie Port Ryan zweimal ein Berg von Ermordeten aufhäufte, und jedes Mal dieser Junge, Josef G. Antonin, völlig unverletzt, aber psychisch gestört, aus dem Leichenhaufen trat, wie Phönix aus der Asche.

Außerdem fanden die Ermittler an jedem Tatort Mumien vor.

Sie fragten sich deshalb, ob er sich trotzdem, entgegen den Aussagen der Satanisten-Gang, ebenso am Sterbeort von Chester Li aufgehalten hatte.

Sie wussten aber, dass er definitiv nicht am Todesort von Derek Vanlint anwesend war. Alles verworren und mysteriös, selbst für das FBI.

Ants Großeltern sorgten sich. Sie versuchten mehrmals, telefonisch Auskunft zu bekommen, und sprachen einmal persönlich in der Psychiatrie vor.

Da sich Ants Zustand aber bisher nicht gebessert hatte, wurde ihr Anliegen, mit ihm zu sprechen, abgewiesen. Damit waren sie gezwungen, unverrichteter Dinge zurück nach Coulder, Colorado, zu fliegen.
Sie baten sich jedoch aus, sofort informiert zu werden, falls sich Ants Konstitution wieder besserte.
Es dauerte einige Wochen, bis Ant es Leid war, nur an die Decke zu starren und darüber nachzudenken, welche Verantwortung er für den Tod seiner Lieben hatte.
Er verzichtete darauf, gefüttert zu werden wie ein Kleinkind, fing wieder an selbst zu essen und zu trinken. Die Medikamente schluckte er klaglos, er wusste zwar nicht, weshalb das sein musste, aber die Pfleger bestanden darauf.
Eine Wirkung spürte er nie, aber in der geschlossenen Abteilung hat niemand das Recht, selbst über sich zu bestimmen. Sie verabreichten ihm die verschriebenen Medikamente, ob er zustimmte oder nicht.
Da die Genesung in kleinen Schritten fortzuschreiten schien, kam der Zeitpunkt, mit der Gesprächstherapie anzufangen. Dara Halic lud ihn solange zu einem kommunikativen Austausch ein, bis Ant von sich aus soweit war und zusagte.
Als einfühlsame und aufmerksame Zuhörerin beeindruckten sie zutiefst die klaren Erinnerungen, die Ant sogar an die Kleinkind-Zeit hatte. Sie sprachen wieder über seine liebevolle Mutter, den unnahbaren Vater, der sich erst zum Schluss hin plötzlich veränderte.
Sein Dasein als Einzelkind, ohne Freunde, die problematische Schulzeit, die Heldentat bei der Rettung von Andrea, die es im Endeffekt dann doch erwischt hatte, seine sexuellen Erfahrungen, den Tod, das Leben, die positive Aussicht bei den Großeltern einen Neuanfang zu bewerkstelligen.
Alle diese Themen kamen im Laufe der folgenden Wochen auf den Tisch, er kaute sie ordentlich durch, verdaute sie soweit wie möglich, und schied sie wieder aus.
Mister Poison und die Auswirkungen ihres Zusammentreffens, hatte er geflissentlich verschwiegen. Er wusste, dass er psychische Probleme hatte, dass er gesundheitlich angegriffen war, aber als verrückt wollte er nicht gelten.

Erst im Januar 2002 war er fähig, sich mit den Agents Harding und Butcher zu treffen. Die Befragung dauerte nicht lange.

Sie hatten absolut nichts gegen ihn in der Hand. Es handelte sich demnach um ein rein informelles Verhör.

Ant beschrieb, wie Li ihn in der Wohnung mit der Pistole bedrohte und zwang, sich die Wanze abnehmen zu lassen. Wie sie dann durch die Kellerflure bis in die Wäscherei gelangten. Wie Li vorhatte, ihn mit Hilfe der Geisel, Andrea Heinz, zu zwingen, als Auftragskiller, Chong Xu für ihn zu töten. Weshalb das nicht Lis Männer erledigten, erklärte er hiermit, dass dieser Mord nicht auf Li zurückzuführen sein sollte. Li zielte darauf ab, die Triaden aufzumischen, ohne dass jemand ihn damit in Verbindung brachte. Außerdem gelüstete es ihn danach, sich mit dem Mord an Chong Xu, für den Tod seines Neffen zu rächen, obwohl er damit nichts zu tun hatte.

Dann erzählte er ihnen, wie es weiterging, wie er eben zu diesem Gespräch im Büro saß, dass es plötzlich eine Explosion gab, und wie ein Splitter den Typen, der hinter ihm stand, durchbohrte. Wie der Kerl auf ihn fiel. Wie er mit dem Stuhl umkippte. Er verklickerte ihnen, dass er liegen blieb, bis die Schießerei endete. Von Chong Xus Schuss auf ihn, sagte er nichts. Er berichtete, wie er dann Andrea fand, aber keine Möglichkeit mehr hatte, sie zu retten.

Dann versagte ihm wieder die Stimme. Die Trauer übermannte ihn, und das Verhör fand sein Ende.

Obwohl es laut Agent Butcher keine Zufälle gibt, konnte das FBI keinerlei Zusammenhang zwischen den Morden, den Mumien und Ant beweisen.

Die vorgefundenen Indizien deckten sich in jedem einzelnen Fall, bis aufs Kleinste, mit Ants Aussagen. Im Bericht vermerkten sie zwar, dass es nahezu unmöglich sei, dass Ant sich an beiden großen Tatorten aufhielt, aber jeweils nichts mit den Mumien zutun haben wollte. Da es aber keinerlei Beweise gab, legten sie die Ermittlungen gegen Ant auf Eis.

Triadenmitglieder fanden sie zumindest an einem Tatort auf, womöglich ebenfalls am anderen, genauso wie diese Satanisten mindestens an zwei Tatorten anwesend waren.

Das FBI ermittelte ebenso in diese Richtungen weiter, blieb an den ehemaligen Satanisten dran, schnüffelte in ihrem Umfeld herum, beschattete sie auf Schritt und Tritt. Sie fanden aber nichts. Großer Kostenaufwand, keinerlei Ergebnisse.
Es tauchten keine weiteren Mumien mehr auf. Einige Monate später stellten sie die Ermittlungen ergebnislos ein.
Der Mumienfall verlief, als einer der größten ungelösten Fälle der Kriminalgeschichte, schlicht im Sande.
Die Todesursache der Mumien blieb unbekannt. Es wurden weder Erreger, noch Gifte aufgefunden.
Wie manchmal über spontane Selbstentzündung von Personen berichtet wird, sprachen die Medien spekulativ von spontaner Mumifizierung. Eine wissenschaftliche Erklärung blieb aber aus.
Nach einer Weile hatte die Öffentlichkeit den mysteriösen Fall zwar nicht vergessen, aber neue Verbrechen verdrängten die Erinnerungen, und die Mumien verblassten immer mehr im Lichte der steigenden Kriminalitätsrate.
Ants Zustand verbesserte sich im Laufe der Zeit wieder. Er litt zwar nach wie vor an der Depression, aber auf wen trifft das nicht manchmal zu? Niemand ist in der Lage, ständig glücklich durchs Leben zu schreiten, außer etwa eine manisch depressive Person, die sich in ihrer Hochstimmungsphase befindet, was aber wiederum einem anderen Krankheitsbild entspricht.
Im Laufe der Zeit trug die Gesprächstherapie bei seiner Lieblingsdoktorin, Dara Halic, langsam Früchte. Sie schloss nun die vorher diagnostizierte Suizidgefahr aus. Im Frühjahr 2002 stand dann endlich die Entlassung aus der Psychiatrie an. Die Psychologin hatte Ant soweit wieder aufgebaut. Er verstand die Sinnlosigkeit, an der Vergangenheit festzuhalten, und wusste, welche intellektuellen Fähigkeiten in ihm wohnten.
Die Aussicht, dass sich künftig seine Großeltern um sein Wohlergehen kümmerten, stimmte ihn zuversichtlich.
Freilich hatte er fast das gesamte Abschlussjahr an seiner High School verpasst. Das war aber auch besser so für ihn. Zu Beginn des Schuljahres noch untalentiert, konnte es ab jetzt nur positiver werden.

Sicher war es möglich, in Coulder, Colorado, das letzte Jahr nachzuholen.
Die Warnung von Mister Poison hatte er aber verinnerlicht.
Er sollte besser nicht mehr sterben, ansonsten würden unschuldige Erdenbürger draufgehen. Vielleicht Menschen, die er liebte. Das konnte er kein weiteres Mal auf sich nehmen. Er zog es vor, für immer ein einsamer Einzelgänger zu bleiben.
Möglich, dass er in der Lage war, irgendeinen Schutz für die Leute in seiner Umgebung zu konstruieren. Vielleicht gelang es ihm so doch noch Freunde, eine Gefährtin, oder liebenswürdige Menschen, um sich zu scharen.
Er träumte davon, großartige Erfindungen zu bewerkstelligen.
Entdeckungen, die der Menschheit nutzten ..., und wenn möglich, Mister Poison schadeten. Ja, wenn er an ihn dachte, entbrannte abgrundtiefer Hass in ihm. Er gäbe alles dafür, den Deal mit diesem Mistkerl rückgängig zu machen. Sogar sterben ..., gern den Weg allen Fleisches gehen, würde er hierfür. Das funktionierte aber nicht. Er war gezwungen weiterzuleben. Und wenn das schon so festgeschrieben stand, setzte er alles daran, diesen Drecksack zu erledigen.
Bisher wusste er aber nicht, wie er das anstellen sollte.
Welche Möglichkeiten gab es, ein überdimensionales Lebewesen umzubringen, dass fast nie körperlich in Erscheinung trat?
Bisher hatte er ihn nur einmal leibhaftig getroffen. Im Keller seiner Eltern. Seither huschte Poison nur noch als Hirngespinst durch Ants Schädel.
Egal, er musste fortfahren, mit dem Ziel einen Weg zu finden, ihn zu stellen. Zumindest hatte er jetzt hinreichend Zeit zur Verfügung. Jede Menge Zeit, nach menschlichem Ermessen. Zeit, um zu forschen und die Menschheit voranzubringen. So weit voran, dass sie in der Lage waren, sich gegen Wesen von solcher Macht zu wehren.
Er verpflichtete sich selbst, die ahnungslose Menschheit vor diesem Kerl zu beschützen, koste es, was es wolle. ...

*** Ende Teil I ***